© 2025 Betina Klein
Verlag: BoD · Books on Demand GmbH,
Überseering 33, 22297 Hamburg, bod@bod.de
Druck: Libri Plureos GmbH, Friedensallee 273,
22763 Hamburg
ISBN: 978-3-7557-8219-3

Vorwort

„Das Erbe von Bukarest" ist eine Geschichte über Geheimnisse, die in den Tiefen der Geschichte verborgen liegen, und den Mut, die Wahrheit ans Licht zu bringen, selbst wenn sie unangenehm und schmerzhaft ist. Es ist eine Reise durch das Dunkel der politischen und persönlichen Geschichte, die durch die Augen eines jungen Mannes erzählt wird, der nicht nur die Vergangenheit seines Großvaters, sondern auch seine eigene Identität entschlüsseln muss.

Die Idee zu diesem Krimi entstand aus der Faszination für die dunklen Ecken der Geschichte, die in den Schatten eines geheimen und oft gefährlichen Systems gehüllt sind. Der kommunistische Sozialismus in Rumänien, besonders unter Nicolae Ceaușescu, bot einen historischen Hintergrund, der nicht nur politisch, sondern auch emotional und persönlich von großer Bedeutung war. Es war eine Zeit voller Auflehnung, Leid und Geheimhaltung – und das alles spiegelte sich in der Geschichte von Alex und seinem Großvater wider. Die Wahrheit hinter verschlossenen Türen zu finden, die bis in die Gegenwart nachhallt, wurde zu einem symbolischen Akt des Aufbruchs für Alex.

Doch es ist nicht nur eine Erzählung über politische Machenschaften und Geheimnisse. Es geht auch um das persönliche Wachstum, um den Mut, sich mit der eigenen Vergangenheit auseinanderzusetzen, und um die Entscheidungen, die unser Leben prägen. Der junge Alex begibt sich auf eine Reise, die ihm nicht nur Klarheit

über die dunklen Geheimnisse seiner Familie bringt, sondern auch darüber, wer er selbst ist und was es bedeutet, mit den Konsequenzen der Vergangenheit zu leben.

An all diejenigen, die jemals das Gefühl hatten, dass sie ein Rätsel ihrer eigenen Geschichte lösen müssen, um Frieden zu finden, ist diese Geschichte gerichtet. Möge sie uns daran erinnern, dass die Wahrheit, auch wenn sie schmerzt, immer der erste Schritt zu einem besseren Verständnis von uns selbst und der Welt um uns herum ist.

Ich wünsche Ihnen eine spannende und bewegende Reise durch die Seiten dieses Krimis und hoffe, dass Sie am Ende, genauso wie Alex, die Kraft finden, den Schatten der Vergangenheit hinter sich zu lassen und in eine Zukunft voller Möglichkeiten zu blicken.

Das vergessene Erbe

Es war ein regnerischer Nachmittag in Bukarest, als Alex, ein vierzehnjähriger Junge, in den staubigen alten Schränken im Dachboden seines Großvaters wühlte. Der Geruch von alten Papierstapeln, vergilbten Büchern und Holz vermischte sich mit der Feuchtigkeit des Regenwetters, das gegen das Fenster prasselte. Der Großvater, ein Mann, den Alex nie wirklich verstanden hatte, war vor sechs Monaten gestorben. Doch es war nicht sein Tod, der Alex beschäftigte. Es war das, was er über seinen Großvater herausfand, als er durch die alten Kisten stöberte.

Sein Großvater, Ion Munteanu, war ein stiller Mann gewesen, der viel über seine Vergangenheit schwieg. Wenn er von seiner Zeit in der Armee erzählte, dann nur in kurzen, abgehackten Sätzen. Und immer, wenn das Thema auf die Jahre nach dem Krieg kam, wechselte er schnell das Thema, als würde er vor etwas oder jemandem fliehen. Doch heute, an diesem trüben Nachmittag, stieß Alex auf etwas, das sein Bild von seinem Großvater für immer verändern sollte.

Ein alter, abgenutzter Koffer lag am hinteren Ende des

Dachbodens. Der Koffer war mit einer dicken Staubschicht bedeckt, als hätte ihn niemand seit Jahrzehnten angefasst. Alex kniete sich nieder, wischte den Staub weg und öffnete den Koffer. Drinnen lagen mehrere bräunliche Aktenordner, die mit abgenutzten, vergilbten Lederriemen zusammengehalten wurden.

Neugierig zog er einen Ordner heraus und schlug ihn auf. Was er fand, war ein Tagebuch. Doch es war nicht das Tagebuch eines gewöhnlichen Mannes. Es war das Tagebuch eines Mannes, der sich nicht nur mit den täglichen Kämpfen des Lebens befasste, sondern mit den dunklen Seiten der Geschichte, die in den 1980er Jahren in Rumänien verborgen lagen.

"Wir haben sie alle in die Irre geführt", stand in einer der ersten Zeilen, mit einer Handschrift, die Alex sehr bekannt vorkam – sie war die seines Großvaters. "Aber ich kann nicht länger schweigen. Wenn sie mich finden, werden sie mich töten, aber die Wahrheit muss ans Licht kommen."

Alex spürte, wie sich eine kalte Hand um sein Herz schloss. Die Worte seines Großvaters waren eine Warnung. Doch vor wem? Und warum?

Er blätterte weiter, jede Seite schien mehr Fragen aufzuwerfen als Antworten zu geben. Irgendetwas war damals vorgefallen, etwas, das sein Großvater nicht wollte, dass er je erfuhr. Die Notizen schienen sich auf ein geheimes Leben zu beziehen, das der alte Mann führten musste – ein Leben, das Alex nie gekannt hatte.

Ein Leben, das mit der Regierung, dem Regime von Ceaușescu, und möglicherweise mit der politischen Polizei, der Securitate, zu tun hatte.

„Sie wissen es", las Alex weiter, „und sie werden mir keine Wahl lassen. Wenn du das hier liest, dann bist du schon zu spät. Aber du musst wissen, dass ich in etwas verwickelt war, das nicht einfach vergessen werden kann. Mein Tod war kein Unfall."

Alex schloss das Tagebuch und starrte nachdenklich auf die Seite. Was hatte sein Großvater ihm verschwiegen? Und wer hatte ihn getötet? War es das Regime? Oder war es jemand, den er vertraute?

Der Regen prasselte immer noch gegen das Fenster, als Alex sich entschloss, der Sache auf den Grund zu gehen. Er konnte nicht einfach weitermachen, als wäre nichts passiert. Der Tod seines Großvaters war kein Zufall. Und er würde die Wahrheit herausfinden – koste es, was es wolle.

Der erste Schritt

Es war spät am Abend, als Alex den Koffer wieder zurück an seinen Platz stellte. Der Raum war mittlerweile in das gedämpfte Licht einer einzigen Lampe getaucht, und der Regen draußen hatte sich in einen kalten

Nieselregen verwandelt. Die Entdeckung seines Großvaters hatte ihn erschüttert, aber auch etwas in ihm geweckt. Die Frage, warum sein Großvater gestorben war, brannte in ihm wie ein Feuer.

In den folgenden Tagen ließ ihn die Entdeckung nicht los. Die Seiten des Tagebuchs hallten in seinem Kopf nach, und die Worte, die sein Großvater hinterlassen hatte, schienen in Alex' Gedanken immer lauter zu werden. Doch wo sollte er anfangen? Wer konnte ihm helfen, die Puzzleteile zusammenzusetzen?

Die Polizei? Nein, das kam für Alex nicht in Frage. Wer würde ihm schon glauben, wenn er von den geheimen Aufzeichnungen eines toten Mannes erzählte? Die Behörden waren in den 80er Jahren unter Ceauşescu fest in der Hand des Regimes, und jede falsche Bewegung konnte schwere Konsequenzen haben.

Aber dann fiel ihm jemand ein – eine Frau, die er vor ein paar Jahren in der Schule kennengelernt hatte. Sie war eine entfernte Bekannte, eine junge, engagierte Frau, die schon damals in der Stadt als Privatdetektivin arbeitete. Ihr Name war Ana Popescu, und obwohl sie für ihre direkte Art bekannt war, hatte sie in der Vergangenheit schon einige schwierige Fälle gelöst. Vielleicht konnte sie ihm helfen.

Alex hatte nie wirklich mit Ana gesprochen, aber er wusste, dass sie ein talentierter Ermittler war. Sie hatte ein Gespür für Details, das außergewöhnlich war, und konnte sich in die Abgründe der menschlichen Natur hineinversetzen, als wäre sie ein Teil davon. Doch er wusste auch, dass es nicht einfach sein würde, sie zu finden. Ana war nicht die Art von Person, die man leicht in der Stadt traf.

Es dauerte mehrere Tage, bis Alex herausfand, dass Ana in einem kleinen Büro in einem abgelegenen Teil von Bukarest arbeitete. Als er an der Tür klingelte, war er überrascht, wie leise es dort war. Die ganze Gegend schien von der Außenwelt abgeschnitten, fast wie ein Geheimversteck.

Ana öffnete die Tür und musterte ihn einen Moment lang, als wäre sie sich nicht sicher, ob sie ihm den Zutritt gewähren sollte. Sie war Mitte dreißig, mit dunklen Augen, die hinter einer Brille verschwanden, und einem steifen, aber professionellen Auftreten. Ihre Haare waren schwarz und ordentlich zu einem Pferdeschwanz gebunden. Sie wirkte im ersten Moment wie jemand, der nicht viel von Geheimnissen hielt.

„Was willst du, Junge?" Ihre Stimme war kühl, fast schon abschreckend. „Ich arbeite nicht für Kinder, die aus Langeweile zu mir kommen."

Alex spürte, wie ihm die Worte im Hals stecken blieben, doch dann erinnerte er sich an das Tagebuch und fasste sich ein Herz. „Ich… ich brauche deine Hilfe. Es geht um meinen Großvater. Er ist gestorben, aber ich glaube, dass er ermordet wurde. Ich habe etwas gefunden, das alles verändert. Etwas, das mit dem Regime zu tun hat. Ich muss wissen, was passiert ist."

Ana schien für einen Moment nachzudenken, dann öffnete sie die Tür ein Stück weiter und nickte ihm zu. „Komm rein. Aber ich warne dich, das wird keine leichte Reise. Du bist auf einem gefährlichen Terrain."

Alex trat ein, der Raum war klein, überfüllt mit Akten, alten Zeitungen und Regalen voller Bücher. Ana wies ihn auf einen Stuhl und begann, ihre Unterlagen zu ordnen, als ob sie bereits wusste, dass dies kein gewöhnlicher Fall war.

„Erzähl mir, was du gefunden hast", sagte sie schließlich, ihre Stimme diesmal weniger schroff. „Und du solltest wissen, dass du, wenn du hier weitermachst, keine Rückzieher mehr machen kannst."

Alex holte tief Luft und erzählte ihr von dem Tagebuch seines Großvaters, den geheimen Notizen, den kryptischen Hinweisen und der rätselhaften Bemerkung, dass sein Großvater „in etwas verwickelt war". Ana hörte aufmerksam zu und stellte immer wieder Fragen, die Alex verunsicherten – Fragen, die er sich selbst noch nie gestellt hatte.

„Das klingt nach einer tiefen Verschwörung", murmelte Ana, als er fertig war. „Und wenn du wirklich herausfinden willst, was deinem Großvater zugestoßen ist, musst du dir klar machen, dass du möglicherweise Dinge aufdeckst, die du nicht wissen möchtest. Aber ich werde dir helfen. Du hast die richtige Entscheidung getroffen, zu mir zu kommen."

Alex nickte, obwohl er spürte, wie sein Herz schneller schlug. Ana hatte die Entschlossenheit in ihren Augen, die ihm zeigte, dass sie ihm helfen würde, egal wie gefährlich es wurde.

„Also, was ist der erste Schritt?", fragte Alex.

Ana grinste fast unmerklich. „Der erste Schritt", sagte sie, „ist, herauszufinden, mit wem dein Großvater zu tun hatte. Wer wusste von seiner anderen Identität? Und warum hat er es so lange geheim gehalten?" Sie blickte ihn mit ernstem Blick an. „Bist du bereit, alles zu riskieren?"

Alex nickte entschlossen. „Ja. Ich muss wissen, was passiert ist."

„Gut. Dann fangen wir an", sagte Ana. „Aber du musst dir bewusst sein, dass diese Reise dich an Orte führen wird, an denen du nie zuvor warst. Und nicht jeder, dem du begegnest, wird freundlich gesinnt sein."

Dunkle Geheimnisse

Die nächsten Tage waren ein ständiges Pendeln zwischen der Schule und dem kleinen Büro von Ana. Alex wusste, dass er vorsichtig sein musste, niemandem etwas verraten durfte, aber der Drang, die Wahrheit über seinen Großvater herauszufinden, war stärker als jede Angst.

Ana hatte in den ersten Gesprächen viele Informationen über das politische Klima der 1980er Jahre gesammelt und Alex auf die Gefahren hingewiesen, die ihm begegnen könnten. Sie erklärten, dass das Securitate – die berüchtigte Geheimpolizei des Ceaușescu-Regimes – immer noch in den Schatten agierte, selbst nachdem der Diktator gestürzt war. Es gab Netzwerke, die in der Dunkelheit arbeiteten, Verbindungen, die nicht zerbrochen waren.

„Wenn dein Großvater wirklich in etwas verwickelt war, dann hatte er Feinde. Viele Feinde", hatte Ana gewarnt. „Und wir müssen vorsichtig sein, was wir aufdecken."

Alex nahm die Warnungen ernst, aber es war, als hätte ein unsichtbares Band zwischen ihm und der Wahrheit gespannt, das ihn nicht mehr losließ. Irgendetwas hatte seinen Großvater dazu gebracht, das alles zu verstecken, und er konnte nicht ruhen, bis er wusste, was es war.

Die erste Spur, die sie verfolgten, führte sie zu einem alten Bekannten des Großvaters, einem Mann namens Gabriel Ionescu. Er war ein ehemaliger Kollege, ein Freund, der in den 80er Jahren in der Nähe von Bukarest lebte. Es hieß, er habe tiefe Verbindungen zum Regime gehabt, aber niemand wusste genau, was er wirklich tat. Alex und Ana hatten das Gefühl, dass Gabriel mehr wusste, als er zugab.

„Er lebt noch", sagte Ana eines Abends, als sie auf einem abgenutzten Stuhl in ihrem Büro saß. „Aber er ist in den letzten Jahren nicht mehr öffentlich aufgetaucht. Vielleicht hat er das Gefühl, dass seine Vergangenheit ihn immer noch verfolgt."

Sie entschieden sich, Gabriel zu suchen, und machten sich auf den Weg in ein abgelegenes Viertel am Rande von Bukarest. Das Gebiet war ruhig und heruntergekommen, mit alten Häusern, die wie Relikte einer vergangenen Zeit aussahen. Als sie vor einem dieser Häuser hielten, konnte Alex spüren, wie der kalte Wind von den nahen Hügeln die Straßen durchzog. „Das hier ist kein gewöhnlicher Ort", murmelte Ana, als sie vor der Tür des Hauses standen. „Gabriel hat sich hier versteckt, um niemandem zu begegnen. Er hatte viele Feinde."

Alex nickte, obwohl er nervös war. Dies war das erste Mal, dass er sich so nah an einer echten Gefahr fühlte. Ana klopfte an die Tür, und nach einem Moment öffnete ein älterer Mann mit zerfurchtem Gesicht und einem wachsamen Blick. Er sah sie einen Moment lang an, als würde er sie genau prüfen.

„Ich hatte nie Besuch", sagte Gabriel schließlich, seine Stimme rau und kratzig. „Was wollt ihr?"

„Ich bin Ana Popescu, und das hier ist Alex", begann

Ana. „Wir suchen nach Informationen über einen alten Freund – Ion Munteanu. Ich glaube, er hat dir viel über seine Vergangenheit erzählt. Wir brauchen deine Hilfe."

Gabriels Augen verengten sich, und für einen Moment sah es aus, als wollte er die Tür wieder zuschlagen. Doch dann zögerte er, trat zurück und ließ sie eintreten.

„Setzt euch", sagte er und deutete auf die alten, ausgeblichen Stühle. „Aber wisst, dass ich euch nichts Unbedachtes sagen werde. Die Dinge, die Ion mir anvertraut hat, sind nicht für die Öffentlichkeit bestimmt."

Alex setzte sich, das Herz pochte in seiner Brust. Dies war der Moment, in dem er hoffte, endlich eine Antwort zu bekommen. Was hatte der Großvater ihm verschwiegen? Und warum hatte er es so geheim gehalten?

„Mein Großvater hat dir etwas anvertraut", begann Alex, seine Stimme unsicher. „Was ist passiert? Warum wurde er getötet?"

Gabriel seufzte tief und lehnte sich zurück, als würde er sich an etwas erinnern, das er lieber vergessen wollte. „Es war eine Zeit, in der niemand sicher war. Wir wussten nicht, wem wir trauen konnten – nicht einmal uns selbst", begann er. „Ion war ein Teil von etwas, das viel größer war, als wir uns je hätten vorstellen können. Aber er hat nie wirklich mit mir darüber gesprochen. Die Dinge, die er tat, waren geheim, sehr geheim."

Ana saß still und hörte aufmerksam zu. Alex spürte, wie der Raum immer stiller wurde, als Gabriel fortfuhr.

„Er war in Kontakt mit Leuten, die nicht in diesem Land lebten", fuhr Gabriel fort. „Menschen, die gegen Ceaușescu kämpften. Aber Ion hatte auch viele Feinde im eigenen Land. Nicht jeder war ein Verbündeter, selbst wenn er vorgab, es zu sein."

Alex starrte ihn an. „Also war mein Großvater ein Widerstandskämpfer? Hat er gegen das Regime gekämpft?"

Gabriel nickte langsam. „Ja, aber es war komplizierter als das. Er hatte viele Gesichter, Alex. Und das Leben, das er dir gezeigt hat, war nur eine von vielen Fassaden."

Ana schien die Schwere der Worte zu begreifen, aber sie sagte nichts. Sie wusste, dass Gabriel nicht alles preisgeben würde. Aber es war ein Anfang. Ein entscheidender Hinweis.

„Hast du irgendwelche Beweise? Dokumente?", fragte Ana, die nach wie vor auf der Suche nach etwas Greifbarem war.

„Es gibt etwas", sagte Gabriel schließlich, als er sich erhob und in ein Regal griff. Er holte eine alte, vergilbte Mappe hervor, die er dann auf den Tisch legte. „Dies könnte dir helfen. Aber sei vorsichtig. Es gibt Menschen, die immer noch nach solchen Dingen suchen." Alex griff nach der Mappe und öffnete sie vorsichtig.

Darin fanden sich handgeschriebene Notizen, geheime Nachrichten und sogar Fotos von Menschen, die er nicht kannte – aber deren Gesichter voller Angst und Misstrauen waren.

„Das ist der erste Schritt, Alex", sagte Ana ruhig. „Aber du musst wissen, dass du dich nun auf einem gefährlichen Weg befindest. Wer immer hinter deinem Großvater her war, wird auch dich finden wollen."

Dunkle Verbindungen

Alex hatte die Mappe, die Gabriel ihm überreicht hatte, stets bei sich. Sie war in den letzten Tagen zu einer ständigen Erinnerung an die Schatten der Vergangenheit geworden, die über seiner Familie und seinem Großvater hingen. Immer wieder durchblätterte er die vergilbten Seiten, versuchte, die kryptischen Notizen zu entziffern und die Gesichter in den alten Fotos zu erkennen, aber viele Fragen blieben unbeantwortet. Die geheimen Botschaften, die zwischen den Zeilen versteckt waren, gaben ihm Rätsel auf, die er nicht alleine lösen konnte.

Es war Ana, die ihn wieder in die Realität zurückholte. „Du kannst nicht alles allein herausfinden, Alex", hatte sie bei einem ihrer Treffen gesagt. „Das ist zu gefährlich. Wir müssen mit anderen sprechen. Aber du musst wissen, dass nicht jeder, der dir Informationen gibt, auch die Wahrheit sagt."

Alex nickte. Die Last der Entdeckungen drückte auf ihm. Er hatte nie geglaubt, dass das Leben seines Großvaters so viel mit Geheimdiensten und politischen Intrigen zu tun gehabt hatte. Aber je mehr er herausfand, desto klarer wurde ihm, dass sein Großvater in etwas hineingeraten war, das weit über das hinausging, was er sich je vorgestellt hatte.

Ein weiteres Treffen mit Ana führte sie zu einem alten Archiv, das in den Tiefen Bukarests versteckt war. Das Gebäude war eine dunkle, verfallene Struktur, die scheinbar aus der Zeit gefallen war. Es gehörte zu einer der vielen Geheimorganisationen, die vor dem Fall des Regimes im Verborgenen operierten. Der Zugang war streng kontrolliert, und es war nur wenigen Eingeweihten erlaubt, hier Informationen zu suchen.

„Du weißt, was das bedeutet, oder?" Ana fragte, als sie die schweren Metalltüren des Archivs hinter sich schloss. „Hier gibt es Akten, die nie ans Licht gekommen sind. Wenn wir Pech haben, werden wir auf den falschen Leuten begegnen."

„Ich weiß, aber wir müssen es herausfinden", antwortete Alex mit fester Stimme.

Ana führte ihn durch die Gänge, in denen sich Regale mit unzähligen Aktenstapeln reihten. Es roch nach Staub und Moder, und das Licht in den Gängen war schummrig. Sie gingen zu einem speziell gesicherten Bereich, der mit verrosteten Schlössern und verdunkelten Fenstern gesichert war.

„Das sind die Dateien, die du suchst", sagte Ana und zeigte auf eine Reihe von alten, grünlich verfärbten Aktenordnern. „Sie gehören zu denen, die gegen das Regime gekämpft haben, oder die zumindest in dessen Netzwerke verwickelt waren."

Alex spürte, wie ihm das Herz schneller schlug. Diese Akten könnten der Schlüssel zu der Wahrheit sein. Doch während er die ersten Akten durchging, bemerkte er, dass sein Großvater nur in wenigen davon auftauchte. Es war, als ob seine Spur verschwunden wäre. Doch dann stieß er auf etwas, das ihn sofort aufhorchen ließ – ein handgeschriebener Brief in einer Akte, die das Dossier eines anderen Mannes betraf.

Der Brief war an seinen Großvater adressiert und trug das Datum vom Herbst 1986. „Ion", stand darin, „die Zeit drängt. Wir müssen uns beeilen. Die Wahrheit muss verborgen bleiben. Was du weißt, darf nicht ans Licht kommen. Und wenn du dich entscheidest, uns zu verraten, wird es niemanden geben, der dir hilft."

Die Worte waren klar, und sie waren eindeutig an seinen Großvater gerichtet. Aber was meinte der Absender mit „die Wahrheit muss verborgen bleiben"? Was hatte sein Großvater gewusst, das so gefährlich war? Alex war sich sicher, dass dies der entscheidende Hinweis war. Doch bevor er weiter darüber nachdenken konnte, bemerkte er, dass Ana sich an einem anderen Tisch beugte und eine andere Akte öffnete.

„Alex", rief sie plötzlich. „Komm mal her, sieh dir das hier an."

Alex ging zu ihr und sah auf das Dokument, das sie ihm zeigte. Es war ein Bericht über eine geheime Operation des Regimes, die von verschiedenen Widerstandsgruppen in den 1980er Jahren durchgeführt wurde. Was ihn

jedoch erschreckte, war der Hinweis auf eine Person, die in der Akte als „Ion Munteanu" identifiziert wurde.

„Das ist der Name deines Großvaters", flüsterte Ana. „Aber es steht hier, dass er nicht nur ein Mitglied des Widerstands war. Es scheint, dass er auch in geheime Militäraktionen verwickelt war – und das Regime wusste davon."

Alex starrte auf die Zeilen, die sich vor ihm entfalteten. Sein Großvater war nicht nur ein einfacher Widerstandskämpfer gewesen. Er war in militärische Operationen verwickelt, die geheim gehalten werden mussten. Der Plan, den er zusammen mit anderen Mitgliedern des Widerstands durchgeführt hatte, musste etwas gewesen sein, das selbst das Regime fürchtete. Aber was war es?

„Ana, was bedeutet das? Warum hat er das alles versteckt?" Alex war fassungslos.

Ana überlegte kurz und antwortete dann: „Das ist ein ganz anderes Level von Geheimhaltung. Vielleicht hat er sich selbst schuldig gemacht. Oder er wusste von einer größeren Bedrohung, die selbst Ceaușescu nicht kontrollieren konnte. Die Frage ist nur, warum er tot ist und warum er so geheim gehalten hat, was er wusste."

Alex spürte, wie sich die Dunkelheit um ihn verdichtete. Sie waren auf einer Reise, die ihn immer weiter in eine Vergangenheit zog, die mehr und mehr verschleiert war.

Doch ein neuer Gedanke durchzuckte ihn: Wenn der Großvater gestorben war, weil er etwas wusste, was er nicht teilen sollte, dann gab es immer noch Menschen, die bereit waren, die Wahrheit zu begraben.

„Ana, wir müssen wissen, wer hinter all dem steckt", sagte Alex. „Wir müssen herausfinden, warum mein Großvater sterben musste."

„Und du weißt, dass das gefährlich ist", antwortete Ana. „Aber wir haben keine Wahl. Du willst die Wahrheit, und ich werde dir helfen, sie zu finden. Aber sei dir bewusst, dass du jetzt in den gleichen Strudel geraten bist wie dein Großvater."

Alex sah sie an und nickte. Er hatte keine Wahl. Er musste weitergehen, koste es, was es wolle.

Ein Spiel mit dem Feuer

Die Straßen von Bukarest waren in der Dämmerung noch geschäftig, aber Alex fühlte sich plötzlich von der ganzen Stadt distanziert. In seinen Gedanken drehte sich alles nur noch um seinen Großvater, um die Geheimnisse, die er hinterlassen hatte, und um das, was er nun entdecken musste. Der Brief, den er in den Akten gefunden hatte, war wie ein Anker, der ihn in die Vergangenheit zog – ein Hinweis darauf, dass das Leben seines Großvaters nicht so war, wie er es sich immer vorgestellt hatte.

Es war spät geworden, als Alex und Ana sich schließlich von dem Archiv entfernten. Die Bilder des letzten Fundes brannten sich in seinen Kopf: Der geheimnisvolle Brief, die Hinweise auf militärische Operationen, die Rolle seines Großvaters im Widerstand. Doch trotz all der neuen Informationen fühlte er sich mehr denn je wie ein Puzzleteil, das nicht ganz zu passen schien.

„Es ist wie ein Labyrinth", murmelte Alex, während sie durch die dunklen Straßen gingen. „Je mehr ich herausfinde, desto mehr Fragen kommen auf. Was hat er wirklich getan? Warum war er so geheimnisvoll?"

Ana war ruhig neben ihm, ihre Schritte hallten in der Stille der Nacht. „Es ist ein gefährliches Spiel, Alex. Und du weißt, dass du nicht der Einzige bist, der nach Antworten sucht."

Er sah sie an. „Was meinst du damit?"

„Es gibt noch Leute, die sehr interessiert daran sind, dass die Vergangenheit begraben bleibt. Nicht jeder will, dass du erfährst, was dein Großvater wirklich getan hat. Wir müssen vorsichtig sein."

Alex nickte. Es war ein klares Signal, dass er sich immer weiter in gefährliches Terrain bewegte. Aber er konnte nicht aufhören. Er musste wissen, was geschehen war, was seinem Großvater widerfahren war und warum er getötet wurde.

„Es gibt noch eine andere Sache, die wir herausfinden müssen", fuhr Ana fort. „Du hast jetzt Hinweise auf militärische Operationen gefunden. Es gibt Berichte, die von einem bestimmten Netzwerk sprechen – einem Netzwerk, das auch nach Ceauşescu's Sturz noch agiert. Und das könnte die Antwort auf deine Frage sein."

„Was für ein Netzwerk?", fragte Alex. „Und warum wird es immer noch geheim gehalten?"

„Das sind Informationen, die uns in den nächsten Wochen viel kosten könnten, Alex. Das, was dein Großvater wusste, war mächtig – und gefährlich. Wer immer das Geheimnis bewahren wollte, hat seine eigenen Gründe."

Ana führte Alex zu einer kleinen Wohnung am Rande der Stadt. Ein Ort, an dem sie noch jemanden treffen wollten, der mehr über die geheimen Operationen und das Netzwerk wusste. Der Mann, mit dem sie sich treffen würden, war ein ehemaliger Kollege von Gabriel –

jemand, der zu den alten Widerstandsgruppen gehörte, aber der aus dem Verborgenen heraus agierte.

„Er ist ein Drahtzieher", erklärte Ana. „Aber er vertraut niemandem. Du musst vorsichtig sein. Er wird dir nicht die ganze Wahrheit auf einmal sagen."

Die Wohnung war düster, der Raum spärlich eingerichtet, doch der Mann, der sie empfing, war eine imposante Erscheinung. Er hatte das Gesicht eines Überlebenden, zerfurcht und abgehärtet. Doch als er Alex erblickte, schien ein Funken von Misstrauen in seinen Augen aufzublitzen.

„Ana, du bist zu spät", sagte er mit einer rauen Stimme. „Und wer ist der Junge?"

„Das ist Alex, der Enkel von Ion Munteanu", antwortete Ana ruhig. „Er sucht nach Antworten. Ich dachte, du könntest ihm vielleicht helfen."

Der Mann musterte Alex ausgiebig, bevor er schließlich nickte. „Vielleicht", sagte er, „aber das kommt darauf an, was du bereit bist, dafür zu bezahlen. Du suchst nach der Wahrheit, nicht wahr?"

„Ja", antwortete Alex ohne Zögern. „Aber was kostet die Wahrheit?"

„Mehr, als du dir vorstellen kannst", sagte der Mann. „Manchmal kann es dein Leben kosten."

Alex spürte, wie sich die Schwere der Worte in der Luft verdichtete. Doch er wusste, dass er keine andere Wahl hatte. Es war zu spät, zurückzukehren. Er war zu tief in dieses Netz aus Lügen und Geheimnissen verstrickt.

„Was weißt du über die Operationen, an denen mein Großvater beteiligt war?", fragte Alex direkt. Der Mann schüttelte den Kopf. „Du bist hartnäckig,

Junge. Das gefällt mir. Aber die Dinge, die du wissen willst, sind gefährlich. Dein Großvater wusste zu viel. Und was er getan hat, hat ihn und seine Freunde viele Feinde gekostet."

Ana sah ihn an. „Wir wissen, dass dein Großvater in Operationen gegen das Regime verwickelt war. Aber das, was du nicht weißt, ist, dass er mehr wusste – viel mehr, als du dir vorstellen kannst. Und das hat zu seinem Tod geführt."

Der Mann seufzte. „Es gab viele Operationen, die von Ceaușescu organisiert wurden. Aber die wirklich gefährlichen waren diejenigen, die in den Schatten operierten. Sie hatten Verbindungen zu internationalen Netzwerken, die weit über Rumänien hinausgingen. Und das, was dein Großvater wusste, könnte diese Verbindungen zerstört haben."

„Welche Verbindungen?", fragte Alex. „Worum ging es wirklich?"

„Es geht um Macht, um den Schutz von Geheimnissen, die die Weltwirtschaft verändern könnten. Dein Großvater war in etwas verwickelt, das viel größer war, als du dir vorstellen kannst", sagte der Mann. „Er hat es geschafft, die Wahrheit zu verschleiern. Doch die Frage ist, ob du wirklich bereit bist, das zu erfahren. Diejenigen, die ihn getötet haben, haben keine Skrupel. Und sie werden dich auch nicht verschonen."

Alex starrte den Mann an, während ein kaltes Gefühl in seiner Brust aufstieg. Die Wahrheit, nach der er suchte, war gefährlicher, als er es sich je vorgestellt hatte. Doch der Gedanke, es jetzt aufzugeben, war für ihn nicht vorstellbar.

„Ich will die Wahrheit", sagte Alex entschlossen. „Egal, was es kostet." Ana legte eine Hand auf seinen Arm. „Bist du sicher? Die Wahrheit wird dich verändern, Alex. Und du wirst nie wieder derselbe sein."

„Ich habe keine Wahl", antwortete er leise. „Ich muss wissen, was wirklich passiert ist."

Der Mann nickte, als hätte er erwartet, dass Alex diese Entscheidung treffen würde. „Gut", sagte er, „aber du musst vorsichtig sein. Die nächsten Schritte werden dich näher an die Menschen bringen, die deinem Großvater das Leben genommen haben. Und es wird nicht einfach werden, die Wahrheit zu finden."

Alex nickte stumm. Die Jagd hatte begonnen – und es gab kein Zurück mehr.

Die Schatten der Vergangenheit

Der nächste Tag brachte kaum Erleichterung. Alex konnte die Worte des alten Mannes in der dunklen Wohnung nicht abschütteln. Es war nicht nur der Tod seines Großvaters, der ihn quälte, sondern auch das, was er über die geheimen Operationen erfahren hatte. Eine Verschwörung, die sich weit über Rumänien hinaus erstreckte, und das Wissen seines Großvaters war der Schlüssel zu einer Wahrheit, die selbst die mächtigsten Menschen zu verbergen versuchten.

Ana hatte ihn gewarnt, und er wusste jetzt, dass er sich in einen Strudel begab, der ihn zu Dingen führen würde, die er sich nie hätte vorstellen können. Doch die Bilder seines Großvaters, die immer wieder in seinem Kopf auftauchten, ließen ihn keine Ruhe finden.

„Ich muss mehr herausfinden", murmelte er, während er in den Straßen von Bukarest umherirrte. Es war ein grauer, regnerischer Tag, und die Stadt war noch immer von den Überresten des kommunistischen Erbes geprägt. Die alten Gebäude schienen Geschichten von Kämpfen und Geheimnissen zu erzählen, und Alex konnte nicht umhin, zu spüren, dass überall in der Stadt unsichtbare Augen auf ihn gerichtet waren.

Er hatte beschlossen, sich an einen weiteren ehemaligen Widerstandskämpfer zu wenden. Jemand, der mehr wusste, jemand, der bereit war, ihm zu helfen. Doch diese Person war schwer zu finden, und Alex musste vorsichtig sein. Wenn er zu viel Aufmerksamkeit erregte, könnte er in Gefahr geraten.

Ana hatte ihm von einem weiteren Treffen in einem abgelegenen Café erzählt, das von ehemaligen Dissidenten besucht wurde. Ein Ort, an dem die Schatten der Vergangenheit noch lebendig waren. Es war kein sicherer Ort, aber es war der einzige, an dem er möglicherweise Antworten auf seine brennenden Fragen finden konnte.

Das Café war eine kleine, unscheinbare Lokalität in einer verlassenen Ecke von Bukarest. Als Alex eintrat, spürte er sofort die Schwere der Atmosphäre. Die wenigen Gäste, die dort saßen, schienen immer wieder mit einem Blick die Fenster zu scannen, als ob sie sicherstellen wollten, dass niemand sie beobachtete.

„Du bist also Alex", sagte eine tief klingende Stimme hinter ihm. Alex drehte sich um und sah einen Mann mittleren Alters, der an einem Tisch saß. Sein Gesicht war von den Jahren des Überlebens gezeichnet, aber seine Augen verrieten eine scharfsinnige Intelligenz. Der Mann hatte die gleiche Art von Entschlossenheit in seinen Augen, die Alex bei seinem Großvater gesehen hatte – eine Mischung aus Verzweiflung und Widerstand.

„Ich bin Vlad", sagte der Mann, „und du bist gekommen, um Antworten zu bekommen. Aber du solltest wissen, dass du nicht nur die Wahrheit über deinen Großvater erfahren wirst, sondern auch über das, was nach dem Fall des Regimes passiert ist."

Alex setzte sich langsam, während sein Herz schneller schlug. Die Worte, die Vlad gerade ausgesprochen hatte, ließen einen tiefen Nerv in ihm vibrieren. Der Fall des Regimes – das war der Moment, an dem alles ins Wanken geraten war, der Moment, an dem das wahre Ausmaß der Verschwörung offenbar wurde.

„Was meinst du?", fragte Alex vorsichtig.

„Es gibt Dinge, die nach dem Sturz von Ceaușescu nicht beendet wurden", antwortete Vlad. „Einige der alten Geheimnisse sind nie ans Licht gekommen. Dein Großvater war ein Teil davon, aber er war nicht der Einzige. Es gab Menschen, die mehr wussten – und die nicht wollten, dass diese Wahrheiten ans Licht kommen."

„Was hat mein Großvater gewusst?", fragte Alex ungeduldig. „Warum musste er sterben?"

Vlad sah ihn lange an, bevor er antwortete. „Es geht um das Erbe des Regimes. Nicht nur um die Verbrechen gegen das Volk, sondern auch um das geheime Netzwerk, das sich im Hintergrund weiter fortgesetzt hat.

Dein Großvater wusste von einem Projekt, das die Grenzen Rumäniens überschritt. Er wusste von Operationen, die auch noch nach der Revolution durchgeführt wurden, um die Machthaber zu schützen."

Alex spürte, wie ihm das Blut in den Adern stockte. „Welche Art von Operationen?"

„Operationen, die auch mit internationalen Interessen zu tun hatten", erklärte Vlad. „Es gab eine Gruppe von Militärs und Politikern, die nicht nur in Rumänien, sondern auch in anderen Ländern Einfluss ausübte. Dein Großvater war ein Teil davon. Aber er wollte nicht mehr mitmachen. Er wollte die Wahrheit aufdecken, und das hat ihn zum Ziel gemacht."

„Hat das etwas mit dem Tod meines Großvaters zu tun?", fragte Alex.

„Ja", antwortete Vlad schlicht. „Er wurde getötet, weil er sich weigerte, weiter zu schweigen. Und das, was er wusste, war gefährlich. Es ging um Waffen, um geheime Abkommen und um ein Netzwerk, das die Macht in Rumänien auch nach dem Fall des Regimes aufrechterhielt. Dein Großvater wollte all das aufdecken. Aber er hat es nie geschafft."

„Wer hat ihn getötet?", fragte Alex mit erstickter Stimme.

Vlad lehnte sich zurück und sah ihn ernst an. „Das ist eine Frage, die du nicht leicht beantworten wirst. Es gibt viele, die ein Interesse daran haben, dass du die Wahrheit nie erfährst. Aber wenn du weitergräbst, wirst du bald feststellen, dass die Antworten näher sind, als du denkst."

Alex fühlte sich, als wäre der Boden unter seinen Füßen verschwunden. Es gab mehr, als er je erwartet hatte. Die Wahrheit über das Leben seines Großvaters war kein einfaches Bild, sondern ein Mosaik aus Lügen, Verrat und gefährlichen Geheimnissen.

„Ich will wissen, wer ihn getötet hat", sagte Alex fest. „Und ich will wissen, warum."

Vlad sah ihn an, als ob er überlegte, ob er ihm die volle Wahrheit sagen sollte. Dann seufzte er und nickte. „Gut. Aber sei dir bewusst, Alex, dass du dich in etwas hineinbewegst, das du vielleicht nicht mehr kontrollieren kannst. Die Wahrheit hat ihren Preis."

Alex nickte. Er war bereit, den Preis zu zahlen. Es gab keinen Weg zurück.

Im Netz der Lügen

Der Regen prasselte gegen die Fenster, als Alex aus dem Café trat. Die Dämmerung hatte bereits eingesetzt, und die Straßen von Bukarest waren in ein düsteres Licht getaucht. Die Worte von Vlad hallten noch in seinem Kopf. Die Wahrheit über seinen Großvater – was hatte er wirklich gewusst? Und warum hatte er dafür sein Leben riskiert?

Alex fühlte sich, als stünde er am Rande eines Abgrunds. Jede Entdeckung, jede neue Information brachte ihn näher an eine Wahrheit, die er nicht zu begreifen wagte. Er hatte die Entscheidung getroffen, weiterzumachen – doch nun wusste er, dass dies nicht nur seine eigene Sicherheit auf die Probe stellen würde, sondern auch die seiner Familie.

„Du musst vorsichtig sein", hatte Vlad gesagt. „Es gibt immer noch Leute, die sich nicht wollen, dass du etwas herausfindest. Du musst wissen, wem du vertrauen kannst."

Doch wem konnte er vertrauen? Ana, die ihm geholfen hatte, schien inzwischen zu einer Art Verbündeten geworden zu sein. Aber was, wenn sie mehr wusste, als sie ihm gesagt hatte? Wenn sie in irgendeiner Weise mit den dunklen Machenschaften, die seinen Großvater betrafen, in Verbindung stand? Die Ungewissheit nagte an ihm. Und so blieb ihm nur eines: Er musste weitergraben.

An diesem Abend verbrachte Alex Stunden in seiner kleinen Wohnung. Auf seinem Tisch lagen mehrere Notizen, Karten von Bukarest und alte Zeitungsausschnitte über die Revolution von 1989. Er versuchte, einen Zusammenhang zu finden, konnte aber die Puzzleteile noch nicht richtig zusammensetzen. Dann stieß er auf ein altes Foto seines Großvaters, das er in einer Kiste gefunden hatte, die ihm gehörte. Es zeigte einen jungen Mann in Militäruniform, umgeben von anderen Soldaten, die alle ernst blickten. Doch in einer Ecke des Bildes war ein Gesicht zu erkennen, das Alex sofort auffiel. Es war ein Mann, den er schon einmal gesehen hatte – auf den alten Aufnahmen, die Vlad ihm gezeigt hatte.

„Das ist er", murmelte Alex vor sich hin, als er das Bild genauer betrachtete. Der Mann war ein hochrangiger Offizier der rumänischen Armee, jemand, der direkt mit dem Regime von Ceaușescu in Verbindung stand. Doch warum war dieser Mann auf einem Bild mit seinem Großvater?

Die Antwort lag irgendwo verborgen. Aber wo?

Am nächsten Tag traf Alex sich erneut mit Ana. Er hatte sich entschlossen, ihr mehr zu erzählen – nicht nur über das Foto, sondern auch über die Entdeckungen, die er gemacht hatte. Vielleicht wusste sie mehr, als sie bisher zugegeben hatte.

„Ana", begann er, „ich habe ein Foto von meinem Großvater gefunden. Es zeigt ihn mit einem Mann, den ich vorher nie bemerkt habe, aber ich habe ihn in den Aufzeichnungen gesehen, die Vlad mir gezeigt hat. Er war ein hoher Offizier im Regime. Was weißt du darüber?"

Ana starrte ihn an, als wäre sie einen Moment lang in Gedanken versunken. Dann holte sie tief Luft.

„Es gibt Dinge, von denen ich dir nicht erzählt habe, Alex", sagte sie leise. „Dein Großvater war mehr als nur ein einfacher Soldat. Er war in ein geheimes Projekt involviert – eines, das weit über alles hinausging, was die Öffentlichkeit wusste."

Alex' Herz klopfte schneller. „Was für ein Projekt?"

„Es war ein internationaler Handel mit Informationen, Waffen und Einfluss", erklärte Ana. „Das Projekt hieß ‚Eiserner Vorhang', und es ging darum, dass das Regime auch nach dem Sturz von Ceaușescu seine Machtstruktur aufrechterhielt. Dein Großvater war einer der wenigen, die Zugang zu den Geheimnissen dieses Netzwerks hatten."

„Hatte mein Großvater also Kontakt zu internationalen Netzwerken?" Alex war fassungslos. „Und was hat das mit dem Mann auf dem Foto zu tun?"

„Der Mann auf dem Foto ist General Neagu. Er war der Kopf des Projekts und einer der gefährlichsten Männer im ganzen Land", sagte Ana mit zitternder Stimme. „Er hatte nicht nur Einfluss in Rumänien, sondern auch auf internationaler Ebene. Dein Großvater war in das Projekt verwickelt, aber er wollte aussteigen. Er hatte genug davon und wollte der Welt die Wahrheit sagen. Aber Neagu ließ das nicht zu."

Alex spürte, wie sich ein kalter Schauer über seinen Rücken zog. General Neagu – ein Name, den er bisher nur aus den dunklen Ecken der Geschichte kannte. Doch dieser Mann war nicht nur eine Figur aus der Vergangenheit, er war noch immer aktiv. Wenn alles, was Ana ihm erzählte, stimmte, dann war sein Großvater in etwas Verbotenes verwickelt, das weit über Rumänien hinausging.

„Was ist mit ihm passiert?", fragte Alex. „Warum wurde er getötet?"

Ana blickte ihn traurig an. „Neagu wollte ihn zum Schweigen bringen. Dein Großvater hatte Informationen, die die Welt erschüttern könnten. Es geht um Waffen, Schmuggel und geheime Deals, die auch nach dem Fall des Regimes weitergingen. Dein Großvater wusste zu viel. Und das hat ihm das Leben gekostet."

Alex ballte die Fäuste. „Ich werde die Wahrheit herausfinden", sagte er entschlossen. „Ich werde herausfinden, wer ihn getötet hat." Ana sah ihn besorgt an. „Alex, du spielst mit dem Feuer.

Diese Leute sind gefährlich. Sie haben immer noch Macht."

„Und wenn ich aufhöre, werden sie die Wahrheit für immer verbergen", erwiderte Alex. „Ich muss es tun. Ich muss wissen, was mit ihm passiert ist. Und warum."

Ana seufzte. „Ich werde dir helfen. Aber du musst vorsichtig sein. Du bist nicht allein in diesem Spiel."

Alex nickte und verließ die Wohnung. Während er die Straßen von Bukarest entlangging, wusste er, dass der Weg, den er eingeschlagen hatte, gefährlicher war als alles, was er sich je hätte vorstellen können. Doch es gab kein Zurück mehr. Die Schatten seiner Vergangenheit hatten ihn in ihren Bann gezogen. Und die Wahrheit – so gefährlich sie auch sein mochte – würde er finden.

Der dunkle Tunnel

Der Tag brach an, aber für Alex war es kein gewöhnlicher Morgen. Der Duft von frischem Kaffee, der in der Luft hing, konnte ihm keine Ruhe verschaffen. In den letzten Stunden hatte er das Gefühl gehabt, dass die Schatten der

Vergangenheit ihn immer näher einholten. Die Entdeckungen über das geheime Netzwerk, an dem sein Großvater beteiligt gewesen war, ließen ihm keine Ruhe. Doch eines war ihm klar geworden: Wer auch immer hinter dem Mord an seinem Großvater steckte, hatte alles getan, um die Wahrheit zu verbergen.

Er saß mit Ana in einem kleinen Café, das in einer abgelegenen Ecke von Bukarest lag. Es war der Ort, an dem sie sich immer wieder trafen, um Informationen auszutauschen. Doch heute war alles anders. Ana war nicht mehr die einzige Person, der Alex vertraute. Es gab noch jemanden, der mehr über das tödliche Geheimprojekt wusste. Doch dieser jemand war kein Freund des Systems – und genau deswegen war er gefährlich.

„Was weißt du über Neagu und seine Verbindungen zu den Geheimdiensten?", fragte Alex, als er Ana gegenüber saß. Er hatte sich entschieden, härter vorzugehen. Es war kein Spiel mehr. Es ging um Leben und Tod.

Ana wirkte nervös, als sie ihm die Frage stellte, bevor sie antwortete. „Neagu war nicht nur ein Mann der Macht im kommunistischen Regime. Er hatte Verbindungen zu vielen westlichen Geheimdiensten. Die Vereinbarungen, die er getroffen hat, sind bis heute nicht öffentlich bekannt. Es geht nicht nur um Waffen – es geht um Kontrolle, um das, was nach dem Fall des Regimes noch existierte."

„Und mein Großvater war ein Teil dieses Spiels?", fragte Alex mit erhobenem Blick.

„Ja", antwortete Ana. „Er war Teil eines geheimen Netzwerks von Militärs, Politikern und internationalen Akteuren, die auch nach der Revolution weiter arbeiteten. Dein Großvater war in ein Projekt verwickelt, das auf den ersten Blick unschuldig erschien, aber in Wirklichkeit eine ganz andere Agenda hatte. Und als er aussteigen wollte…"

„Wurde er getötet", vollendete Alex den Satz, als ein kalter Schauer über seinen Rücken zog. „Neagu wollte verhindern, dass mein Großvater die Wahrheit herausfindet." „Genau", sagte Ana, „und es gibt noch etwas anderes. Ein Dokument, das dein Großvater kurz vor seinem Tod hatte. Es könnte der Schlüssel zu allem sein." „Wo ist dieses Dokument?", fragte Alex mit gespannter Stimme.

Ana sah sich vorsichtig um, als wollte sie sicherstellen, dass niemand zuhörte. Dann beugte sie sich vor und flüsterte: „Es gibt einen sicheren Ort. Ein Ort, an dem dein Großvater es versteckt hat. Ein Tunnel unter der Stadt. Er wusste, dass er in Gefahr war und hat es dort hinterlassen, damit niemand es finden kann. Aber ich glaube, der Tunnel ist nicht nur ein Ort für das Dokument. Es ist auch ein Hinweis auf etwas viel Größeres."

Alex spürte, wie sein Herz schneller schlug. „Ein Tunnel? Wo genau?"

„In der Nähe eines alten Fabrikgeländes, das heute verlassen ist. Es ist ein Ort, den fast niemand mehr betritt, und das ist der Grund, warum dein Großvater es dort versteckt hat. Aber du musst vorsichtig sein. Ich habe gehört, dass der Ort von Leuten bewacht wird, die alles tun würden, um das Geheimnis zu wahren."

„Und wie komme ich da hin?", fragte Alex entschlossen. „Ich kann dir den Weg zeigen, aber du wirst schnell erkennen, dass du nicht der Einzige bist, der nach diesem Dokument sucht", warnte Ana ihn. „Ich kann dir helfen, aber du musst wirklich sicher sein, dass du das Risiko eingehen willst."

Alex nickte entschlossen. „Ich muss die Wahrheit finden. Ich habe keine Wahl mehr."

Am frühen Abend machte sich Alex auf den Weg. Ana hatte ihm die Koordinaten des Tunnels gegeben. Es war ein abgelegener Teil der Stadt, und die Dämmerung hatte sich bereits über Bukarest gesenkt. Die Straßen waren leer, und der Regen hatte die Luft noch kälter gemacht.

Der Tunnel lag in der Nähe eines ehemaligen Industriegebiets, das schon seit Jahren verlassen war. Die Gebäude standen leer, und der einst pulsierende Ort war von der Natur zurückerobert worden. Ein düsterer, vergilbter Charme lag über dem Gebiet, und Alex konnte die Echos der Geschichte förmlich spüren.

„Hier muss es sein", murmelte er vor sich hin, als er sich dem verlassenen Fabrikgelände näherte. Die Luft roch nach Altmetall und Moder. Der Regen hatte das Gelände zu einer matschigen, trüben Landschaft gemacht, aber Alex konnte keinen Moment verlieren. Er musste herausfinden, was mit seinem Großvater passiert war.

Er ging vorsichtig weiter, bis er eine heruntergekommene Halle fand. Am Eingang waren die alten Türen mit Rost bedeckt, aber sie gaben nach, als er sie vorsichtig aufdrückte. Es war stockfinster, und der Geruch von Staub und vergammeltem Holz stieg ihm in die Nase.

„Vorsichtig sein", dachte er. „Hier lauern noch die Schatten."

Er hatte gehört, dass dieser Ort von einem privaten Sicherheitsdienst bewacht wurde, der mit den letzten Überbleibseln des alten Regimes zusammenarbeitete. Aber wo waren sie? Und warum schien der Tunnel, von dem Ana gesprochen hatte, immer weiter in den Hintergrund zu rücken?

Alex fühlte sich von der Stille erdrückt. Der Moment, in dem er sich dem gefährlichsten Teil seiner Reise näherte, war gekommen.

Der unterirdische Code

Alex stand im Dunkeln, nur das schwache Licht seiner Taschenlampe war ihm ein Führer. Der Tunnel, von dem Ana gesprochen hatte, war enger als erwartet. Die feuchten Wände tropften in regelmäßigen Abständen, und der modrige Geruch des alten Zementes drang ihm in die Nase. Doch es war nicht die Dunkelheit, die ihn beunruhigte – es war die Stille. Der Tunnel fühlte sich wie ein lebendes Wesen an, das seine Geheimnisse tief in sich vergraben hatte.

Mit jedem Schritt, den Alex tat, schien der Boden unter ihm mehr zu knirschen, als wollte er ihm warnen, einen Schritt zurückzutreten. Aber Alex konnte nicht umkehren. Er hatte zu viel erfahren, zu viel gesehen, um sich jetzt von der Wahrheit abhalten zu lassen. Je näher er dem Zentrum des Tunnels kam, desto mehr wuchs das Gefühl, dass er auf einem gefährlichen Terrain wandelte.

Er hatte sich viele Male gefragt, warum sein Großvater dieses Dokument hier versteckt hatte. Was war so wichtig daran, dass es selbst den Tod wert war? Was konnte so gefährlich sein, dass Neagu und seine Leute alles taten, um es zu verschleiern? Und wie viele Menschen hatten schon versucht, diese Geheimnisse zu finden – und waren nie wieder zurückgekehrt?

Ein weiteres Stück weiter und er hörte plötzlich das

Geräusch von Schritten. Es war ein leises, kaum hörbares Geräusch, aber es ließ ihn sofort erstarren. Jemand war hier.

Alex wich instinktiv in die Schatten und hockte sich nieder, die Taschenlampe in der Hand festhaltend. Ein Teil von ihm wollte weitergehen, aber der andere wusste, dass er vorsichtig sein musste. Schließlich war dies nicht nur ein Versteck für ein Dokument – es war ein Ort voller Geheimnisse, die nicht ans Licht kommen durften.

Die Schritte kamen näher, und Alex konnte sich nicht mehr sicher sein, ob es eine einzelne Person oder mehrere waren. Die Geräusche hallten in dem langen, engen Gang. Dann, plötzlich, blieb alles still. Er hielt den Atem an und hörte nur noch das Rauschen seines eigenen Herzens.

„Du bist also doch gekommen", sagte eine leise, jedoch deutliche Stimme aus der Dunkelheit. Die Worte kamen aus der Richtung, aus der die Schritte zuvor zu hören gewesen waren.

„Wer ist da?", rief Alex, seine Stimme furchtloser, als er sich fühlte. Er war überrascht, dass er so ruhig geblieben war.

Ein Schatten trat aus der Dunkelheit und erkannten den Mann, der vor ihm stand. Es war niemand anderes als Neagu.

„Du solltest besser umkehren, Junge", sagte Neagu in einem beinahe müden Ton. „Die Wahrheit wird dich zerstören."

Alex' Hand krampfte sich um die Taschenlampe, als er weiter auf den Mann starrte, der seinem Großvater das Leben genommen hatte. „Was wollen Sie hier, Neagu?", fragte er scharf.

Neagu lächelte, doch das Lächeln war kalt und nichts als ein weiteres Zeichen von Überheblichkeit. „Ich habe dich nicht erwartet, aber jetzt, wo du hier bist, wirst du verstehen, warum dein Großvater sterben musste. Du wirst verstehen, dass es keine andere Wahl gab."

„Was haben Sie mit meinem Großvater gemacht?", forderte Alex mit drängender Stimme.

Neagu trat einen Schritt näher und stieß eine Tür auf, die in einen tieferen Bereich des Tunnels führte. „Komm mit mir, und du wirst die Antwort finden. Aber sei gewarnt, du kannst die Wahrheit nicht ungestraft kennen."

Alex zögerte keinen Moment. Er trat einen Schritt nach vorne, die Entschlossenheit in seinen Augen. Die Wahrheit war alles, was er wollte. Und egal, was er entdecken würde, es war jetzt zu spät, zurückzukehren.

Der Tunnel schien sich weiter auszudehnen, als Neagu ihn tiefer in den Untergrund führte. Die Luft war schwer, und das Licht der Taschenlampe warf gespenstische Schatten an die Wände.

„Du wirst verstehen", wiederholte Neagu, „dass einige Geheimnisse zu groß sind, um ans Licht zu kommen. Dein Großvater hätte nie verstehen können, warum das, was er getan hat, notwendig war. Aber du wirst es verstehen. Du wirst sehen, wie weit wir gehen mussten, um das System zu retten."

Alex wusste, dass dies der Moment war, an dem er alles erfahren würde. Doch gleichzeitig wusste er, dass er dabei alles verlieren konnte. Und er wusste auch, dass nichts mehr so sein würde wie zuvor.

Das Geheimnis der Akte

Alex folgte Neagu weiter durch den engen Tunnel. Die feuchten Wände des Ganges schienen sich zu verengen, als wollten sie ihn erdrücken, doch er hielt sich fest, nur das schwache Licht seiner Taschenlampe begleitete ihn. Der Mann vor ihm bewegte sich ruhig, als wüsste er genau, was ihn erwartete. Die drückende Stille des Tunnels war fast unerträglich. Alex' Gedanken rasten.

Was konnte Neagu ihm noch sagen, das er nicht schon wusste? Aber er hatte keine Wahl. Er musste es herausfinden.

„Was genau ist es, das du mir zeigen willst?", fragte Alex, der inzwischen genug von den Geheimnissen hatte, die ihm wie ein undurchdringliches Netz entgegenkamen.

Neagu drehte sich nicht zu ihm um, aber seine Antwort kam mit der gleichen kalten Ruhe, die er immer ausgestrahlt hatte. „Die Akte. Dein Großvater hat nie verstanden, dass er mehr als nur ein Werkzeug war. Er dachte, er würde etwas bewegen, aber er war nur ein Teil eines viel größeren Plans."

„Ein Plan? Was für ein Plan?", fragte Alex, immer misstrauischer.

„Ein Plan, der das gesamte System überleben sollte. Dein Großvater war einer von vielen, die glaubten, sie könnten das System von innen heraus verändern. Aber er hat nie gesehen, wie tief der Abgrund ist, in den er hineingezogen wurde."

Sie erreichten schließlich einen kleinen Raum, der nur von einem schwachen Lichtschein erleuchtet wurde, der von einer Glühbirne an der Decke herunterhing. Auf einem alten Holztisch lagen Papiere, einige gelb und zerfleddert, andere noch relativ intakt. Neagu ging zu dem Tisch und zog eine einzelne Akte hervor, deren Inhalt Alex sofort aufhorchen ließ.

„Hier", sagte Neagu und legte die Akte vor Alex ab. „Das ist, was du gesucht hast."

Alex nahm die Akte in die Hand. Der Umschlag war mit

Staub bedeckt, und das Papier fühlte sich brüchig an. Die Aufschrift war in einer geheimen Sprache geschrieben, die er nur zu gut kannte – es war eine Codierung, die nur wenige Menschen im Land verstanden. Ein kaltes Schaudern überkam ihn. Warum hatte sein Großvater diese Akte hier versteckt?

„Dein Großvater wusste mehr, als du dir vorstellen kannst. Aber er wusste nicht, was wirklich auf dem Spiel stand. Du musst verstehen, dass er nicht nur Informationen über das Regime und seine Verstrickungen gesammelt hat. Diese Akte enthält Informationen über das Projekt, an dem dein Großvater beteiligt war. Informationen, die das Schicksal des Landes hätten verändern können, hätte er sie zu einem anderen Zeitpunkt veröffentlicht. Aber das war nicht der Plan."

Alex' Herz klopfte schneller. Er konnte nicht fassen, was er hörte. Alles, was er über sein Leben und seine Familie zu wissen geglaubt hatte, schien sich in diesem Moment zu verändern. Die Wahrheit war viel dunkler, als er es je erwartet hatte.

„Was meinst du mit ‚das war nicht der Plan'?", fragte Alex, seine Stimme fast ein Flüstern.

Neagu trat einen Schritt zurück und sah Alex mit einem stechenden Blick an. „Der Plan war, das System zu stützen, zu bewahren, selbst als die Revolution längst vorüber war. Dein Großvater war einer der letzten, der daran geglaubt hat, dass man das Regime retten könnte, dass die Idee einer kommunistischen Utopie noch immer realisiert werden konnte. Doch der wahre Zweck war nie der Wandel. Es ging um Macht – um Kontrolle. Und dein Großvater wollte aussteigen. Er wollte alles aufdecken."

„Er wollte also das System zerstören, so wie du es getan hast?", fragte Alex, seine Stimme klang nun voller Abscheu.

Neagu sah ihn ruhig an. „Ja, genau. Aber als er versuchte, alles zu beenden, wusste er, dass er sich selbst in Gefahr brachte. Und du weißt, was das bedeutet. Du weißt, was für eine Rolle er spielte. Und du weißt, warum er sterben musste."

Alex' Hand zitterte, als er die Akte öffnete und die ersten Seiten überflog. Es war schwer zu begreifen, was er las. Aber zwischen den vergilbten Seiten fanden sich Hinweise auf eine geheime Allianz von Militärs, Geheimdiensten und internationalen Akteuren, die nach dem Fall des Regimes im Verborgenen weiterarbeiteten. Es war das, was Ana ihm erzählt hatte – ein Netzwerk, das die politische und wirtschaftliche Macht in Rumänien über Jahrzehnte hinweg aufrechterhielt.

„Was passiert jetzt?", fragte Alex, während er das Dokument erneut betrachtete. „Was werde ich tun, wenn ich all das verstehe?"

Neagu trat näher und sah ihm in die Augen. „Du wirst dich entscheiden müssen. Du wirst den Weg weitergehen oder dich von der Wahrheit abwenden. Aber sei dir bewusst, dass es kein Zurück mehr gibt. Du bist jetzt Teil dieses Spiels. Und die Frage ist nicht mehr, was du mit deinem Großvater teilen wirst, sondern, ob du bereit bist, das zu tragen, was er dir hinterlassen hat."

Alex spürte, wie der Druck des Wissens auf ihn lastete. Es war nicht mehr nur ein Geheimnis, das er lösen musste – es war ein Erbe, das er nicht länger ignorieren konnte. Der Kampf um die Wahrheit war nicht vorbei, er hatte gerade erst begonnen.

Die Jagd nach der Wahrheit

Der Tunnel schien noch tiefer und dunkler, als Alex den Raum verließ, in dem die Akte lag. Die Worte, die Neagu ihm hinterlassen hatte, hallten in seinem Kopf wider. Es war nicht mehr nur ein Geheimnis, das er lüften wollte – es war nun eine Entscheidung, die sein Leben und das seines Großvaters bestimmen würde.

Er hatte das Gefühl, dass die Luft um ihn herum schwerer wurde, als er tiefer in den Gang ging. Je weiter er sich von Neagu entfernte, desto mehr wuchs der Gedanke, dass dieser Tunnel in Wahrheit ein Labyrinth war, das nie einen Ausgang hatte. Und während er sich nach vorne tastete, wurde ihm klar, dass er ohne die Hilfe von Ana nicht weiterkommen würde. Sie war die einzige, die ihm den richtigen Weg zeigen konnte.

Alex zog das Handy aus der Tasche und wählte ihre Nummer. Die Verbindung brach zweimal ab, aber beim dritten Versuch meldete sie sich. Ihre Stimme klang besorgt, als sie fragte: „Alex? Bist du in Ordnung?" „Ich habe es gefunden", sagte Alex, der das Gewicht der Akte immer noch in der Hand spürte. „Die Akte ist real. Es gibt Hinweise auf ein internationales Netzwerk, das selbst über Ceaușescu hinausgeht. Es geht tiefer, viel tiefer, als wir es uns je vorgestellt haben."

„Wo bist du jetzt?", fragte Ana, ihre Stimme klang angestrengt. „Hast du dich noch tiefer in den Tunnel begeben?"

„Ja, ich bin noch drin", antwortete Alex, während er weiterging. „Aber ich brauche deine Hilfe. Ich kann das nicht alleine lösen."

„Komm sofort zu mir", sagte Ana mit Nachdruck. „Wir müssen uns treffen. Ich habe neue Informationen, die du wissen musst. Es geht um Neagu. Er ist nicht nur ein einfacher Handlanger des Systems. Er spielt ein viel größeres Spiel. Und du bist jetzt ein Teil davon."

Alex spürte, wie sich die Realität um ihn herum verschob. Was er an diesem Tag entdeckt hatte, war mehr als nur die Entdeckung eines Geheimnisses. Es war der Beginn einer Jagd, die ihn tiefer in die dunklen Ecken des Landes führen würde, und er war nicht sicher, ob er dafür bereit war. Doch er hatte keine Wahl. Der Drang, die Wahrheit zu erfahren, war stärker als seine Ängste.

„Ich komme sofort zu dir", sagte Alex, als er den Tunnel verließ und sich auf den Weg zu dem Treffpunkt machte, den Ana ihm genannt hatte.

Ana wartete in einem kleinen Café am Rande von Bukarest. Ihre Nervosität war ihr ins Gesicht geschrieben, doch sie versuchte, ihre Fassung zu bewahren, als Alex sich endlich zu ihr setzte. Der Ausdruck auf seinem Gesicht verriet ihr alles, was sie wissen musste. Die Akte war nicht nur ein Dokument – es war der Schlüssel zu einem Puzzle, das viel größer war, als sie es sich je vorgestellt hatte.

„Du hast es also wirklich gefunden", sagte Ana, als Alex sich setzte. Ihre Stimme war leise, aber fest. „Das ist der Anfang vom Ende, Alex. Aber du musst vorsichtig sein. Neagu wird alles tun, um uns davon abzuhalten, das vollständige Bild zu sehen. Er weiß, dass du nicht nur nach Antworten suchst – du suchst nach Gerechtigkeit. Und das ist das Letzte, was er will."

Alex nickte, aber die Sorgen auf seinem Gesicht waren nicht zu übersehen. „Ich habe keine Ahnung, was das alles bedeutet. Aber eines weiß ich jetzt – mein Großvater wurde nicht einfach getötet, weil er etwas wusste. Er wurde getötet, weil er versuchte, das Regime zu stürzen. Aber er war nicht der Einzige. Was Neagu und die anderen tun, ist viel gefährlicher, als ich je gedacht hätte."

„Es geht nicht nur um das Regime", erwiderte Ana. „Es geht um den Erhalt einer Ordnung, die auf den Trümmern der Vergangenheit aufgebaut wurde. Es gibt Kräfte, die darauf angewiesen sind, dass bestimmte Dinge nie ans Licht kommen. Und du bist jetzt mittendrin."

Alex sah ihr in die Augen. „Was sollen wir jetzt tun?"

„Wir müssen herausfinden, was Neagu wirklich vorhat", sagte Ana, ihre Stimme jetzt ernster. „Und wir müssen es ihm zuvor tun. Die Akte, die dein Großvater versteckt hat, ist der Schlüssel zu allem. Wenn wir herausfinden, was er wirklich wusste, dann können wir das System entlarven. Aber dafür müssen wir mehr wagen als nur Fragen stellen."

„Und wenn er uns entlarvt?", fragte Alex, der die Gefahr langsam wirklich begreifen konnte.

„Dann sind wir beide tot", sagte Ana ruhig. „Aber du hast keine Wahl. Du hast dich entschieden, und du bist nicht mehr nur der Enkel eines Mannes, der das Leben verlor – du bist jemand, der das Erbe dieses Mannes weiterführen kann."

Alex spürte, wie sich der Druck in seinem Inneren verstärkte. Der Kampf war noch lange nicht gewonnen, und er wusste nicht, wie weit er noch gehen würde. Doch eines war klar: Er hatte die Wahrheit schon zu tief eingeatmet, um jetzt noch zurückzukehren.

„Wir müssen weitergraben", sagte Alex schließlich, die Entschlossenheit in seinen Augen war deutlich. „Und wir dürfen nicht zulassen, dass das alles ein Ende findet, bevor wir wissen, was wirklich passiert ist."

Neagu wusste, dass er beobachtet wurde. Es war ein Gefühl, das er nicht abschütteln konnte, seitdem Alex die Akte gefunden hatte. Doch er war nicht bereit, sich von einem Jungen und einer ehemaligen Freundin in die Enge treiben zu lassen. Das Spiel war längst nicht vorbei, und er war fest entschlossen, seine eigene Wahrheit zu verteidigen.

Doch Neagu unterschätzte, wie weit Alex und Ana gehen würden, um herauszufinden, was wirklich hinter der Ermordung des Großvaters steckte. Es war ein Wettlauf gegen die Zeit, und er wusste, dass er nicht verlieren durfte.

Die Schatten der Vergangenheit

Die Sonne war schon untergegangen, als Alex und Ana sich in einem alten, verlassenen Lagerhaus trafen, das von den grauen, verfallenen Fassaden Bukarests umgeben war. Die Dunkelheit schien den Ort zu verschlingen, und das leise Rauschen des Windes vermischte sich mit dem Geräusch von fallendem Staub und Mörtel. Hier hatten sie sich zum nächsten Schritt ihrer Jagd nach der Wahrheit getroffen, der alles verändern könnte. Doch Alex wusste, dass die Jagd gefährlicher wurde. Die Schatten der Vergangenheit waren immer näher gerückt, und er konnte den kalten Hauch des Unbekannten spüren, der über ihn strich.

„Bist du sicher, dass das der richtige Ort ist?", fragte Ana und sah sich misstrauisch um. Sie hatte immer ein gutes Gespür für Gefahr, und das Gefühl in ihrer Brust ließ sie nicht los. „Hier gibt es keine Zeugen. Warum kommen wir ausgerechnet hierher?"

„Weil Neagu weiß, dass wir ihm dicht auf den Fersen sind", antwortete Alex. „Dieser Ort war früher wichtig für ihn. Es ist der letzte Ort, an dem er glaubt, dass wir ihn nicht finden können."

Ana nickte und schlich vorsichtig hinter ihm her. Das Lagerhaus war groß und in seinem Inneren roch es nach altem Holz und rostigem Metall. Alex fühlte sich beobachtet, als er von einem Schatten zum nächsten schlich. Doch er wusste, dass sie nicht viel Zeit hatten. Die Akte, die sein Großvater hinterlassen hatte, war noch immer der Schlüssel, und sie mussten alles aufdecken, bevor Neagu sie entdeckte. Der Plan war einfach: Sie wollten Neagu dazu bringen, Fehler zu machen – Fehler, die sie brauchten, um zu entkommen.

„Und was genau erhoffst du dir von ihm?", fragte Ana, als sie an einer dunklen Ecke des Gebäudes anlangten. Ihre Augen schauten durch das schummrige Licht, als sie auf das alte Metallregal vor ihnen starrte. „Ich dachte, du wüsstest mittlerweile, dass er ein gefährlicher Mann ist. Das ist kein Spiel mehr, Alex."

„Ich weiß", antwortete Alex und blickte nachdenklich auf das verstaubte Metallregal. „Aber er wird einen Fehler machen. Er will uns ein weiteres Spiel aufzwingen, aber wir sind in einer besseren Position als er denkt. Diese Akte, die er will, enthält zu viel. Er wird es nicht schaffen, die Wahrheit weiter zu verbergen."

Ana war still, als sie die Entschlossenheit in Alex' Blick sah. Sie wusste, dass er nicht mehr der junge Mann war, der er einmal gewesen war – jemand, der nur nach Antworten suchte. Jetzt war er ein Mann, der bereit war, das System zu stürzen, um seine Familie zu rächen und die dunklen Geheimnisse zu entlarven.

„Wie wollen wir dann weitermachen?", fragte Ana, während sie die Waffe, die sie vorsichtshalber bei sich trug, langsam griff. „Wir sind ihm dicht auf den Fersen. Er hat sich längst nicht nur ein Netz von Handlangern aufgebaut. Er hat die Macht, uns zu vernichten, bevor wir auch nur einen weiteren Schritt tun."

„Deshalb müssen wir ihn überlisten", antwortete Alex. „Er vertraut auf seine Geheimhaltung, auf seine Macht. Aber er unterschätzt uns. Wir haben die Akte, und das ist unser Trumpf."

Alex zog einen alten Zettel aus seiner Tasche, auf dem eine Liste von Namen und Orten stand, die er während seiner Recherchen entdeckt hatte. Er zeigte sie Ana, die die Augenbrauen zusammenzog, als sie die Namen durchging. Es waren alles hochrangige Mitglieder des alten Systems – Minister, Generäle und geheimdienstliche Agenten, die schon lange im Verborgenen agierten und auch heute noch die Fäden zogen.

„Das ist also der Plan? Du willst sie alle auf einen Schlag enttarnen?", fragte Ana. Ihre Stimme war von einer Mischung aus Skepsis und Überraschung geprägt. „Das ist eine ziemlich große Nummer, Alex. Neagu hat nicht nur Verbindungen zu alten Netzwerken, sondern auch neue Verbündete. Wir haben keine Ahnung, wer auf seiner Seite steht."

„Ich weiß, aber es gibt einen Punkt, an dem sich alles zusammenfügt", sagte Alex und fuhr mit einem Finger über die Namen. „Wir müssen uns zuerst Neagu entledigen, bevor wir uns mit dem Rest befassen können. Und wir brauchen etwas, das er nicht erwartet."

„Und was ist das?", fragte Ana. Alex zog die Akte heraus und legte sie vor Ana ab. „Diese hier. Diese Akte enthält Informationen über die geheimen

Geschäfte, die Neagu mit internationalen Organisationen hatte. Wenn wir sie richtig einsetzen, können wir den Rest der Puzzleteile finden – und die wahre Verbindung zwischen ihm und den Geheimdiensten aufdecken. Aber nur, wenn wir es rechtzeitig tun."

Ana war einen Moment still, dann nickte sie langsam. „Gut, aber du hast recht. Wir müssen vorsichtig sein. Wenn Neagu herausfindet, dass wir mit dieser Akte spielen, wird er alles daran setzen, uns auszuschalten."

Plötzlich hörten sie Schritte. Zwei, vielleicht drei Personen näherten sich dem Lagerhaus, ihre Schritte hallten auf dem Kies. Alex' Herz schlug schneller. „Neagu ist hier", flüsterte er. „Wir müssen uns bewegen."

„Schnell!", sagte Ana und zog ihn in die Richtung eines alten Fensters, das in einen verlassenen Hinterhof führte. „Wir müssen raus, bevor sie uns finden."

Alex blickte noch einmal auf die Akte, dann rannte er mit Ana hinter ihm durch das Lagerhaus. Sie mussten das Risiko eingehen. Der Kampf war längst nicht vorbei – er war gerade erst begonnen. Aber Alex war entschlossen. Er würde die Wahrheit herausfinden, koste es, was es wolle.

Der Preis der Wahrheit

Der kalte Wind pfiff durch die engen Gassen Bukarests, als Alex und Ana aus dem Lagerhaus flüchteten. Ihre Schritte hallten auf dem feuchten Asphalt, als sie sich zwischen den verlassenen Gebäuden hindurchdrängten. Hinter ihnen konnte Alex das Geräusch von Motoren hören, die sich ihrem Versteck näherten. Neagu hatte sie entdeckt. Sie hatten keine Zeit mehr.

„Es ist nur noch eine Frage der Zeit, bis sie uns finden", sagte Ana keuchend, während sie sich mit Alex durch die Gassen schlängelte. „Was haben wir über Neagu, das wir gegen ihn einsetzen können?"

Alex blickte schnell auf die Akte in seiner Hand, die er fest umklammerte. „Er hat viel zu verlieren, aber er wird nicht kampflos aufgeben. Wir brauchen mehr als nur die Akte, um ihn zu entlarven. Wir müssen wissen, wo er sich versteckt, was er plant."

„Und wie genau kommen wir an diese Informationen?", fragte Ana. Ihre Stimme war angespannt, doch ihre Entschlossenheit war ungebrochen.

„Wir müssen zurück zu den Quellen", antwortete Alex. „Ich habe die Namen auf der Liste in der Akte überprüft.

Einige dieser Personen sind noch aktiv. Wenn wir sie finden, können wir die Verbindung zu Neagu beweisen."

Doch während sie sich durch die Nacht bewegten, wuchs in Alex das Gefühl, dass sie sich in einem immer enger werdenden Kreis aus Lügen und Verrat befanden. Er hatte das Gefühl, dass er immer weiter in ein Netz aus Täuschung und Verrat gezogen wurde – und es war nur eine Frage der Zeit, bis sie es nicht mehr entkommen würden.

Ana sah ihm in die Augen. „Du bist dir bewusst, dass es keine Rückkehr mehr gibt, oder?"

Alex nickte. „Ich weiß, was auf dem Spiel steht. Aber ich habe keine Wahl. Ich muss herausfinden, was mit meinem Großvater passiert ist. Und wenn das bedeutet, dass wir alles aufs Spiel setzen, dann ist es das, was wir tun müssen."

„Also gehen wir bis zum Ende", sagte Ana und legte ihm die Hand auf den Arm. „Ich bin bei dir."

Doch die Verfolgung war schneller als sie gedacht hatten. Noch bevor sie die nächste Ecke erreichen konnten, hörten sie das Geräusch von Motoren, die immer näher kamen. Alex' Herz schlug schneller, als er sich umdrehte und eine Gruppe von Männern sah, die mit ihren Wagen auf sie zu hielten. Neagu hatte seine Leute losgeschickt, um sie zu finden – und sie waren näher, als Alex es für möglich gehalten hatte.

„Da ist kein Entkommen mehr", sagte Ana, als sie die Männer sahen, die nun aus ihren Fahrzeugen stiegen. „Wir müssen uns stellen."

„Nicht jetzt", flüsterte Alex und zog sie hinter einen Haufen Müll, der sie kurzzeitig vor den Blicken der Männer verbarg. „Ich habe einen Plan. Wir müssen sie ablenken."

Ana warf ihm einen misstrauischen Blick zu. „Was für einen Plan?"

„Ich weiß, wo Neagu sich versteckt", sagte Alex. „Und ich weiß, dass er dort Informationen hat, die uns weiterhelfen. Wir gehen zurück, und wenn wir Glück haben, können wir ihn überraschen."

„Du willst zurück zu ihm? Nach allem, was er uns angetan hat?", fragte Ana ungläubig. „Das ist verrückt!"

„Es ist unsere einzige Chance, Ana", sagte Alex entschlossen. „Wenn wir jetzt nicht handeln, verlieren wir alles. Ich weiß, wie wir an die Informationen kommen, die uns fehlen. Wir müssen ihm einen Schritt voraus sein."

Ana zögerte kurz, dann nickte sie. „Okay, aber du übernimmst die Führung. Ich werde dir folgen."

Sie warteten, bis die Männer an ihnen vorbeifuhren, und nutzten dann den Moment, um sich heimlich in Richtung des Verstecks von Neagu zu begeben. Sie wussten, dass sie keine Zeit mehr zu verlieren hatten. Doch je näher sie kamen, desto mehr wuchs in Alex das Gefühl, dass der ganze Plan gefährlicher war, als sie es sich hätten vorstellen können.

Als sie schließlich an einem abgelegenen Gebäude ankamen, einem alten, verlassenen Bürokomplex, der von dicken Stahlgitterstäben umgeben war, wusste Alex, dass dies der Ort war. Es war der Versteck von Neagu. Die Tür war verschlossen, aber Alex hatte den Schlüssel. Es war die einzige Chance, an die Informationen zu kommen, die sie brauchten, bevor sie die Männer auf sich aufmerksam machten.

„Bereit?", flüsterte Ana.

Alex nickte und trat vorsichtig auf die Tür zu. Mit einem leisen Knacken öffnete er die schwere Metalltür. Die Dunkelheit umhüllte sie wie ein Mantel, als sie das Innere betraten. Nur das leise Quietschen der Tür hallte durch den leeren Raum.

„Schnell, wir haben nicht viel Zeit", sagte Alex und zog Ana mit sich. Sie bewegten sich vorsichtig durch den Korridor, der von verstaubten Schränken und Aktenordnern gesäumt war. Alex wusste, dass die Wahrheit irgendwo hier versteckt war – irgendwo in den alten, vergilbten Dokumenten, die noch immer in diesen verlassenen Büros lagen.

Doch als sie eine weitere Tür erreichten, die zu einem kleinen Büro führte, war der Raum leer. Auf dem Schreibtisch lag nur eine einzige, unscheinbare Akte – eine Akte, die in keinem der vorherigen Räume aufgetaucht war.

„Das ist es", sagte Alex und griff nach der Akte. Als er sie öffnete, fand er sich vor einer Reihe von Namen wieder – Namen, die tief in der Vergangenheit verwurzelt waren, und die ein Bild von etwas viel Größerem ergaben, als er je erwartet hätte.

„Es ist schlimmer, als ich dachte", murmelte er, als er die Informationen las. „Neagu ist nicht nur ein Teil des Systems. Er ist derjenige, der es am Leben erhalten hat. Und jetzt bin ich inmitten eines Spiels, das ich nicht mehr kontrollieren kann."

Ana trat neben ihn und sah auf die Akte. „Das ist mehr, als wir uns je erhofft haben. Aber es erklärt vieles. Neagu hat diese Akte also nie als Beweis für etwas benutzt. Er hat sie versteckt, um die Vergangenheit zu schützen."

„Und jetzt werden wir ihn entlarven", sagte Alex mit neuer Entschlossenheit. „Es endet hier."

Doch während er die Akte weiter durchblätterte, hörte er plötzlich Schritte, die sich aus der Dunkelheit näherten.

„Wir sind nicht allein", sagte Alex, als sich der Schatten eines Mannes in der Tür abzeichnete.

Der Mann im Schatten

Der Schatten bewegte sich langsam und zielstrebig in den Raum. Alex konnte die Silhouette eines Mannes erkennen, der sich mit bedächtigen Schritten der Tür näherte. Der Klang seiner Schritte hallte durch den verlassenen Raum und ließ Alex' Herz schneller schlagen. Wenigstens hatten sie noch etwas Zeit, aber nicht viel.

„Bleib ruhig", flüsterte Ana und zog Alex hinter einen Schrank, der halb von den dunklen Ecken des Raums verdeckt war. Sie hielten den Atem an, als der Mann die Schwelle des Büros überschritt.

Alex konnte nun die Züge des Mannes im schwachen Licht erkennen. Ein markantes, kantiges Gesicht, das er nicht sofort einordnen konnte, aber dennoch eine seltsame Vertrautheit in sich trug. Der Mann war groß und muskulös, die Konturen seiner Bewegung wirkten professionell und diszipliniert, als würde er regelmäßig in solchen Situationen handeln.

„Neagu?" Alex' Stimme war ein leises Flüstern, als er es wagte, sich der Frage zu nähern.

„Nicht ganz", antwortete der Mann ruhig, ohne sich umzudrehen. „Aber ich arbeite für ihn."

Alex' Herz setzte für einen Moment aus. Es war der erste wirkliche Hinweis darauf, dass jemand aus Neagus innerem Kreis sie gefunden hatte. Doch etwas an dem Mann erschien ihm seltsam. Er hatte nicht die Aggression oder die rohe Gewalt, die er von Neagus' Leuten erwartet hatte. Stattdessen schien er eher... berechnend, ruhig, fast wie ein Beobachter.

„Wer bist du?", fragte Alex, diesmal etwas lauter. Er wusste, dass der Mann ihn gehört hatte, er wollte eine Reaktion provozieren.

Der Mann drehte sich schließlich um und blickte Alex direkt an. „Ich bin ein alter Freund von deinem Großvater", sagte er, und seine Stimme war überraschend ruhig, fast freundlich. „Wenn du nach der Wahrheit suchst, solltest du besser aufhören, im Dunkeln zu stochern."

Alex' Verstand schaltete sich sofort ein. Wer war dieser Mann, und wie konnte er etwas über seinen Großvater wissen? Was wusste er über die letzten Jahre des Lebens des alten Mannes? Und warum erschien dieser Mann auf einmal in einem so entscheidenden Moment?

„Ich weiß, was du denkst", fuhr der Mann fort, als ob er Alex' Gedanken lesen konnte. „Aber du wirst es nie herausfinden, wenn du nicht zuhörst. Ich weiß, was du suchst – und ich weiß, warum du es suchst. Doch um das alles zu verstehen, musst du einen Preis zahlen."

Alex' Nackenhaare stellten sich auf. Dieser Mann wusste mehr, als er gut für ihn war. Und der Gedanke, dass er mehr über seinen Großvater erfahren könnte, ließ ihn zögern. War es das wert? Würde er die Wahrheit wirklich ertragen können, wenn sie einmal ans Licht kam?

„Was für ein Preis?", fragte Alex, obwohl er bereits wusste, dass er keine Wahl hatte. Diese Antworten würden seinen Weg bestimmen, egal, was sie ihn kosten würden.

Der Mann trat einen Schritt näher, und in diesem Moment konnte Alex das kalte Funkeln in seinen Augen sehen. „Die Wahrheit ist ein schwerer Brocken, mein Freund. Du kannst sie nicht einfach so schlucken, ohne etwas zu verlieren. Dein Großvater war mehr als ein einfacher Mann. Er war ein Teil des Spiels, von dem du noch nichts weißt. Wenn du wirklich verstehen willst, was passiert ist, musst du alles riskieren."

„Was meinst du mit ‚alles riskieren'?", fragte Ana, die sich langsam aus ihrer Deckung bewegte und sich neben Alex stellte. Sie hatte genug von den Geheimnissen und war bereit, der Sache auf den Grund zu gehen.

Der Mann nickte ihr zu, als ob er sie schon lange erwartet hätte. „Alles bedeutet, dass du dich von allem, was du zu wissen glaubst, lösen musst. Das Leben deines Großvaters war nie das, was es schien. Die Geschichte, die er dir erzählt hat, ist nur ein winziger Teil der Wahrheit. Und Neagu... er spielt nur eine kleine Rolle im großen Bild."

Alex' Kopf begann zu schmerzen, als er versuchte, all die Informationen zu verarbeiten. Die Wahrheit über seinen Großvater war ein Puzzle, das weit über das hinausging, was er sich je hätte vorstellen können. Doch er wusste, dass er keine andere Wahl hatte, als sich auf diesen gefährlichen Pfad zu begeben.

„Wie kommst du an die Informationen, die wir brauchen?", fragte Ana scharf, ihre Stimme war fest. „Was willst du im Gegenzug für deine Hilfe?"

Der Mann lachte leise. „Du bist genauso wie dein Großvater", sagte er, als ob er sich an einem Witz erfreute, den nur er verstand. „Immer auf der Jagd nach der Wahrheit, ohne zu wissen, wie tief sie in den Abgrund führt."

„Was ist dein Plan?", fragte Alex, während er versuchte, sich nicht von der Angst übermannen zu lassen, die in ihm aufstieg. Der Mann wusste zu viel, und dennoch hatte Alex das Gefühl, dass er ihnen etwas anbot, das sie nicht ablehnen konnten.

„Ihr könnt Neagu entlarven", sagte der Mann und trat einen Schritt näher. „Aber nicht durch rohe Gewalt oder einfache Beweise. Ihr müsst denjenigen finden, die ihn wirklich kontrollieren. Ihr müsst herausfinden, wer in der Vergangenheit die Fäden gezogen hat, und was wirklich mit deinem Großvater passiert ist."

Ana starrte ihn an. „Also, du willst uns nur eine weitere Spur geben, und du erwartest, dass wir alles riskieren, um herauszufinden, wer wirklich hinter diesem ganzen Spiel steckt?" Der Mann nickte langsam. „Genau. Ihr sucht Antworten. Doch manchmal gibt es Dinge, die besser im Dunkeln bleiben. Aber wenn ihr den Mut habt, das Licht der Wahrheit anzuzünden, wird nichts mehr wie vorher sein." In diesem Moment, als der Mann sich wieder umdrehte und sich zum Gehen wandte, spürte Alex, dass der gesamte Fall auf den Kopf gestellt wurde. Es war nicht nur mehr eine Frage von Neagu und den schmutzigen Machenschaften, die er verbarg. Es war ein viel größeres Spiel, mit einer Tiefe, die Alex sich nie hätte vorstellen können.

„Ich werde die Wahrheit finden", murmelte Alex, während der Mann in der Dunkelheit verschwand. Doch die Frage blieb: Konnte er sich mit den Konsequenzen wirklich abfinden?

Der Mann im Schatten

Der Schatten bewegte sich langsam und zielstrebig in den Raum. Alex konnte die Silhouette eines Mannes erkennen, der sich mit bedächtigen Schritten der Tür näherte. Der Klang seiner Schritte hallte durch den verlassenen Raum und ließ Alex' Herz schneller

schlagen. Wenigstens hatten sie noch etwas Zeit, aber nicht viel.

„Bleib ruhig", flüsterte Ana und zog Alex hinter einen Schrank, der halb von den dunklen Ecken des Raums verdeckt war. Sie hielten den Atem an, als der Mann die Schwelle des Büros überschritt.

Alex konnte nun die Züge des Mannes im schwachen Licht erkennen. Ein markantes, kantiges Gesicht, das er nicht sofort einordnen konnte, aber dennoch eine seltsame Vertrautheit in sich trug. Der Mann war groß und muskulös, die Konturen seiner Bewegung wirkten professionell und diszipliniert, als würde er regelmäßig in solchen Situationen handeln.

„Neagu?" Alex' Stimme war ein leises Flüstern, als er es wagte, sich der Frage zu nähern.

„Nicht ganz", antwortete der Mann ruhig, ohne sich umzudrehen. „Aber ich arbeite für ihn."

Alex' Herz setzte für einen Moment aus. Es war der erste wirkliche Hinweis darauf, dass jemand aus Neagus innerem Kreis sie gefunden hatte. Doch etwas an dem Mann erschien ihm seltsam. Er hatte nicht die Aggression oder die rohe Gewalt, die er von Neagus' Leuten erwartet hatte. Stattdessen schien er eher... berechnend, ruhig, fast wie ein Beobachter.

„Wer bist du?", fragte Alex, diesmal etwas lauter. Er wusste, dass der Mann ihn gehört hatte, er wollte eine Reaktion provozieren.

Der Mann drehte sich schließlich um und blickte Alex direkt an. „Ich bin ein alter Freund von deinem Großvater", sagte er, und seine Stimme war überraschend ruhig, fast freundlich. „Wenn du nach der Wahrheit suchst, solltest du besser aufhören, im Dunkeln zu stochern."

Alex' Verstand schaltete sich sofort ein. Wer war dieser Mann, und wie konnte er etwas über seinen Großvater wissen? Was wusste er über die letzten Jahre des Lebens des alten Mannes? Und warum erschien dieser Mann auf einmal in einem so entscheidenden Moment?

„Ich weiß, was du denkst", fuhr der Mann fort, als ob er Alex' Gedanken lesen konnte. „Aber du wirst es nie herausfinden, wenn du nicht zuhörst. Ich weiß, was du suchst – und ich weiß, warum du es suchst. Doch um das alles zu verstehen, musst du einen Preis zahlen."

Alex' Nackenhaare stellten sich auf. Dieser Mann wusste mehr, als er gut für ihn war. Und der Gedanke, dass er mehr über seinen Großvater erfahren könnte, ließ ihn zögern. War es das wert? Würde er die Wahrheit wirklich ertragen können, wenn sie einmal ans Licht kam?

„Was für ein Preis?", fragte Alex, obwohl er bereits wusste, dass er keine Wahl hatte. Diese Antworten würden seinen Weg bestimmen, egal, was sie ihn kosten würden.

Der Mann trat einen Schritt näher, und in diesem Moment konnte Alex das kalte Funkeln in seinen Augen sehen. „Die Wahrheit ist ein schwerer Brocken, mein Freund. Du kannst sie nicht einfach so schlucken, ohne etwas zu verlieren. Dein Großvater war mehr als ein einfacher Mann. Er war ein Teil des Spiels, von dem du noch nichts weißt. Wenn du wirklich verstehen willst, was passiert ist, musst du alles riskieren."

„Was meinst du mit ,alles riskieren'?", fragte Ana, die sich langsam aus ihrer Deckung bewegte und sich neben Alex stellte. Sie hatte genug von den Geheimnissen und war bereit, der Sache auf den Grund zu gehen.

Der Mann nickte ihr zu, als ob er sie schon lange erwartet hätte. „Alles bedeutet, dass du dich von allem, was du zu wissen glaubst, lösen musst. Das Leben deines Großvaters war nie das, was es schien. Die Geschichte, die er dir erzählt hat, ist nur ein winziger Teil der Wahrheit. Und Neagu... er spielt nur eine kleine Rolle im großen Bild."

Alex' Kopf begann zu schmerzen, als er versuchte, all die Informationen zu verarbeiten. Die Wahrheit über seinen Großvater war ein Puzzle, das weit über das hinausging, was er sich je hätte vorstellen können. Doch er wusste, dass er keine andere Wahl hatte, als sich auf diesen gefährlichen Pfad zu begeben.

„Wie kommst du an die Informationen, die wir brauchen?", fragte Ana scharf, ihre Stimme war fest. „Was willst du im Gegenzug für deine Hilfe?"

Der Mann lachte leise. „Du bist genauso wie dein Großvater", sagte er, als ob er sich an einem Witz erfreute, den nur er verstand. „Immer auf der Jagd nach der Wahrheit, ohne zu wissen, wie tief sie in den Abgrund führt."

„Was ist dein Plan?", fragte Alex, während er versuchte, sich nicht von der Angst übermannen zu lassen, die in ihm aufstieg. Der Mann wusste zu viel, und dennoch hatte Alex das Gefühl, dass er ihnen etwas anbot, das sie nicht ablehnen konnten.

„Ihr könnt Neagu entlarven", sagte der Mann und trat einen Schritt näher. „Aber nicht durch rohe Gewalt oder einfache Beweise. Ihr müsst denjenigen finden, die ihn wirklich kontrollieren. Ihr müsst herausfinden, wer in der Vergangenheit die Fäden gezogen hat, und was wirklich mit deinem Großvater passiert ist."

Ana starrte ihn an. „Also, du willst uns nur eine weitere Spur geben, und du erwartest, dass wir alles riskieren, um herauszufinden, wer wirklich hinter diesem ganzen Spiel steckt?" Der Mann nickte langsam. „Genau. Ihr sucht Antworten. Doch manchmal gibt es Dinge, die besser im Dunkeln bleiben. Aber wenn ihr den Mut habt, das Licht der Wahrheit anzuzünden, wird nichts mehr wie vorher sein."

In diesem Moment, als der Mann sich wieder umdrehte und sich zum Gehen wandte, spürte Alex, dass der gesamte Fall auf den Kopf gestellt wurde. Es war nicht nur mehr eine Frage von Neagu und den schmutzigen

Machenschaften, die er verbarg. Es war ein viel größeres Spiel, mit einer Tiefe, die Alex sich nie hätte vorstellen können.

„Ich werde die Wahrheit finden", murmelte Alex, während der Mann in der Dunkelheit verschwand. Doch die Frage blieb: Konnte er sich mit den Konsequenzen wirklich abfinden?

Das Angebot

Die düstere Atmosphäre in Bukarest war wie ein unsichtbarer Schleier, der sich über die Stadt legte, immer dann, wenn die Sonne hinter den Wolken verschwand. Alex stand am Fenster, den Blick auf die verregneten Straßen gerichtet, und grübelte über das nach, was der mysteriöse Mann ihm gesagt hatte. Jedes Wort hallte in seinem Kopf wider, während er versuchte, die Puzzleteile zusammenzusetzen.

Ana war hinter ihm und blickte ebenfalls aus dem Fenster, ihre Augen absichtlich auf das Spiel der Wassertropfen auf dem Glas gerichtet. Sie hatte nichts gesagt, seit der Mann gegangen war, und das Schweigen zwischen ihnen war drückend. Es war, als ob sie beide spürten, dass sie an einem Wendepunkt standen.

„Meinst du, wir können ihm vertrauen?" Ana brach schließlich das Schweigen, ihre Stimme unsicher, aber voller Entschlossenheit.

Alex' Antwort ließ auf sich warten, während er in den Regen starrte. „Ich weiß es nicht. Aber was bleibt uns? Die Wahrheit über meinen Großvater… das ist alles, was ich habe. Und dieser Mann… er scheint zu wissen, was passiert ist. Mehr als wir."

Ana nickte und trat einen Schritt näher. „Aber was meint er mit dem Preis? Was wirst du verlieren, wenn du dieser Spur folgst?"

Alex' Gedanken kreisten unaufhörlich um das Gespräch, das er mit dem Mann geführt hatte. Es war mehr als nur ein Hinweis. Es war eine Drohung, ein Angebot, das nicht so einfach war wie es schien. Die Wahrheit, die er suchte, war gefährlicher als er sich jemals hätte vorstellen können.

„Er hat mir eine Möglichkeit gegeben", sagte Alex, seine Stimme fest. „Aber er hat recht. Ich muss mich von dem lösen, was ich zu wissen glaube. Sonst…" Er hielt inne und drehte sich zu Ana um. „Sonst finde ich nie heraus, was mit meinem Großvater wirklich passiert ist."

Ana zog eine Augenbraue hoch. „Und wenn es schlimmer wird, als du es dir je vorgestellt hast?" „Dann muss ich damit leben. Aber ich kann nicht aufhören, nach der Wahrheit zu suchen." Alex sah sie entschlossen an.

„Ich werde herausfinden, wer er wirklich war und warum er gestorben ist."

Es war ein düsterer Entschluss, der in der Luft hing, doch Alex wusste, dass er keine andere Wahl hatte. Der Mann hatte ihn in ein Spiel hineingezogen, das viel größer war, als er sich jemals hätte vorstellen können. Doch je tiefer er eintauchte, desto klarer wurde ihm, dass der Tod seines Großvaters nicht einfach ein tragisches Unglück gewesen war. Es war Teil eines größeren Puzzles.

Plötzlich klopfte es an der Tür, und bevor Alex reagieren konnte, trat der Mann, der sich selbst als „Freund" seines Großvaters bezeichnet hatte, wieder ein. Diesmal hatte er ein kleines, schwarzes Lederetui in der Hand. „Ich hoffe, ihr seid bereit", sagte er ohne ein Lächeln, aber mit einer Haltung, die so selbstbewusst war, dass sie fast einschüchternd wirkte.

„Bereit für was?", fragte Ana, immer noch misstrauisch, aber auch neugierig.

„Bereit, die Wahrheit zu erfahren. Bereit, zu verstehen, was wirklich passiert ist. Wenn ihr euch auf diesen Weg begebt, gibt es kein Zurück mehr. Ihr werdet sehen, dass alles, was ihr zu wissen glaubt, nur ein Teil der Geschichte ist."

Der Mann setzte das Etui auf den Tisch und öffnete es langsam. Darin befand sich ein Stapel alter, vergilbter Dokumente und Fotos, die Alex' Blick sofort fesselten. Einige der Fotos zeigten Menschen, die er nicht kannte –

aber eines stach hervor. Es war ein Bild von seinem Großvater, zusammen mit einem Mann, den er nie zuvor gesehen hatte. Der Mann auf dem Bild war dunkel gekleidet, seine Augen verborgen hinter einer Sonnenbrille. Doch was Alex auffiel, war das Gebäude im Hintergrund – ein unscheinbares Bürogebäude, das er in seiner Kindheit oft gesehen hatte. Es war nicht weit von dem alten Haus seines Großvaters entfernt.

„Was ist das?", fragte Alex, während er das Bild aus dem Etui nahm. „Wer ist der Mann da?"

„Das ist ein Teil der Antwort, die du suchst", antwortete der Mann ruhig. „Dein Großvater war nie der, der er vorgab zu sein. Er war tief in etwas verwickelt, das weit über die Grenzen dieses Landes hinausging. Und dieser Mann – er war sein Kontakt. Doch nicht nur das. Er war auch der Schlüssel zu allem, was deinem Großvater widerfahren ist."

Alex' Hände zitterten, als er das Bild genauer betrachtete. Das Bürogebäude war zu einem verlässlichen Anhaltspunkt geworden. Doch der Name dieses Mannes – und die Tatsache, dass er möglicherweise eine entscheidende Rolle in den letzten Tagen des Lebens seines Großvaters gespielt hatte – ließ Alex' Magen zusammenziehen.

„Du wirst nicht die ganze Geschichte erfahren, wenn du dich nur auf den Großvater konzentrierst", fuhr der Mann fort. „Der wahre Feind ist derjenige, der immer im

Hintergrund bleibt. Derjenige, der im Dunkeln agiert und die Fäden zieht."

„Und wer ist das?" Ana trat einen Schritt vor, als würde sie den Mann herausfordern.

Der Mann verschloss das Etui wieder und legte es zurück auf den Tisch. „Das wird sich zeigen. Aber bevor ihr euch in die Tiefe stürzt, müsst ihr euch darauf vorbereiten, was ihr entdecken werdet. Nehmt die Informationen, die ich euch gegeben habe, und folgt dem Weg. Doch seid vorsichtig, der Feind ist mächtig, und er wird alles tun, um seine Geheimnisse zu wahren." „Du bist nicht gerade ein beruhigendes Beispiel", bemerkte Ana mit einem bitteren Lächeln.

„Ich bin nur ein Überbringer der Nachricht", sagte der Mann und wandte sich zur Tür. „Den Rest müsst ihr selbst herausfinden."

Als die Tür hinter ihm ins Schloss fiel, standen Alex und Ana allein im Raum, das Etui und die rätselhaften Fotos vor sich. Die Dunkelheit der Nacht schien um sie herum dichter zu werden, als sie die brennende Frage spürten, die immer drängender wurde: War die Wahrheit es wirklich wert, alles zu riskieren?

Die Suche beginnt

Der Regen hatte endlich nachgelassen, und die Straßen von Bukarest lagen nun in einem seltsamen, düsteren

Zwielicht. Alex und Ana standen vor dem Tisch, auf dem das Etui mit den geheimen Dokumenten lag, das der mysteriöse Mann ihnen hinterlassen hatte. Es war nicht nur ein Hinweis auf die Wahrheit über Alex' Großvater, sondern auch ein unausgesprochenes Versprechen: Die Entdeckung der Vergangenheit würde ihre Zukunft verändern.

„Wir müssen herausfinden, wer dieser Mann ist", sagte Ana, ihre Stimme war fest, doch es lag auch eine gewisse Besorgnis darin. „Und warum dein Großvater mit ihm zusammengearbeitet hat."

Alex nickte, doch etwas in ihm zögerte. Die Bilder und Dokumente vor ihm gaben ihm das Gefühl, dass er die Schwelle zu etwas überschritt, das er nicht mehr rückgängig machen konnte. Er wusste nicht, ob er bereit war, all die Geheimnisse zu erfahren, die sich hinter den unscheinbaren Dokumenten verbargen. Aber eines war klar: Er konnte nicht einfach aufhören zu suchen.

„Das Bürogebäude auf dem Foto", murmelte Alex, während er das Bild noch einmal betrachtete. „Es ist direkt in der Nähe des alten Hauses meines Großvaters. Vielleicht hat er dort etwas hinterlassen, etwas, das uns weiterhilft."

„Du denkst, wir sollten dorthin gehen?" Ana schien die gleiche Idee zu haben, doch es gab eine Unruhe in ihren Augen, die sie nicht verstecken konnte. Es war eine

Mischung aus Neugier und Angst vor dem, was sie entdecken könnten.

„Ja", sagte Alex entschlossen. „Ich denke, wir müssen herausfinden, was dort passiert ist. Vielleicht gibt es Spuren, die wir noch nicht sehen."

Mit einem letzten Blick auf die Fotos und Dokumente steckten sie alles in eine Tasche und machten sich auf den Weg. Der Tag neigte sich dem Ende zu, und die Schatten der Stadt schienen sich wie ein dichter Schleier um sie zu legen. Der Weg zum Bürogebäude führte sie durch enge, dunkle Gassen, und je näher sie kamen, desto mehr wuchs das Gefühl, dass sie sich einem alten, längst vergessenen Geheimnis näherten.

Das Gebäude war alt, die Fassade bröckelte, und der Eingang war von einer dicken Staubschicht bedeckt. Es war offensichtlich, dass es hier lange keine Besucher mehr gegeben hatte. Alex' Herz schlug schneller, als sie vor der schweren Tür standen. Er hatte dieses Gebäude als Kind oft gesehen, aber damals war es nur ein weiterer, unscheinbarer Teil der Stadt gewesen. Jetzt jedoch schien es der Schlüssel zu allem zu sein.

„Du denkst, hier hat dein Großvater etwas hinterlassen?" fragte Ana, als sie die Tür musterten.

„Es ist ein Versuch wert", antwortete Alex, während er die Tür langsam aufschob. Ein Knarren hallte durch das verlassene Gebäude, und der Geruch von Moder und Staub schlug ihnen entgegen. Der Flur war düster, und das Licht, das durch die schmutzigen Fenster drang, schien alles in einen grauen Schleier zu tauchen.

„Sei vorsichtig", warnte Ana, als sie ihm folgte.

Sie durchquerten den Flur und erreichten schließlich das Treppenhaus. Der Aufzug war längst außer Betrieb, also gingen sie die Treppen hinauf. Das Gebäude schien endlos zu sein, und jeder Schritt auf den alten Stufen ließ den Staub aufwirbeln. Schließlich erreichten sie das oberste Stockwerk. Die Tür zu einem Büro stand einen Spalt weit offen.

„Hier müssen wir rein", sagte Alex leise, während er einen Blick auf Ana warf. Sie nickte, und gemeinsam schlichen sie sich in den Raum.

Das Büro war in einem erschreckend schlechten Zustand. Papiere lagen verstreut auf dem Boden, alte Möbel waren zerkratzt und abgenutzt. Es war schwer zu sagen, wie lange niemand mehr hier gewesen war. Doch mitten im Raum stand ein Schreibtisch, und auf diesem lag eine schwarze Akte, die sich von der Unordnung abhob.

„Das hier könnte etwas sein", murmelte Alex, als er sich der Akte näherte. Langsam öffnete er sie und begann, die vergilbten Seiten durchzusehen. Was er fand, ließ ihm das Blut in den Adern gefrieren.

Es war eine Sammlung von Berichten, die in verschlüsselter Form geschrieben waren. Einige der Dokumente waren noch älter als die Fotos, die der mysteriöse Mann ihm gegeben hatte. Es gab Notizen, die in einer Sprache geschrieben waren, die Alex nicht sofort entschlüsseln konnte. Doch eine Sache stach hervor: Der Name des Mannes auf dem Foto. Es war derselbe, der auf den Dokumenten auftauchte – ein Name, den Alex in Verbindung mit einer geheimen Organisation brachte, die in den letzten Jahren des kommunistischen Regimes aktiv war.

„Das ist… das ist nicht gut", sagte Alex leise, während er die Akte weiter durchblätterte. „Mein Großvater war in etwas verwickelt, das viel gefährlicher war, als ich je gedacht hätte."

„Was genau steht da?" fragte Ana, als sie sich neben ihn stellte und ebenfalls einen Blick auf die Akte warf.

„Er hat Informationen gesammelt. Über Menschen, die in Verbindung mit dem Diktator standen. Und offenbar war er tief in politische Machenschaften verwickelt." Alex zeigte auf eine der Notizen. „Er war ein Informant. Aber ich verstehe nicht, warum er damit aufgehört hat. Warum hat er alles zurückgelassen?"

„Vielleicht hat er Angst gehabt. Vielleicht hat er gemerkt, dass es zu gefährlich wurde", sagte Ana, ihre Stimme war beunruhigt. „Vielleicht hat er die Seiten gewechselt."

Alex zog die Papiere aus der Akte und steckte sie vorsichtig in seine Tasche. „Was auch immer es war, wir müssen herausfinden, was er wirklich wusste. Und warum er dafür sterben musste."

Mit einem letzten Blick auf das Büro verließen sie den Raum und machten sich auf den Rückweg, das Gewicht der Entdeckungen auf ihren Schultern. Aber sie wussten, dass dies nur der Anfang war. Die Suche nach der Wahrheit hatte gerade erst begonnen.

Der Regen hatte wieder eingesetzt, als Alex und Ana auf der Rückkehr in die Stadt unterwegs waren. Es schien, als würde die Dunkelheit, die sie nun durchbrachen, die letzten Reste des Geheimnisses, das sie verfolgten, noch schwerer machen. Die Straßen von Bukarest waren leer, und die Lichter der Stadt schimmerten in der Ferne wie Geister, die sich von der Wahrheit fernhielten. „Ich weiß nicht, was ich von all dem halten soll", sagte Alex, während er das Dokument in seiner Tasche immer wieder in seinen Händen wendete. „Was, wenn mein Großvater wirklich in diese Dinge verwickelt war? Was, wenn er in Gefahr war, und wir alle wissen es nicht?"

Ana sah ihn besorgt an, die Anspannung in ihren Augen war offensichtlich. „Du hast den Eindruck, dass er in etwas Großem steckt. Vielleicht etwas, von dem die meisten nichts wissen wollten. Du weißt, dass das damals eine gefährliche Zeit war."

„Ich weiß", antwortete Alex nachdenklich, „aber was, wenn er deswegen getötet wurde? Wenn jemand wollte, dass er schweigt?"

Es war eine dunkle Frage, die sie beide zu beschäftigen begann. Der Gedanke, dass Alex' Großvater ermordet worden sein könnte, weil er etwas wusste, schien zu bedrückend, um real zu sein. Doch die Dokumente und die Hinweise deuteten in diese Richtung. Er konnte nicht anders, als sich die Frage zu stellen, ob er sich nicht tief in einem Netz aus Geheimnissen verfangen hatte, das viel älter und gefährlicher war, als er es sich je hätte vorstellen können.

„Du musst dich konzentrieren", sagte Ana schließlich, als sie an einer Straßenecke abbogen. „Wir müssen Schritt für Schritt herausfinden, was er wusste. Du kannst es nicht allein machen, aber du hast mich an deiner Seite. Und wenn wir weitermachen, müssen wir klarmachen, dass wir nicht nur nach der Wahrheit suchen. Wir suchen nach Antworten."

Alex nickte. Es war beruhigend, sie an seiner Seite zu wissen, aber tief in ihm wusste er, dass der Weg immer gefährlicher werden würde. Was, wenn sie mehr herausfanden, als sie wissen wollten? Was, wenn sie die Aufmerksamkeit der falschen Leute auf sich zogen?

„Ich muss mehr über diesen Mann herausfinden, der das Etui mit den Dokumenten uns hinterlassen hat", sagte Alex nach einer Weile. „Er scheint mit meinem Großvater in Kontakt gestanden zu haben. Aber wer ist er? Was will er von mir?"

„Vielleicht war er ein alter Verbündeter deines Großvaters", meinte Ana. „Vielleicht ist er auch jetzt noch auf der Suche nach etwas. Oder er wusste mehr, als er preisgeben konnte. Es gibt viele Möglichkeiten."

„Ich weiß", antwortete Alex, „aber was ist, wenn dieser Mann uns beobachtet? Oder wenn er uns in eine Falle lockt?"

„Wenn er uns in eine Falle lockt, dann müssen wir uns einfach darauf vorbereiten", sagte Ana mit einem entschlossenen Blick. „Aber um die Wahrheit zu finden, müssen wir manchmal Risiken eingehen."

Der Gedanke, dass sie sich gefährlichen Situationen aussetzen mussten, ließ Alex' Herz schneller schlagen. Doch je weiter er in die Vergangenheit seines Großvaters eintauchte, desto mehr fühlte er sich verpflichtet, es zu Ende zu bringen. Die Wahrheit durfte nicht im Dunkeln bleiben.

Am nächsten Tag machten sie sich wieder auf den Weg. Ana hatte Kontakt zu einigen Journalisten aufgenommen, die in den 80ern in Bukarest gearbeitet hatten und vielleicht mehr über die politischen Geschehnisse wussten. Es war eine riskante Entscheidung, aber sie hatten keine Wahl. Sie mussten mehr herausfinden, und dafür mussten sie manchmal auch außerhalb der sicheren Grenzen bleiben.

Die Adresse, die ihnen der Journalist, den Ana kontaktiert hatte, genannt hatte, führte sie zu einem heruntergekommenen Gebäude am Rand der Stadt. Es war nicht der Ort, an dem man normalerweise nach

Informationen suchte. Doch Ana und Alex drängten sich durch die schmutzige Tür und stiegen die dunklen, engen Treppen hinauf.

„Das ist der Treffpunkt", sagte Ana, als sie das Gebäude betraten. „Hier hat der Journalist die Informationen gesammelt, die uns weiterhelfen könnten."

„Aber was, wenn dieser Journalist auch etwas weiß, das er nicht erzählen sollte?" fragte Alex misstrauisch.

„Das ist ein Risiko, das wir eingehen müssen", antwortete Ana. „Wir können uns nicht immer auf das verlassen, was sicher ist."

Als sie die oberste Etage erreichten, standen sie vor einer Tür, die mit einem einfachen Schild versehen war: „Gepostete Artikel". Alex klopfte leise an, bevor er die Tür öffnete. Ein älterer Mann mit grauem Haar saß hinter einem Stapel vergilbter Zeitungen und schaute sie aufmerksam an.

„Ich nehme an, ihr seid die beiden, die nach den Informationen über die alten Tage suchen?" Der Mann musterte sie mit scharfem Blick.

„Ja", sagte Alex, „wir suchen nach Informationen über meinen Großvater. Er war in den 80ern hier und hat für einige, wie es aussieht, sehr gefährliche Leute gearbeitet. Wir glauben, er wurde ermordet. Wir müssen wissen, was er wusste."

Der Mann nickte langsam. „Ich kenne die Geschichte, die ihr verfolgt. Aber seid vorsichtig, was ihr tut. Manche Dinge sind besser im Dunkeln, als ans Licht zu kommen."

„Wir können nicht aufhören", sagte Ana entschlossen. „Es geht um die Wahrheit. Und um das Leben von Alex' Großvater."

Der Mann seufzte und griff nach einem alten Aktenordner. „Ihr seid auf der richtigen Spur. Aber seid vorsichtig. Es gibt Mächte, die eure Fragen nicht mögen. Und es gibt immer jemanden, der auf euch aufpasst. Hinter den Wänden, die ihr niederreißt, gibt es nur Schatten."

„Wir sind bereit, uns dem zu stellen", sagte Alex, obwohl er wusste, dass er sich vielleicht in eine gefährliche Falle begab. Aber es gab keinen Weg zurück.

Der Mann öffnete den Ordner und begann, durch die vergilbten Seiten zu blättern. „Hier, schau dir das an", sagte er schließlich und zeigte ihnen eine Seite mit einem Foto von Alex' Großvater. Doch der Text daneben war das, was sie alle schockierte. „Er war nicht nur ein Informant. Er war ein Ziel."

Das Dunkel der Wahrheit

Der alte Mann wischte den Staub von dem vergilbten Papier und deutete auf das Foto von Alex' Großvater. Es war schwarz-weiß und zeigte einen jungen, entschlossenen Mann, der in einem Militäranzug stand. Doch es war nicht das Bild, das Alex so sehr beunruhigte – es war der Text daneben.

„Er war ein Ziel", wiederholte der Mann. „Dein Großvater wusste zu viel. Sie hatten Angst vor ihm. Er hatte Informationen, die sie nicht wollten, dass sie ans Licht kommen."

„Wer waren 'sie'?" Alex' Stimme klang rau. „Und warum war er ein Ziel? Was wusste er, das er nicht erzählen durfte?"

Der Mann schwieg einen Moment und blätterte weiter in den Akten. „Es geht um die Diktatur. Die, die das Land kontrollierten, wollten keine Widerstandsnester. Dein Großvater war nie einfach nur ein Informant. Er hatte Zugang zu Dingen, die sogar den höchsten Kreisen gefährlich waren. Und irgendwann war er ein Risiko."
„Also war er ein Verräter?" fragte Ana, die gespannt auf die Dokumente starrte.

„Verräter sind immer diejenigen, die aufhören, das zu tun, was ihnen gesagt wird", sagte der Mann, und seine Augen blitzten hinter den Brillengläsern. „Er war ein Mann, der wusste, dass er eine Grenze überschreiten würde, wenn er weiterhin mit den Machthabern zusammenarbeitete. Und irgendwann wollte er sie nicht mehr bedienen. Sie hätten ihn beseitigt, weil er zu gefährlich wurde."

Alex fühlte sich, als wäre er in einen Strudel geraten. Je mehr er erfuhr, desto mehr bröckelte das Bild seines Großvaters, das er immer gekannt hatte. Der Mann, den er als einfachen, fürsorglichen Opa gekannt hatte, hatte ein Leben geführt, das er sich nie hätte vorstellen können. Er hatte sich auf die Seite der Diktatur gestellt, aber dann war er gegen sie gewandt. Was hatte ihn dazu getrieben?

„Was hat er in dieser Zeit gemacht?", fragte Alex schließlich. „Wovon wussten sie, dass es gefährlich war?"

„Er war Teil eines Netzwerks von Informanten", sagte der Mann langsam, als würde er abwägen, wie viel er wirklich sagen sollte. „Aber nicht nur das. Dein Großvater hatte Kontakt zu denen, die gegen die Regierung kämpften. Es gab eine geheime Widerstandsgruppe, und er war ein Teil davon. Aber irgendwann wurde er zu einer Gefahr. Als er begann, Informationen zu sammeln, die er nicht mehr teilen konnte, wussten sie, dass er ein Problem werden könnte."
Alex stand auf und ging ein paar Schritte durch den Raum. Die Information, dass sein Großvater ein Widerstandskämpfer gewesen war, traf ihn wie ein Schlag. Es war alles so anders, als er es sich je vorgestellt hatte. Der Mann, den er gekannt hatte, war ein Kämpfer gegen das Regime gewesen, und seine Mutter, die immer

so ungern über den Großvater sprach, hatte nie die Wahrheit erzählt.

„Warum wurde er dann getötet?", fragte er. „Warum nicht einfach entfernt, wie die anderen?"

„Weil er zu viel wusste", antwortete der Mann. „Er hatte Dokumente, die man nicht einfach verschwinden lassen konnte. Und als er beschloss, sich von den Machthabern abzuwenden, wurde er zur Bedrohung." „Glauben Sie, dass jemand ihn ermordet hat?" Ana fragte, ihre Stimme so ruhig wie immer, aber ihre Augen verrieten die Besorgnis, die sie für Alex empfand.

„Ja", sagte der Mann ohne Zögern. „Es war kein Unfall. Dein Großvater wusste zu viel. Und er war nicht bereit, stillzuhalten."

Ana nickte, und für einen Moment war der Raum still. Alex spürte den Druck in seiner Brust, als die Realität sich immer mehr verdichtete. Sein Großvater hatte gegen das System gekämpft, und dafür war er getötet worden. Die Frage, die sich nun stellte, war, warum er das Leben eines Mannes gekostet hatte. Wer wollte, dass sein Großvater die Wahrheit nie enthüllte?

„Wie können wir mehr herausfinden?", fragte Alex schließlich. „Wie kommen wir an die Informationen, die er hatte?"

Der alte Mann legte den Aktenordner beiseite und verschränkte die Hände vor sich. „Das wird nicht einfach sein. Die Menschen, die damals hinter den Kulissen gearbeitet haben, sind immer noch da. Einige sind immer noch in Positionen der Macht. Andere haben ihre Spuren verwischt. Aber es gibt immer noch Dokumente. Wenn du bereit bist, weiter zu graben, wirst du die Wahrheit finden. Aber sei vorsichtig. Du bist nicht der Einzige, der nach den Antworten sucht."

Ana legte Alex eine Hand auf die Schulter. „Du weißt, dass es gefährlich wird. Aber wenn du nicht aufhörst, dann sind wir bereit, weiterzumachen." „Wir müssen herausfinden, was sie über deinen Großvater wissen. Wir müssen die Verbindung zu diesen Menschen finden", sagte der Mann und stand auf. „Aber es gibt eine Sache, die du verstehen musst: Die Vergangenheit lebt weiter. Wenn du diesen Weg gehst, wirst du nicht nur die Wahrheit über deinen Großvater erfahren. Du wirst auch die Wahrheit über das Regime erfahren und was es mit den Menschen gemacht hat, die sich ihm widersetzten." Alex nickte. Er wusste, dass es kein Zurück mehr gab.

Der Weg, den sie eingeschlagen hatten, führte nur in eine Richtung. Die Dunkelheit der Vergangenheit konnte nicht mehr länger im Schatten bleiben. Und der Preis für die Wahrheit war höher als er sich jemals hätte vorstellen können.

„Wir sind bereit", sagte Alex. „Ich werde wissen, was mit meinem Großvater passiert ist. Und ich werde nicht ruhen, bis ich es herausfinde."

Der Mann nickte, aber es war kein freundliches Nicken. „Dann seid ihr auf dem richtigen Weg. Aber denkt daran: Manchmal ist die Wahrheit schlimmer als die Lüge."

Der Schatten der Macht

Die nächsten Tage waren ein unaufhörlicher Strudel aus Recherchen und wachsenden Sorgen. Alex konnte nicht aufhören, an die Worte des alten Mannes zu denken. Die Wahrheit über seinen Großvater war gefährlicher als er gedacht hatte. Es war nicht nur der Mord, der ihn beunruhigte, sondern die geheimen Verbindungen, die weit in die Reihen des Regimes reichten.

Er hatte in den letzten Nächten alte Zeitungen durchstöbert, seine eigenen Nachforschungen vertieft und immer mehr herausgefunden. Doch es war ein Name, der immer wieder auftauchte – ein Name, der mit den Schatten der Vergangenheit verbunden war und dessen Einfluss bis heute zu spüren war: *Ion Vaduva*. Ein hoher Funktionär des Securitate, des rumänischen Geheimdienstes unter Ceaușescu, der für seine unbarmherzige Handhabung von Dissidenten bekannt war.

„Vaduva… er ist der Schlüssel", murmelte Alex, als er wieder über die Dokumente auf seinem Tisch blickte.

Ana saß ihm gegenüber und beobachtete ihn aufmerksam. „Er war also derjenige, der deinen Großvater zum Schweigen bringen wollte?" „Es sieht so aus", antwortete Alex. „Vaduva war nicht nur ein Aufseher des Geheimdienstes, er war auch in geheime politische Operationen verwickelt, die nie öffentlich gemacht wurden. Dein Großvater muss einen direkten Kontakt zu ihm gehabt haben. Und das war vielleicht der Grund, warum er zum Ziel wurde." Alex' Hände zitterten leicht, als er die Zeitungsausschnitte weiter durchging. In den 80er Jahren hatte Vaduva eine besondere Aufgabe gehabt – er hatte dafür gesorgt, dass keine Widerstandsbewegungen durchkamen, keine politischen Gegner des Regimes lebend blieben. Aber noch mehr als das: Es gab Gerüchte, dass er tiefer in dunkle Geschäfte verwickelt war, von denen niemand je etwas erfahren sollte. Und genau dort, in diesen Schatten, hatte Alex' Großvater offenbar seine Rolle gespielt.

„Was genau hast du gefunden?", fragte Ana und beugte sich näher zu ihm.

„Eine Spur, die mich zu Vaduva führt. Aber es ist mehr als das. Es gibt Berichte von geheimen Treffen, von Übergaben und verschwundenen Personen. Dein Großvater war einer von ihnen. Und ich glaube, er hat versucht, das alles öffentlich zu machen. Irgendwann hat er die Reißleine gezogen und sich geweigert, weiter für sie zu arbeiten."

Ana schüttelte langsam den Kopf. „Das kann doch nicht alles nur Zufall sein. Warum war er nicht einfach verschwunden wie die anderen?"

„Weil er nicht nur ein Informant war. Er hatte eine Schlüsselrolle", antwortete Alex. „Er wusste zu viel. Und je mehr ich über Vaduva herausfinde, desto klarer wird, dass mein Großvater ein Risiko für die gesamte Struktur des Regimes war."

„Was hat das mit dir zu tun?", fragte Ana leise, als sie auf die Akten starrte. „Warum verfolgt man dich jetzt auch?"

„Weil ich alles herausfinden will. Die Leute, die diese dunklen Geheimnisse hüten, werden alles tun, um zu verhindern, dass jemand das Licht darauf wirft. Und sie wissen jetzt, dass ich nach Antworten suche. Und sie wissen, dass ich in die Fußstapfen meines Großvaters trete."

Ana zog einen tiefen Atemzug. „Du kannst nicht einfach weitermachen, ohne dich zu schützen. Sie werden dich nicht verschonen."

Alex blickte auf. „Ich weiß, aber es gibt kein Zurück. Ich muss herausfinden, was mit ihm passiert ist. Und wenn das bedeutet, gegen Vaduva und all die anderen anzugehen, dann werde ich das tun."

„Wir müssen vorsichtig sein", sagte Ana nach einer langen Pause. „Vielleicht haben wir noch keine Ahnung, wie tief das geht. Wenn dein Großvater wirklich eine Bedrohung für die Machthaber war, dann war er nicht der einzige. Vielleicht gibt es noch mehr Menschen, die das wissen und die uns stoppen wollen."

Alex nickte, auch wenn er wusste, dass der Weg, den er eingeschlagen hatte, gefährlicher war, als er sich je hätte vorstellen können. Er hatte das Gefühl, als würde er in einem Labyrinth tappen, dessen Ende er nicht kannte. Aber die Wahrheit war, dass er keine Wahl hatte. Zu viele Fragen waren noch offen.

„Es gibt noch eine andere Sache", sagte er, während er auf einen Zettel deutete, den er vorhin gefunden hatte. „Vaduva könnte uns helfen. Es gibt Berichte, dass er Kontakte zu internationalen Organisationen hatte, die in den 80er Jahren versucht haben, das Regime zu destabilisieren. Möglicherweise hat er sich damals schon mit westlichen Geheimdiensten eingelassen, um seine eigenen Interessen zu verfolgen."

Ana sah ihn mit ernsten Augen an. „Und was, wenn Vaduva jetzt noch immer in der Nähe ist? Was, wenn er weiterhin das Regime unterstützt, aber auf andere Weise?"

„Das ist genau das, was ich herausfinden will", sagte Alex und blickte auf die Stadt, die sich hinter den staubigen Fenstern erstreckte. „Es gibt immer noch so viele ungelöste Puzzleteile, und wir müssen uns beeilen, bevor wir völlig den Faden verlieren."

„Aber wir müssen vorsichtig sein", wiederholte Ana. „Die Vergangenheit lebt weiter. Es ist nicht nur ein Mordfall, den du lösen musst. Es geht um alles, was dein Großvater getan hat, um alles, was sie getan haben, um die Wahrheit zu verdecken."

Alex wusste, dass sie recht hatte. Und doch gab es für ihn kein Zurück mehr. Er hatte einen Weg eingeschlagen, der ihn in die tiefsten Schatten der Vergangenheit führte. Ein Weg, der ihn näher an die Wahrheit brachte – aber auch gefährlicher für ihn und seine Freunde wurde.

„Wir machen weiter", sagte er schließlich. „Wir holen uns die Antworten, die wir brauchen. Und niemand wird uns aufhalten."

Der lange Schatten

Die Dunkelheit der Nacht war unerbittlich, als Alex und Ana durch die engen, verwinkelten Straßen von Bukarest gingen. Es war ein kalter Abend, der Wind peitschte durch die Straßen, und die Geräusche der Stadt schienen gedämpft, als ob selbst Bukarest den Atem anhielt. Für Alex fühlte es sich an, als ob jede Ecke, jeder Schatten, jede leise Bewegung ein weiteres Geheimnis verbarg, das darauf wartete, entdeckt zu werden.

„Weißt du, was mich am meisten erschreckt?" fragte Ana, ihre Stimme leise und nachdenklich, während sie weitergingen. „Dass du so nah dran bist, die ganze Wahrheit zu erfahren. Und trotzdem weißt du noch nicht, was es mit deinem Großvater auf sich hatte. Du weißt nicht, wer er wirklich war."

„Es gibt so viele Fragen", sagte Alex, während er vor sich hinsah. „Ich dachte immer, mein Großvater war ein Mann der Prinzipien, jemand, der sich immer für das Richtige einsetzte. Aber was, wenn das alles eine Fassade war? Was, wenn er Teil eines viel größeren Spiels war, das ich noch nicht verstehe?"

Ana blieb kurz stehen und sah ihn mit ernsten Augen an. „Du musst vorsichtig sein. Was, wenn es nicht nur um deinen Großvater geht? Was, wenn es viel mehr auf dem Spiel steht, als du dir vorstellen kannst?"

„Ich weiß", antwortete Alex, „aber es gibt kein Zurück mehr. Ich muss herausfinden, was wirklich passiert ist. Auch wenn das bedeutet, dass ich das System, das er bekämpfte, infrage stelle. Vielleicht hat er sich nicht nur gegen das Regime gestellt, sondern gegen eine viel tiefere, finstere Macht."

Ana nickte, dann sah sie ihn an, als würde sie nach etwas suchen. „Du bist nicht der Einzige, der Antworten sucht, Alex. Und es gibt immer noch viele, die die Wahrheit nicht sehen wollen. Menschen, die ihre eigene Agenda haben."

„Wie zum Beispiel Vaduva?", fragte Alex. Ana

zögerte einen Moment, dann sagte sie: „Genau.

Vaduva war nicht nur ein Diener des Regimes. Er war ein Mann, der seine eigenen Geheimnisse hatte. Und vielleicht ist er noch immer da draußen. Vielleicht führt er noch immer sein Spiel – und das könnte uns gefährlich werden."

Die beiden hatten eine Adresse gefunden, an der sie Vaduva vermuteten. Es war ein abgelegenes Gebäude, das über Jahre hinweg unbemerkt geblieben war. Ein Ort, der mit der Vergangenheit verwoben war, wo alles, was sie suchten, verborgen lag. Aber wie bei allem in Bukarest war der Weg dorthin gefährlich – sowohl körperlich als auch emotional.

„Ich bin bereit", sagte Alex, der fest entschlossen war, den letzten Schritt zu tun. „Wir müssen Vaduva finden und ihm die Antworten abpressen, die er uns schuldet. Ich will wissen, was mit meinem Großvater passiert ist. Aber mehr noch: Ich will wissen, was er wirklich wusste."

Ana nickte, die Entschlossenheit in ihrem Blick spiegelte die gleiche Entschlossenheit wider, die auch Alex verspürte. Doch die Anspannung war auch bei ihr spürbar. Sie hatte viel durchgemacht, viel gesehen – und dennoch hatte sie immer noch Zweifel. Zweifel daran, wie tief die Wahrheit wirklich ging.

„Du weißt, dass dieser Schritt uns alles kosten könnte", sagte Ana ruhig. „Du weißt, dass es nicht nur eine Frage der Vergangenheit ist. Es geht um die Zukunft, Alex. Es geht darum, wie viel wir bereit sind zu opfern, um zu erfahren, was wirklich passiert ist."

„Ich habe keine Wahl", sagte Alex. „Ich will wissen, was passiert ist. Ich will wissen, wer wirklich die Fäden gezogen hat. Und ich werde nicht ruhen, bis ich die Antworten habe."

Es war spät in der Nacht, als sie das Gebäude erreichten. Ein verfallenes, mehrstöckiges Gebäude in einem der weniger besuchten Teile von Bukarest. Der Ort hatte den Charme des Verlassenen, das Gefühl von Verfall und Vergessen, und doch war etwas anderes in der Luft – ein unbestimmtes Gefühl von Bedrohung.

„Bist du sicher, dass das hier der richtige Ort ist?", fragte Ana, als sie vor dem Eingang standen. Ihre Hand zitterte leicht, als sie sich auf den Türrahmen stützte.

„Ja", antwortete Alex, der sich ebenfalls unsicher fühlte. „Das ist der Ort. Und es gibt keine Zeit mehr zu verlieren."

Langsam drückte Alex die schwere Eingangstür auf, und ein Quietschen hallte durch den Flur. Sie schlichen hinein, den Atem angehalten, jeder Schritt ein leises Echo in der Dunkelheit. Der Gang war lang, die Wände waren mit Schimmel und Staub bedeckt. Das Licht, das von der

Taschenlampe ausging, war schwach, nur genug, um die nächsten paar Meter zu erhellen.

„Wir müssen schnell sein", flüsterte Ana. „Wenn Vaduva hier ist, wird er uns hören."

„Er wird wissen, dass wir kommen", sagte Alex. „Aber er weiß nicht, wie weit wir gehen werden, um die Wahrheit herauszufinden."

Sie gingen weiter, jeder Schritt ein weiteres Zeichen des Mutes, das sie aufbrachten, um zu verstehen, was hinter der Geschichte ihres Großvaters und Vaduvas Machenschaften steckte. Sie hatten keine Ahnung, was sie in diesem verlassenen Gebäude erwarten würde, aber eines war sicher: Die Wahrheit war nur ein Stück weit entfernt – und mit ihr ein düsterer, gefährlicher Moment, der alles verändern würde.

Die Falle

Die Atmosphäre in dem verfallenen Gebäude war erdrückend. Die feuchte Kälte kroch in ihre Knochen, und jeder Atemzug ließ den Staub in der Luft tanzen. Alex und Ana schlichen weiter den langen, dunklen Flur entlang, das Geräusch ihrer Schritte gedämpft durch die dicke Staubschicht auf dem Boden. Die Taschenlampe in Alex' Hand warf flackernde Schatten auf die Wände, die in ihren Ritzen und Rissen Geschichten von längst vergangenen Tagen erzählten.

„Was, wenn wir uns irren? Was, wenn Vaduva hier nicht mehr ist?" flüsterte Ana, die ihre Nervosität nicht verbergen konnte.

„Er ist hier", antwortete Alex mit fester Stimme, obwohl er sich selbst nicht sicher war. „Er muss hier sein. Dieser Ort ist zu wichtig, als dass er ihn einfach verlassen hätte."

Sie kamen an einer Tür an, die sich am Ende des Ganges befand. Der Rahmen war verrostet, und das Holz der Tür selbst war von den Jahren gezeichnet, morsch und abgenutzt. Alex drückte vorsichtig an die Klinke, doch die Tür war verschlossen.

„Wir müssen hinein", sagte er entschlossen. „Es gibt nur noch diese eine Chance."

Ana nickte und zog ein kleines Werkzeug aus ihrer Tasche. Mit geübtem Griff begann sie, das Schloss zu manipulieren. Ihre Finger arbeiteten schnell, präzise – Jahre der Erfahrung als Detektivin hatten sie zu einer Meisterin in der Handhabung von Schlössern gemacht.

Der Moment, als das Schloss endlich mit einem leisen Klicken nachgab, war beinahe magisch. Doch gleichzeitig stieg auch die Anspannung zwischen den beiden. Alex wusste, dass sie jetzt keine Rücksicht mehr auf irgendetwas nehmen konnten. Jeder Schritt, den sie machten, brachte sie näher an die dunkle Wahrheit über seinen Großvater und das, was wirklich hinter Vaduvas Macht und den Verstrickungen des Regimes steckte.

Die Tür öffnete sich mit einem lauten Quietschen, das in der Stille der Nacht wie ein Schrei durch den Flur hallte. Sie traten ein, der Raum war noch dunkler als der Gang. Nur der schwache Schein ihrer Taschenlampe erleuchtete die wackeligen Regale, die mit alten Akten, verstaubten Ordnern und zerknüllten Papieren überladen waren. Der Raum roch nach Moder und vergilbtem Papier, nach vergessenen Geheimnissen.

„Da müssen die Antworten sein", sagte Alex leise und deutete auf einen Tisch, der in der Mitte des Raumes stand. Auf ihm lagen mehrere große, dicke Akten, die eindeutig nicht für die Öffentlichkeit bestimmt waren. Ihre Bedeutung war sofort klar: Dies waren die Unterlagen, die Vaduva und andere hochrangige Mitglieder des Regimes geheim gehalten hatten. Die Akten über jene, die als Bedrohung für das System galten, und über die Methoden, wie diese Bedrohungen beseitigt wurden.

Doch bevor sie sich den Akten weiter nähern konnten, hörten sie ein Geräusch – ein leises Knacken, das aus der Ecke des Raumes kam.

Ana zog sofort ihre Waffe, und Alex spürte, wie sein Puls in die Höhe schnellte. „Jemand ist hier", flüsterte er. „Wir sind nicht allein."

„Vorsicht", sagte Ana, ihre Stimme klang ernst. „Es könnte eine Falle sein."

Doch bevor sie weiter nachdenken konnten, explodierte ein grelles Licht im Raum. Jemand hatte die Lampe eingeschaltet. Es war ein starkes Licht, das ihre Augen blendete und den Raum in ein unheimliches, fast geisterhaftes Licht tauchte. Die Silhouette einer Person trat aus dem Schatten – groß, robust und in einen Anzug gekleidet.

„Ich wusste, dass ihr kommen würdet", sagte die Stimme, die Alex sofort erkannte. Es war Vaduva.

Seine Präsenz war erdrückend, und sein Gesicht war ein einziges Bild der Kälte und der Macht. „Ihr habt euch also entschlossen, in den Abgrund zu blicken, wie euer Großvater", fügte er hinzu. „Und genauso wie er werdet ihr es bereuen."

Alex' Herz raste, doch er versuchte, seine Fassung zu bewahren. „Warum?", fragte er, seine Stimme fest, obwohl er wusste, dass er sich einer Macht gegenübersah, die viel größer war als alles, was er sich je vorgestellt hatte. „Warum hast du meinen Großvater getötet? Was war so gefährlich an ihm?"

Vaduva lachte, ein kaltes, schneidendes Lachen. „Er war nicht der, der er vorgab zu sein. Dein Großvater hatte viel mehr im Spiel, als du jemals begreifen würdest. Er war ein Werkzeug. Ein nützliches Werkzeug, bis er nicht mehr zu gebrauchen war."

Ana trat einen Schritt vor, ihre Waffe noch immer fest in der Hand. „Was hast du mit ihm gemacht? Was hat er gewusst?"

„Er wusste zu viel", antwortete Vaduva ruhig, als ob er über ein alltägliches Thema sprach. „Er wollte das System stürzen. Er wollte die Wahrheit ans Licht bringen. Aber das ist nicht der Weg, den man in diesem Land geht. Deine Familie hat sich an die falschen Stellen gewandt. Und dafür mussten sie bezahlen."

Alex fühlte eine Welle der Wut in sich aufsteigen, doch er blieb ruhig. „Das wird nicht das Ende sein", sagte er, seine Stimme fest. „Du wirst für alles, was du getan hast, bezahlen."

„Glaubst du wirklich, dass du gegen mich gewinnen kannst?" Vaduvas Lächeln war grausam. „Du bist ein Junge, Alex. Ein naiver Junge, der glaubt, er kann die Welt verändern. Du wirst genauso enden wie dein Großvater – vergessen, in den Schatten der Geschichte vergraben. Du kannst noch so viele Fragen stellen, doch du wirst keine Antworten finden. Der Weg, den du gegangen bist, führt nur in den Tod."

Mit diesen Worten zog Vaduva ein kleines Gerät aus seiner Tasche – ein kleines, unscheinbares Gerät, das einen kurzen Piepton von sich gab. Plötzlich hörte man das Geräusch von Schritten draußen im Flur. Mehr Männer, bewaffnet, kamen näher. Es war eine Falle. Und sie waren mitten darin.

„Es ist vorbei", sagte Vaduva, der sich langsam auf den Weg zur Tür machte. „Ihr habt eure Neugierde zu weit getrieben. Und nun müsst ihr dafür bezahlen."

Der Wendepunkt

Der Moment, als Vaduva den Raum verließ und das dröhnende Geräusch der schweren Schritte näher kam, war für Alex und Ana wie ein scharfer Schnitt durch die Spannung. Die Luft schien plötzlich dicker zu werden, als ob das Gewicht der drohenden Gefahr sie zu erdrücken versuchte. Alex' Herz hämmerte in seiner Brust, während Ana, die immer noch die Waffe in der Hand hielt, sich hektisch umsah. Ihre Gedanken rasten, doch sie wusste, dass sie keine Zeit zu verlieren hatten.

„Wir müssen hier raus", flüsterte sie, ihre Stimme angespannt.

„Nein", erwiderte Alex sofort, seine Augen blitzten entschlossen. „Wir haben eine Chance, jetzt. Wenn wir fliehen, dann war alles umsonst. Wir müssen wissen, was mit meinem Großvater passiert ist – und warum er sterben musste."

Ana schüttelte den Kopf. „Du verstehst nicht, Alex. Sie kommen jetzt mit einer ganzen Armee. Wir sind hier nicht sicher, wir brauchen einen Plan."

Aber es war zu spät. Die Tür des Raumes flog auf, und eine Gruppe von bewaffneten Männern strömte hinein, ihre Stiefel hallten in der kleinen, düsteren Kammer. Alex konnte sich nicht mehr zurückhalten, der Adrenalinstoß in seinem Körper ließ ihm keine andere Wahl, als sich der Bedrohung zu stellen.

„Versteckt euch!", rief Ana. Ihre Waffe feuerte mehrere gezielte Schüsse ab, um Zeit zu gewinnen. Doch es war klar: Die Männer waren zahlenmäßig überlegen, und der Raum war zu klein, um einen echten Kampf zu führen.

Alex blickte sich um und sah, wie der Staub aus den alten Akten aufwirbelte, die wie ein Kartenhaus auf dem Tisch lagen. Mit einem Mal hatte er eine Idee. „Die Akten!", rief er.

Ana hatte gerade einen der Männer zu Boden geschlagen, als sie sich umdrehte. „Was?"

„Die Akten sind der Schlüssel!", rief er wieder, rannte zu dem Tisch und riss eine der dicken Akten auf. „Mein Großvater wusste etwas, das sie nicht wollten, dass es herauskommt. Sie haben ihm etwas vorenthalten, und das wird alles erklären. Wir müssen es finden, bevor sie uns finden."

Während Ana weiterhin versuchte, die Angreifer in Schach zu halten, blätterte Alex hektisch durch die Dokumente. Viele der Akten waren voll von Zahlen, kryptischen Notizen und Fotos von Personen, die er nicht kannte. Doch dann stieß er auf eine Seite, die ihn kurz innehalten ließ. Es war ein altes, verblasstes Foto seines Großvaters – aber nicht als der Mann, den er gekannt hatte. Es zeigte ihn in einer Uniform, mit einem verkniffenen Gesichtsausdruck, den Alex nie zuvor gesehen hatte.

„Das ist er…", murmelte Alex, sein Herz raste. Doch unter dem Foto standen weitere Worte, die ihm den Atem raubten: „Geheimer Agent des Regimes. Doppelspiel. Geplant: Liquidierung."

Alex starrte die Seite an, als ob die Worte auf dem Papier sich immer wieder neu formten. „Mein Großvater… war ein Spion?"

Ana hatte inzwischen zwei der Männer außer Gefecht gesetzt, doch sie wusste, dass es noch immer zu viele waren. Sie kämpfte weiter, doch sie konnte die Erschöpfung kaum verbergen. „Was hast du gefunden?"

„Er war in etwas Größeres verstrickt, als ich je gedacht hätte", flüsterte Alex, während er weiter in den Papieren wühlte. „Mein Großvater war ein Agent. Und es sieht so aus, als ob er entweder das Regime verraten oder das Regime ihn verraten hat."

„Das ist doch Wahnsinn!" Ana schüttelte den Kopf. „Wenn das wahr ist, dann sind wir alle in Gefahr."

Gerade als sie das Gefühl hatten, einen entscheidenden

Schritt näher an der Wahrheit zu sein, stürmten die Männer erneut auf sie zu. Alex' Blick blieb an einer weiteren Akte hängen, die auf dem Tisch lag – es war ein geheimes Dokument mit einem roten Siegel, das deutlich machte, dass es unter keinen Umständen in falsche Hände geraten durfte.

„Das ist es", sagte Alex, als er die Akte ergriff. „Dies hier wird alles erklären. Es muss."

Ana hatte es bereits verstanden. „Wir müssen raus hier!" Doch gerade als sie den Raum verlassen wollten, hörten sie ein weiteres Geräusch – ein Geräusch, das nicht von den Schritten der Angreifer kam. Es war das dumpfe Zischen von etwas, das auf sie zugeschleudert wurde. Ein Geräusch, das Alex' Blut in den Adern gefrieren ließ. „Wir sind nicht alleine", flüsterte Ana, als sie das Geräusch erkannten.

Ohne Vorwarnung explodierte die Wand hinter ihnen, und Trümmer flogen durch den Raum. Alex und Ana wurden durch den Luftdruck gegen den Boden geschleudert, ihre Ohren dröhnten, und das Licht der Taschenlampe erlosch in einem grellen Blitz.

Als Alex wieder zu sich kam, lag er benommen auf dem Boden, der Schutt um ihn herum noch warm von der Explosion. Er konnte das Geräusch von Schüssen hören und das Klirren von Glas. Die Angreifer waren immer noch da, und der Raum war in ein Chaos verwandelt worden. Doch als er sich aufrichtete, fiel sein Blick auf das Ziel: Die Akte. Es war die einzige Sache, die sie noch retten konnte.

Ana lag nur wenige Meter entfernt, schon auf den Beinen, als sie einen weiteren Angriff abwehrte. Alex sprang auf und lief zu ihr, während er die Akte fest in der Hand hielt.

„Wir müssen weg", rief er, als sie sich einander näher kamen. „Wir haben das, was wir brauchen. Jetzt müssen wir raus hier."

Ana nickte und zog ihn an sich. Gemeinsam kämpften sie sich durch den Dschungel aus Trümmern, die von der Explosion übrig geblieben waren, und machten sich auf den Weg nach draußen.

Die Jagd nach der Wahrheit

Alex und Ana hatten es endlich geschafft, den Raum zu verlassen, doch die Gefahr war noch lange nicht gebannt. Die Straßen von Bukarest, von denen sie sich immer weiter entfernten, waren in der Dämmerung kaum erkennbar. Es war fast unmöglich, die Verfolger zu entkommen, und das Adrenalin pumpte in ihren Adern, als sie sich durch die Gassen bewegten.

„Du hast die Akte dabei, oder?", fragte Ana, während sie atemlos einen Abzweig nahm und in eine dunklere Straße eintauchte.

„Ja", antwortete Alex, die Akte fest an sich gedrückt. „Es ist das einzige, was uns noch retten kann. Aber wir müssen herausfinden, was genau da drin steht. Wenn sie wissen, dass wir es haben, dann sind wir nicht sicher."
„Dann dürfen wir keine Zeit verlieren", sagte Ana und zog ihn weiter, ihr Blick immer wieder nach hinten gerichtet, um sicherzustellen, dass sie nicht verfolgt wurden.

„Die Informationen aus der Akte…", begann Alex, doch seine Worte stockten, als er über das, was er bereits erfahren hatte, nachdachte. „Es sieht so aus, als ob mein Großvater von Anfang an ein Spielball war. Aber was haben sie mit ihm gemacht, und warum ist er tot?"

Ana warf ihm einen schnellen Blick zu. „Er war in einer gefährlichen Position, Alex. Und in solchen Zeiten – wer verrät, stirbt oft. Aber das heißt nicht, dass wir jetzt aufgeben müssen. Vielleicht finden wir mehr heraus, wenn wir die Akte richtig entschlüsseln."

„Wir müssen auch herausfinden, wer sonst noch in das Ganze verwickelt ist", sagte Alex, als er in einer Nähe eines alten Kiosks eine kleine Pause einlegte, um durch die Akte zu blättern.

Die Straßen waren inzwischen völlig leer, und die dunklen Schatten der Häuser schienen sich wie Riesen über sie zu erheben. In dieser düsteren Atmosphäre begannen sie, weiter zu blättern, als Alex plötzlich einen weiteren Hinweis entdeckte.

„Hier!" rief er plötzlich. „Es gibt noch mehr... Ein Name. Ein Name, der immer wieder auftaucht." Ana trat näher, um sich die Akte anzusehen. „Wen hast du gefunden?"

„Vladimír Popescu", las Alex vor. „Ein hoher Beamter aus der Zeit von Ceaușescu. Ich erinnere mich an ihn – mein Großvater hat nie viel über ihn erzählt, aber... er könnte der Schlüssel sein. Wenn er wirklich in die Sache verwickelt war, dann hat mein Großvater ihm vielleicht etwas verraten."

Ana nickte. „Dann müssen wir diesen Popescu finden."

Doch gerade als sie sich wieder auf den Weg machen wollten, hörten sie Schritte – schwer und zielstrebig. Jemand kam. Ohne ein Wort riss Ana Alex in einen engen Flur zwischen zwei alten Häusern und zog ihn in die Dunkelheit. Ihr Herz pochte laut in ihren Ohren, doch sie wusste, dass dies ihre einzige Chance war.

Die Schritte wurden lauter, und sie hielten den Atem an. Als die Silhouette eines Mannes an ihnen vorbeizog, konnte Alex gerade noch den Schatten erkennen. Es war ein Mann, groß, mit einem schwarzen Mantel, der die Form eines Sicherheitsmannes trug. Aber er war nicht allein.

„Das ist der Mann, der uns folgt", flüsterte Ana. „Wir müssen weiter. Sie haben uns längst entdeckt." „Ja", sagte Alex, seine Stimme fast nicht mehr hörbar. „Aber ich will wissen, was er weiß. Vielleicht führt uns dieser Popescu genau dorthin, wo wir hin müssen."

Sie machten sich weiter auf den Weg, aber die Straßen schienen immer leerer zu werden, als ob die Stadt sich gegen sie verschworen hatte. Doch je weiter sie gingen, desto mehr drängte sich in Alex der Gedanke auf, dass sie auf dem richtigen Weg waren. Die Wahrheit konnte nicht mehr weit entfernt sein. Und egal, wie viel Gefahr sie auf sich nahmen – sie mussten sie finden.

Die Schatten der Vergangenheit

Der nächste Morgen kam schneller als erwartet, und die Sonne warf ein blasses Licht über die Straßen von Bukarest. Alex und Ana hatten die Nacht in einer alten, verlassenen Wohnung verbracht, deren Fenster mit vergilbten Vorhängen verhangen waren, die das wenige Licht, das den Raum erreichte, noch weiter dämpften. Die Dunkelheit der Nacht war wie eine Decke über sie gelegt worden, während sie versuchten, sich zu erholen und ihre nächsten Schritte zu planen.

Doch der Schlaf war unruhig gewesen. Alex' Gedanken waren immer wieder zu dem Namen „Vladimír Popescu" zurückgekehrt, der in der Akte so häufig aufgetaucht war. Wenn dieser Mann wirklich der Schlüssel zur Wahrheit war, mussten sie ihn finden – und das so schnell wie möglich. Denn je länger sie warteten, desto größer war die Gefahr, dass sie entdeckt und zum Schweigen gebracht würden.

„Hast du eine Idee, wo wir anfangen können?", fragte Ana und zog sich die Jacke enger um ihre Schultern. Die Kälte in der Wohnung war beißend, und die Fenster boten kaum Schutz vor der frischen Morgenluft.

„Popescu war ein hochrangiger Beamter im Regime", antwortete Alex, während er noch einmal die Akte durchging. „Er könnte immer noch Einfluss in den höheren Kreisen haben. Vielleicht ist er noch immer in der Stadt, vielleicht unter einem anderen Namen. Aber eines ist sicher: Wenn wir ihn finden wollen, müssen wir tiefer in das Netzwerk eindringen."

Ana nickte. „Ich kenne ein paar Kontakte, die uns weiterhelfen können. Aber es wird nicht einfach. Popescu war ein mächtiger Mann, und es gibt viele, die sich für ihn einsetzen – oder fürchten, dass er zurückkehrt."

„Also haben wir keine Wahl", sagte Alex und packte die Akte ein. „Wir müssen uns auf die Suche machen und alles herausfinden, was wir können. Und wenn Popescu uns in die Quere kommt, dann müssen wir bereit sein."

Sie machten sich auf den Weg, und obwohl Bukarest im Tageslicht eine ganz andere Atmosphäre hatte als in der

Nacht, war die Stadt noch immer von einer bedrohlichen Stille umhüllt. Die Straßen waren voll, aber niemand schien sich für die beiden jungen Ermittler zu interessieren. Doch Alex wusste, dass das nicht immer so bleiben würde. Jemand hatte sie gesehen. Jemand hatte ihre Bewegungen bemerkt, und das Spiel war noch lange nicht zu Ende.

„Wir sollten uns in die alten Bezirke der Stadt begeben", schlug Ana vor. „Da gibt es noch viele, die unter der Hand arbeiten und mehr wissen. Vielleicht können wir dort eine Spur finden."

Sie fuhren mit einem alten, unauffälligen Auto durch die Stadt und steuerten ein Viertel an, das von den meisten gemieden wurde – heruntergekommene Gebäude, in denen das Leben der Vergangenheit immer noch zu spüren war. Die Straßen rochen nach Staub und Öl, und die Häuser schienen wie leere Hüllen, die nur noch von der Erinnerung an bessere Tage lebten.

„Was, wenn sie uns hier suchen?", fragte Alex, als sie auf einer verlassenen Straße hielten. „Was, wenn Popescu schon weiß, dass wir hinter ihm her sind?"

Ana warf ihm einen ernsten Blick zu. „Wir können nicht davon ausgehen, dass wir unbemerkt bleiben. Aber wir haben keine Wahl. Wenn Popescu etwas mit dem Tod deines Großvaters zu tun hat, dann müssen wir wissen, was es war. Warum er sterben musste."

„Und was, wenn wir eine Entschuldigung brauchen, um Popescu zu konfrontieren?", fragte Alex. „Was, wenn er uns einfach ignoriert oder uns als Bedrohung abtut?"

„Dann müssen wir uns eine Methode einfallen lassen, ihm zu zeigen, dass wir mehr wissen, als er denkt", sagte Ana ruhig. „Es gibt immer einen Weg, sich Respekt zu verschaffen – oder ihm klarzumachen, dass wir nicht aufgeben werden."

Gerade als sie die nächste Ecke erreichten, hörten sie plötzlich ein lautes Geräusch – das Klicken eines Türschlosses, das in der Nähe hinter ihnen fiel. Es war schnell, fast zu schnell, um es nicht zu bemerken. Alex und Ana drehten sich gleichzeitig um und sahen eine dunkle Gestalt, die sich eilig in einen der angrenzenden Hinterhöfe begab.

„Folgen wir ihm", sagte Ana, während sie sich sofort in Bewegung setzte.

„Aber er könnte uns auch nur in eine Falle locken", warnte Alex, doch Ana war bereits zu schnell.

Sie bogen in die Gasse ein, ihre Schritte hallten wider, und dann – in einem Moment der Unachtsamkeit – hörten sie das Geräusch von Schritten, die sich vor ihnen bewegten. Die Verfolger waren ihnen näher gekommen, als sie gedacht hatten.

„Halt!", rief Ana, und sie sprang zur Seite, als ein Mann aus dem Schatten trat und sie mit einem Messer bedrohte.

„Du hast keine Ahnung, mit wem du dich anlegst", sagte der Mann, und seine Augen brannten vor Wut. „Ich werde euch stoppen – hier und jetzt."

Doch Ana zog blitzschnell ihre Waffe, und Alex konnte sehen, wie sie den Mann fixierte. Sie hatte keine Angst. Sie wusste, wie man sich in dieser Art von Situation behauptete.

„Das ist dein letzter Fehler", sagte Ana mit fester Stimme.

Der Mann zögerte nur für einen Moment. Doch als er den entschlossenen Blick in ihren Augen sah, wusste er, dass er nicht gewinnen konnte. Langsam ließ er das Messer sinken und wich einen Schritt zurück.

„Weißt du, wer uns nachstellt?", fragte Alex, ohne den Mann aus den Augen zu lassen.

Der Mann antwortete nicht, sondern schüttelte nur den Kopf, als ob er etwas verbergen wollte. Doch es war zu spät – sie hatten ihn gefangen. Und in diesem Moment wusste Alex, dass die Wahrheit nur noch einen Schritt entfernt war.

Der Weg zum Ziel

Der Mann, der sie soeben bedroht hatte, zitterte nun vor Angst, als Ana ihn mit einer schnellen Bewegung zu Boden drückte. Alex konnte es kaum fassen, wie ruhig sie in dieser Situation geblieben war. Ihre Miene war ernst, aber nicht von Hass oder Wut durchzogen. Sie war nur entschlossen.

„Wer schickt dich?", fragte Ana mit einem scharfen Tonfall, während sie den Mann mit einer Hand gegen den Boden drückte. Ihre Waffe hielt sie immer noch in der anderen Hand, doch sie war nicht bereit, ihn sofort zu erschießen. Nicht, wenn sie noch etwas herausfinden konnte.

Der Mann, ein mittelgroßer Typ mit dunklen, ungepflegten Haaren, wendete sein Gesicht ab. „Du wirst es nicht erfahren", murmelte er, doch es war mehr Angst in seiner Stimme als Stolz.

„Weißt du, du solltest wirklich gut darüber nachdenken, was du sagst", sagte Ana ruhig, während sie den Griff um seinen Arm straffte. „Denn ich kann dir versprechen, dass du uns mehr sagen wirst, als du denkst."

Alex stand daneben und beobachtete die Szene mit gemischten Gefühlen. Einerseits wollte er unbedingt die Wahrheit erfahren, andererseits war er sich bewusst, dass sie sich immer mehr in Gefahr begaben. Die Jagd auf Popescu war längst keine einfache Ermittlungsarbeit mehr – sie war zu einem Spiel auf Leben und Tod geworden.

„Also gut", flüsterte der Mann dann und blickte zu Ana auf. „Ich sage euch, was ihr wissen wollt… aber ihr müsst mir versprechen, dass ihr mich in Ruhe lasst, wenn ich euch sage, was ich weiß. Ich will keinen Ärger bekommen."

Ana nickte kaum merklich und zog ihren Finger von der Abzugsschlaufe. Der Mann atmete hörbar aus.

„Mein Name ist Mircea", begann er, „und ich bin ein Teil von Popescus alten Netzwerk. Aber er ist nicht einfach verschwunden, wie ihr denkt. Er ist tot – ja. Aber er hat Dinge hinterlassen, Dinge, die einige Leute sehr interessiert haben…"

„Und wer interessiert sich für diese Dinge?" fragte Alex, wobei seine Stimme nicht ganz ruhig war. „Wer will, dass wir nicht weiter suchen?"

Mircea warf einen Blick über die Schulter, als ob er sicherstellen wollte, dass niemand sie belauschte. „Es sind nicht nur die alten Gefolgsleute von Popescu. Die Leute, die hinter ihm standen, haben nicht einfach ihre Macht verloren. Sie haben das Regime überlebt, und sie sind jetzt stärker denn je. Ihr seid in Gefahr, wenn ihr weiter sucht. Die Akte, die ihr habt, ist gefährlicher, als ihr euch vorstellen könnt."

„Und was genau ist in dieser Akte?", fragte Ana, ihre Stimme immer noch ruhig, aber mit einer Bedrohung, die durch ihre Worte hindurchschwang.

„Popescu hatte Zugang zu allem", sagte Mircea leise. „Er war nicht nur ein Beamter. Er war ein Teil des Plans, der das ganze System stabil halten sollte. Es gab etwas, das er aufdecken wollte, bevor er… verschwand. Etwas, das den Diktator selbst betrifft."

„Was genau?", hakte Alex nach, und er konnte spüren, wie sein Herz schneller schlug. „Sag es uns, oder wir lassen dich nicht einfach hier gehen."

Der Mann zögerte einen Moment, aber als er die Entschlossenheit in ihren Augen sah, wusste er, dass er keine Wahl hatte.

„Ihr müsst nach Călărași gehen", sagte Mircea dann, mit einem schwachen Lächeln. „Dort findet ihr Antworten. Aber seid vorsichtig. Es gibt Leute, die nicht wollen, dass ihr dort ankommt."

„Călărași?" fragte Alex, verwirrt. „Warum dort?"

„Weil Popescu dort seine letzten Geheimnisse verborgen hat. Irgendwo dort gibt es eine Verbindung zu den höchsten Kreisen der Macht. Aber ich warnt euch, ihr seid nicht die Einzigen, die nach den Antworten suchen. Wenn ihr nicht aufpasst, werdet ihr nie zurückkehren."
Ana nickte, und mit einer letzten, warnenden Geste ließ sie Mircea los. Er stand schnell auf, doch er wich nicht

zurück. Die Gefahr war klar – sie hatten Informationen, die alles verändern könnten.

„Wir werden uns um deinen Hinweis kümmern", sagte Ana ruhig. „Aber vergiss nie: Wir haben dich in der Hand."

Mircea nickte nur, drehte sich um und verschwand in der Dunkelheit.

„Călăraşi", wiederholte Alex und starrte auf den Boden. „Das ist also der nächste Ort, an dem wir suchen müssen."

„Ja", sagte Ana. „Und wir müssen vorsichtig sein. Ich hatte ein Gefühl, dass wir bald nicht mehr alleine sein werden. Du hast jetzt nicht nur die Aufmerksamkeit von Popescus alten Verbündeten auf dich gezogen – du hast die Aufmerksamkeit des ganzen Systems geweckt."

„Dann müssen wir es richtig machen", sagte Alex fest und packte die Akte wieder ein. „Călăraşi ist unser Ziel. Aber wir müssen uns schnell bewegen. Je länger wir warten, desto gefährlicher wird es für uns."

Die beiden verließen den verlassenen Hinterhof, ohne noch einen Blick zurückzuwerfen. Die Straße vor ihnen war von einem Nebelschleier umhüllt, der wie ein weiterer Vorhang zwischen ihnen und der Wahrheit lag. Doch sie wussten jetzt, dass sie nicht mehr zurückkehren konnten. Der Weg nach Călăraşi war ihre einzige Chance – und die Zeit drängte.

Der lange Weg nach Călăraşi

Der nächste Tag war gekommen, und die Sonne brannte auf die staubigen Straßen von Bukarest. Die Luft war schwer, und der Tag versprach heiß zu werden. Alex und Ana saßen in einem schlichten Café, ihre Blicke auf die Karte von Rumänien gerichtet, die sie vor sich auf dem Tisch ausgebreitet hatten. Călăraşi war nicht weit entfernt, aber der Weg dorthin war mit Gefahren gepflastert. Sie wussten, dass jeder Schritt sie näher an die Wahrheit brachte – aber auch näher an das, was sie nicht begreifen konnten.

„Es ist nicht nur ein Ort", sagte Ana und fuhr mit dem Finger über die Landkarte. „Es ist ein Symbol. Popescu hat dort etwas hinterlassen, das für das Regime von größter Bedeutung war. Etwas, das sie um jeden Preis schützen mussten."

„Du denkst, dass er wusste, dass er in Gefahr war?" fragte Alex, während er die Karte ebenfalls betrachtete. „Dass er etwas finden würde, das ihm den Kopf kosten würde?"

„Er hat es gewusst", antwortete Ana, und ihre Stimme war ernst. „Jeder, der in einem solchen System arbeitet, weiß, dass es nur eine Frage der Zeit ist, bis man geopfert wird. Aber Popescu war schlau. Er hat sich abgesichert.

Und er hat uns einen Hinweis hinterlassen, wo wir suchen müssen."

„Călărași", wiederholte Alex. „Warum gerade da?"

Ana lehnte sich zurück und nahm einen Schluck Kaffee. „Es war immer ein Zufluchtsort für die Geheimen. Ein Ort, an dem das System ruhig bleiben konnte. Vielleicht ist es nur Zufall, aber der Name tauchte immer wieder in den Akten auf. Popescu hat uns auf etwas hingewiesen, ohne es direkt zu sagen. Wir müssen uns genau ansehen, was da versteckt ist."

„Und wie kommen wir hin?", fragte Alex, obwohl er schon wusste, dass die Antwort nicht einfach sein würde. „Es gibt niemanden, dem wir trauen können." Ana seufzte. „Das stimmt. Aber wir müssen es trotzdem wagen. Wir werden uns auf die Landstraßen abseits der Hauptstraßen bewegen, um keine Aufmerksamkeit zu erregen. Wenn wir richtig handeln, können wir unbemerkt bleiben."

Sie zahlten und verließen das Café. Der Tag war ein endloser Marsch zur Wahrheit, der immer näher an die Grenze der Gefahr führte. Das Gefühl, ständig beobachtet zu werden, hatte sich in den letzten Tagen immer mehr verstärkt, und Alex konnte die Blicke der Passanten spüren, selbst wenn sie sich nur flüchtig begegneten. Sie mussten vorsichtig sein, jede Bewegung genau abwägen. Die Zeit, in der sie unbemerkt durch Bukarest und die umliegenden Dörfer hatten streifen können, schien nun vorbei.

„Du solltest wirklich aufpassen, wenn du mit mir unterwegs bist", sagte Ana, als sie auf den belebten Marktplatz von Bukarest hinausgingen. „Jeder, der uns jetzt sieht, wird wissen, dass wir hinter etwas Größerem her sind. Wir müssen uns beeilen."

„Du meinst, die Leute könnten uns verraten?", fragte Alex.

„Es geht nicht nur um das Verraten", antwortete Ana. „Es geht um das Risiko. Jeder, der sich für uns interessiert, wird auch Interesse an den Informationen haben, die wir jetzt besitzen. Und das wird nicht ohne Konsequenzen bleiben."

Der Weg nach Călăraşi führte sie durch kleinere Städte und Dörfer. Überall, wo sie Halt machten, spürten sie den eisigen Hauch der Vergangenheit. Die Gesichter der Menschen in den kleinen, verlassenen Cafés und den alten Kneipen schienen noch die Geschichten der frühen Jahre des Regimes zu erzählen, die in ihren Augen brannten. Sie hatten keine Illusionen mehr darüber, was geschehen war – und was immer noch passieren konnte.

Nach mehreren Stunden erreichten sie schließlich die Stadtgrenze von Călăraşi. Die Gebäude dort waren nicht viel anders als in Bukarest, aber die Luft fühlte sich anders an. Frischer, irgendwie unerforscht. Und doch lag etwas Bedrohliches in der Umgebung.

„Hier müssen wir vorsichtig sein", sagte Ana, als sie in die engen, verwinkelten Straßen der Stadt einbogen. „Călăraşi mag auf den ersten Blick harmlos wirken, aber hier sind viele Dinge verborgen. Und die Leute hier sind nicht leicht zu täuschen."

„Was meinst du mit ‚nicht leicht zu täuschen'?" fragte Alex, die Straße entlang blickend, die sich vor ihnen auftat.

„Die wissen, wer wir sind, wenn wir die falschen Fragen stellen", erklärte Ana. „Wenn wir in die falschen Ecken der Stadt vordringen, werden wir schnell merken, dass es keine neutrale Zone mehr ist. Wir sind in feindlichem Gebiet."

Es war ein merkwürdiges Gefühl, das Alex durchfuhr, als sie tiefer in die Stadt fuhren. Călăraşi hatte diesen geheimen, fast unheimlichen Charme. Alles schien in einem Zustand des Stillstands zu verharren – und gleichzeitig wusste Alex, dass jeder Schritt, den sie taten, sie näher an das Ende ihrer Reise brachte.

„Lass uns ein bisschen rumfragen", schlug Ana vor. „Vielleicht erfahren wir etwas Nützliches, bevor wir tiefer in die Stadt vordringen."

Sie parkten das Auto in einer ruhigen Straße und begannen, sich unter die Leute zu mischen. Es dauerte nicht lange, bis sie auf einen älteren Mann stießen, der in der Nähe einer kleinen Bäckerei stand und mit einem alten Hund spazieren ging. Ana trat näher und begann mit ihm zu plaudern. Der Mann schien misstrauisch, aber nicht feindselig.

„Es gibt Geschichten über das alte Landhaus an der Straße von Drăgăşani", sagte der Mann schließlich und sah sich nervös um, als ob er sicherstellen wollte, dass niemand sie hörte. „Aber wer sich dort hin wagt, kommt nie zurück."

„Warum nicht?" fragte Ana, und ihr Tonfall war so ruhig, dass der Mann nicht misstrauisch wurde.

„Das Landhaus ist verflucht", flüsterte der Mann. „Es war einst ein Zufluchtsort für Leute, die im Schatten des Regimes lebten. Aber jetzt... jetzt weiß niemand mehr, wer dort noch ist."

„Wo ist dieses Landhaus?" fragte Alex, während seine Aufmerksamkeit scharf auf den Mann gerichtet war.

„Es ist ein Stück weit außerhalb der Stadt, an einem Hügel. Aber seid vorsichtig. Es gibt Dinge, die man lieber nicht wissen will."

Ana nickte dankend, und sie gingen weiter. Die erste Spur war da. Ein Landhaus, verflucht und verborgen in den Hügeln von Călăraşi. Alex konnte das Gefühl nicht abschütteln, dass sie auf der richtigen Fährte waren – aber auch, dass sie sich auf einen gefährlichen Weg begaben, der sie tief in das dunkle Herz der Vergangenheit führen würde.

Das Landhaus am Hügel

Der Tag neigte sich dem Ende zu, als Alex und Ana sich auf den Weg zum Landhaus machten. Die Straßen von Călăraşi waren mittlerweile menschenleer, und die Dämmerung hüllte die Stadt in ein unheimliches, fast bedrohliches Licht. Der Geruch von feuchtem Gras und altem Holz lag in der Luft, und je weiter sie sich von der Stadt entfernten, desto mehr schien die Welt um sie herum still zu werden.

„Wir müssen leise sein", sagte Ana, als sie den Wagen auf einem kleinen Feldweg parkten und ausstiegen. „Wenn sie wissen, dass wir hier sind, wird es zu spät sein." „Wer wird wissen, dass wir hier sind?" fragte Alex leise. Doch er wusste es bereits – das Regime hatte überall seine Ohren und Augen. Sie waren nicht nur auf der Jagd nach der Wahrheit, sondern auch auf der Flucht vor denen, die sie um jeden Preis stoppen wollten.

Der Weg zum Landhaus führte sie durch dichte Wälder und über Hügel, die von der untergehenden Sonne in rotgoldene Farben getaucht wurden. Der Boden unter ihren Füßen war uneben, und der Wind rauschte durch die Bäume, als ob er ihnen Warnungen zuflüsterte. Sie erreichten das Landhaus schließlich, das auf einem abgelegenen Hügel stand, von wilden Sträuchern umgeben und mit einer dicken Schicht Staub bedeckt.

„Es sieht aus, als ob hier schon lange niemand mehr war", sagte Alex, als er die verfallene Fassade des Hauses betrachtete. Die Fenster waren zerschlagen, das Dach war zum Teil eingestürzt, und der einst stattliche Bau war nun nur noch ein Schatten seiner selbst.

„Das ist genau der Punkt", erwiderte Ana, die vorsichtig um das Haus schlich und in die Dunkelheit lugte. „Hier wurde niemand mehr gesehen, weil es hier nichts mehr zu finden gab. Aber das stimmt nicht. Irgendwas muss hier immer noch sein. Etwas, das das Regime nicht vergessen hat."

Sie gingen weiter, und als sie die Tür erreichten, drückte Ana sie vorsichtig auf. Ein dumpfes Knarren war zu hören, als das Türblatt sich langsam öffnete, und sie traten in die Dunkelheit des Hauses. Der Geruch von Verfall und Moder war sofort in der Luft. Staub wirbelte auf, als ihre Schritte den Boden berührten, und das schwache Licht, das durch die zerbrochenen Fenster drang, ließ die Schatten unheimlich tanzen.

„Wir müssen nach unten", flüsterte Ana. „Der Keller ist der einzige Ort, an dem wir finden könnten, was Popescu hinterlassen hat."

Alex nickte und folgte ihr die knarrende Treppe hinunter, die ins Dunkel führte. Jeder Schritt fühlte sich an, als würde er die Stille des Hauses noch weiter durchbrechen, als würde das Haus auf ihre Anwesenheit reagieren. Es war ein seltsames Gefühl, das sich tief in Alex' Magen einnistete – das Gefühl, dass sie nicht willkommen waren, dass ihre Entdeckungsreise sie näher an etwas brachte, das weit gefährlicher war, als sie es sich je vorgestellt hatten.

Unten angekommen, fand sich Alex in einem staubigen, mit Spinnweben überzogenen Raum wieder. Der Keller war nicht groß, aber die Luft war schwer und stickig. Eine einzelne Lampe hing von der Decke und schwang leicht im Wind, der durch die Ritzen der Wände zog. Auf dem Boden lagen alte Papiere, einige verstreut, andere in vergilbten Ordnern verstaut. Ana ging sofort zu einem der Regale und begann, die Akten durchzusehen.

„Das ist es", sagte sie schließlich und zog einen dicken Ordner aus dem Regal. Die Schrift auf dem Deckblatt war verblasst, aber Alex konnte die Worte „Akten zur politischen Aufklärung" lesen. Es war genau das, wonach sie gesucht hatten – Dokumente, die Hinweise auf die Machenschaften des Regimes und vielleicht sogar die Verbindung zu Popescu enthielten.

„Und was jetzt?" fragte Alex, als Ana den Ordner aufschlug und mit schnellen Blicken die Seiten durchging.

„Wir sehen uns das genauer an. Aber ich fürchte, es wird uns nicht gefallen, was wir hier finden", sagte sie düster. Ihre Finger blätterten rasch weiter, bis sie schließlich auf eine Seite stießen, die besonders auffällig war. Ana hielt inne und zeigte Alex eine handgeschriebene Notiz, die scheinbar mit einem Stift in hastigem Eifer auf das Papier gekritzelt worden war.

„Es ist ein Hinweis auf eine geheime Operation", sagte Ana, ihre Stimme zitterte leicht. „Der Name ‚Popescu' taucht immer wieder auf – und es geht um die Zerstörung von Beweisen."

„Beweise für was?", fragte Alex und trat näher, um einen besseren Blick zu bekommen.

„Für die dunklen Seiten des Regimes", antwortete Ana. „Popescu war nicht nur ein einfacher Mitarbeiter. Er war tief in die Operationen verwickelt. Und das hier... das könnte alles erklären."

Plötzlich hörten sie ein Geräusch von oben. Ein Knarren, als ob jemand durch das obere Stockwerk schlich. Alex' Herz schlug schneller, als er mit Ana die Augen begegnete. Es war kein Zufall, dass sie so schnell auf diese Spur gestoßen waren – und es war keine Zeit, sich weiter aufzuhalten.

„Wir müssen hier raus", sagte Ana sofort. „Jetzt."

Alex nickte und griff nach dem Ordner. Doch als er den Blick auf das Papier senkte, entdeckte er eine weitere Notiz, die von der ersten fast unmerklich überlagert wurde. Es war eine klare, prägnante Anweisung:

„Schützen Sie das Landhaus. Niemand darf wissen, was hier verborgen ist."

„Lass uns gehen", flüsterte Alex, als er die Notiz betrachtete und die Schwere der Worte begriff.

Ana zog ihn sofort am Arm und sie rannten zurück zur Treppe. Doch als sie oben ankam, stoppte sie plötzlich. Das Geräusch, das sie gehört hatten, war kein Zufall. Sie waren nicht allein.

Der Schatten der Gefahr

Alex spürte, wie sich der kalte Schweiß auf seiner Stirn bildete. Er konnte es nicht ganz fassen, was gerade geschehen war – sie waren in eine Falle geraten, und sie hatten keine Ahnung, wie sie da wieder herauskommen sollten. Der Geräuschpegel, den sie oben gehört hatten, war eindeutig kein Wind, der durch das verlassene Haus zog. Es war das Geräusch von Schritten, die sich vorsichtig, aber bestimmt näherten.

Ana zog ihn abrupt zurück und flüsterte: „Wir müssen uns verstecken. Sie dürfen uns nicht sehen."

„Wer sind die ‚Sie'?" fragte Alex mit gesenkter Stimme, als er sich an die Wand presste und versuchte, nicht zu atmen. In diesem Moment war der Boden unter seinen Füßen wie ein Magnet – er wollte einfach nur verschwinden, sich unsichtbar machen, so wie das Haus selbst unsichtbar geworden war.

„Vermutlich Leute, die von dem Regime geschickt wurden. Es gibt nur wenige, die wissen, dass dieser Ort überhaupt noch existiert, aber diejenigen, die es wissen, sind gefährlich", antwortete Ana, ihre Augen suchten hektisch nach einem Ausweg.

Der Wind pfiff durch die Ritzen des Hauses, und in der Stille des verfallenen Landhauses war es fast so, als ob die Dunkelheit selbst sie beobachtete. Die Schritte wurden lauter, näher, und Alex' Herz raste. In einer Ecke des Raumes stand ein alter Schrank, dessen Türen knarrten, als er sie leise öffnete. „Da", flüsterte Ana und zog Alex in den Schrank, der eng und stickig war. Doch es war der einzige Ort, an dem sie sich verstecken konnten.

Die Türen des Schranks schlossen sich, und für einen Moment war es stockfinster. Nur das Rauschen seines eigenen Atems und das leise Rauschen des Windes füllten den Raum. Es schien eine Ewigkeit zu dauern, bis die Schritte endlich in der Nähe des Kellers ankamen. Sie blieben direkt vor dem Schrank stehen, und Alex konnte hören, wie die Luft um sie herum knisterte.

„Wir wissen, dass ihr hier seid", hörte er eine tiefe, rauchige Stimme sagen. Sie gehörte eindeutig zu einem Mann, der keine Zeit für lange Reden hatte. „Kommt raus. Es gibt keine Möglichkeit, euch zu verstecken."

Ana drückte sich noch fester an ihn. Ihre Hand zitterte leicht, als sie die Pistole, die sie immer bei sich trug, griffbereit hielt. Alex spürte das kalte Metall der Waffe,

aber er wusste, dass sie sie nicht benutzen konnten –
nicht hier, nicht in diesem Moment, nicht gegen die
Männer, die draußen lauerten.

„Was tun wir jetzt?", flüsterte er.

„Warten", sagte Ana knapp. „Wir müssen ruhig bleiben.
Sie werden uns nicht finden, wenn wir still sind."

Die Sekunden zogen sich wie Stunden, und die Schritte
auf der anderen Seite des Schranks gingen weiter. Doch
dann, unerwartet, veränderte sich der Ton in der Stimme
des Mannes. Er klang jetzt ungeduldig, fast wütend. „Das
hat keinen Sinn", sagte er, und Alex konnte hören, wie er
sich umdrehte. „Sucht überall. Sie können nicht weit
gekommen sein."

Der Geräuschpegel nahm zu, und schließlich verflog der
letzte Hauch der Gefahr. Die Männer waren weg. Aber
sie wussten nicht, wie lange sie sicher waren.

„Das war knapp", flüsterte Alex und ließ sich nach hinten
in den Schrank fallen. „Wir haben Glück gehabt."

Ana atmete tief ein und zog die Waffe zurück. „Es war
ein Warnschuss", sagte sie. „Sie werden nicht aufhören,
uns zu suchen. Wir müssen herausfinden, wer sie sind,
und vor allem, was sie wollen."

Alex nickte, während er über die Situation nachdachte.
Der Ordner mit den geheimen Akten war immer noch in
seiner Hand. Was auch immer Popescu dort hinterlassen

hatte, es war von solch großer Bedeutung, dass es nicht nur das Leben von Alex, sondern auch das von Ana gefährdete.

„Wir müssen weg hier", sagte Alex, als er aus dem Schrank trat. „Schnell."

Ana nickte. „Wir gehen zurück nach Bukarest. Dort können wir die Akten sicher auswerten und uns einen Plan überlegen. Aber jetzt ist es zu riskant, hier zu bleiben."

Sie verließen den Keller, und der Weg nach draußen war genauso unheimlich wie der Weg hinein. Doch diesmal waren sie auf alles vorbereitet. Sie gingen schnellen Schrittes, um keinen Verdacht zu erregen, und als sie das Landhaus verließen, hielt Ana Alex zurück. „Pass auf", sagte sie, „dieser Ort war nicht nur ein Versteck für Popescu. Es gibt hier noch mehr. Und die Gefahr, die von diesem Haus ausgeht, ist größer als du denkst."

Alex nickte ernst. „Ich weiß, was du meinst. Aber ich will wissen, warum mein Großvater tot ist. Und ich will wissen, warum er so tief in diese Machenschaften verwickelt war."

„Dann lass uns in Bukarest herausfinden, was wirklich hinter all dem steckt", sagte Ana. „Das wird uns helfen, aber wir müssen vorsichtig sein. Je mehr wir herausfinden, desto mehr werden die Feinde uns auf den Fersen sein."

Mit diesen Worten machten sie sich auf den Weg zurück in die Stadt, der Kampf gegen die Zeit und gegen die gefährlichen Kräfte, die im Verborgenen agierten, hatte gerade erst begonnen.

Auf der Suche nach Antworten

Die Straßen von Bukarest fühlten sich plötzlich viel enger an. Alex konnte den ständigen Druck in seiner Brust spüren, der ihn daran erinnerte, dass er in ständiger Gefahr war. Jeder Schritt konnte der letzte sein, jeder Blick ein Hinweis darauf, dass sie beobachtet wurden. Und dennoch war es der einzige Ort, an dem sie sicherer waren – zumindest, bis sie genug Informationen hatten, um den nächsten Schritt zu wagen.

Ana hatte in den letzten Tagen unermüdlich nach weiteren Hinweisen gesucht, und Alex wusste, dass sie fast alle ihre Ressourcen aufgebraucht hatten. Doch es gab immer noch Lücken in ihrer Recherche, Unklarheiten, die sie nicht lösen konnten. Und je mehr sie suchten, desto mehr stießen sie auf Verschwörungen,

Geheimnisse und dunkle Ecken der rumänischen Geschichte, die sie nicht verstanden.

„Es ist wie ein Puzzle, das sich ständig verändert", sagte Ana, als sie gemeinsam durch die verlassene Wohnung in Bukarest gingen, die Alex von seinem Großvater geerbt hatte. „Was wir wissen, ist nur ein Bruchteil dessen, was wirklich passiert ist. Aber dieses Puzzle hat ein großes Loch, das wir füllen müssen."

Alex saß am alten Schreibtisch seines Großvaters, der noch immer den Staub der Jahre trug. Er hatte in den letzten Tagen versucht, sich auf das zu konzentrieren, was der Großvater hinterlassen hatte. Doch je mehr er las, desto mehr Fragen tauchten auf. Was genau war damals in den 80er Jahren passiert? Warum hatte sein Großvater gegen das Regime gearbeitet? War er wirklich ein Agent? Und was war der wahre Grund für seinen Tod?

„Was du sagst, macht Sinn", sagte Alex, als er einen weiteren Ordner öffnete und die Seiten durchblätterte. „Aber hier… sieh dir das an. Diese Namen… das kann nicht nur Zufall sein."

Ana trat näher und beugte sich über die Papiere. „Wo hast du das her?"

„Es sind die Kontakte meines Großvaters. Und die Namen, die hier auftauchen – sie haben alle eines gemeinsam: Verbindungen zum Regime. Aber sie sind alle verschwunden, ihre Akten sind gelöscht. Was bedeutet das?"

„Es könnte ein Hinweis darauf sein, dass er etwas über einen geheimen Plan wusste", sagte Ana nachdenklich. „Etwas, das niemand erfahren darf."

„Das glaube ich auch", sagte Alex, seine Stimme wurde fester. „Aber wie können wir es beweisen? Wie finden wir heraus, was wirklich passiert ist?"

Ana dachte nach. „Wir müssen tiefer graben. Und wir müssen uns auf jemanden verlassen, der mehr weiß als wir. Es gibt in Bukarest eine Verbindung, die uns helfen kann – einen ehemaligen Offizier des Securitate. Er ist inzwischen im Ruhestand, aber er kennt die dunklen Geheimnisse des Regimes besser als jeder andere." „Wie können wir ihm trauen?" fragte Alex skeptisch.

„Er hat keine Loyalität mehr zum Regime. Wenn er uns hilft, ist es, weil er weiß, dass das Regime immer noch Schatten über uns wirft. Aber er ist nicht leicht zu finden. Wir müssen vorsichtig sein."

„Und was, wenn er uns in eine Falle lockt?" fragte Alex, der in den letzten Tagen zu viele Risiken gesehen hatte.

„Das Risiko müssen wir eingehen", antwortete Ana ruhig. „Wir haben keine Wahl. Wenn wir die Wahrheit herausfinden wollen, müssen wir uns mit denen einlassen, die sie kennen." Alex seufzte und stand auf.

„Also gehen wir zu ihm. Aber wir müssen sicherstellen, dass wir nicht nur Antworten bekommen, sondern auch einen Plan haben, wie wir mit den Informationen umgehen." Ana nickte zustimmend. „Wir sind noch nicht sicher. Aber je mehr wir wissen, desto besser können wir uns vorbereiten."

Und so machten sie sich auf den Weg, in den Schatten der Bukarester Straßen, wo die Wahrheit auf sie wartete – und die Gefahr, die sie mit sich brachte. Es war ein gefährliches Spiel, das sie spielten, aber Alex war bereit, es zu wagen. Denn nur wenn er die Wahrheit über den Tod seines Großvaters herausfand, konnte er verstehen, wie tief das Geheimnis reichte, in das er sich hineinbegeben hatte.

Der alte Mann und das Geheimnis

Die Straßen von Bukarest waren wie immer voll, doch für Alex fühlte sich alles anders an. Die Geräusche der Stadt, das Hupen der Autos, das Stimmengewirr, schienen entfernt, als er mit Ana durch die verwinkelten Gassen der Stadt eilte. Ihre Zielperson, der ehemalige Offizier des Securitate, war ein unauffindbarer Schatten, jemand, der sich geschickt im Dunkeln hielt und nur den mutigsten oder verzweifeltsten Menschen erlaubte, sich ihm zu nähern.

„Dieser Ort ist die Adresse, die ich bekommen habe", sagte Ana, als sie vor einem unscheinbaren Gebäude standen, das inmitten eines trüben Viertels lag. Die Fenster waren staubig, und das Gebäude wirkte, als sei es aus der Zeit gefallen. Hier, in diesem verfallenen Teil der Stadt, hatte niemand mehr Fragen gestellt. Aber genau hier könnten sie die Antworten finden, nach denen sie suchten.

Alex sah Ana an. „Hast du wirklich Vertrauen in diesen Mann?"

„Nicht in ihn als Person, aber er weiß, was er tut. Und wenn er uns hilft, ist es unsere einzige Chance, die Wahrheit zu erfahren", antwortete sie.

Mit einem leisen Klopfen an der alten Tür, die sich in der Kälte kaum bewegte, betraten sie das Gebäude. Der Raum, in den sie eintraten, war klein, spärlich beleuchtet und riechte nach altem Tabak und vergilbtem Papier. Es dauerte nicht lange, bis ein Mann in den 70ern aus dem hinteren Raum trat – dünn, mit grauen Haaren und stechenden Augen, die alles in der Umgebung musterten.

„Ich nehme an, ihr habt Fragen", sagte er mit einer kratzigen Stimme, die mehr verriet, als seine Worte es taten. „Aber bevor ihr Antworten bekommt, müsst ihr wissen, dass einige Dinge besser vergessen bleiben."

Ana trat einen Schritt vor und reichte ihm eine der Akten, die sie im Verborgenen aufbewahrt hatte. „Wir suchen die Wahrheit über das, was mit Alex' Großvater passiert ist. Er war ein wichtiger Mann, aber niemand spricht mehr über ihn. Ihr seid die einzige Verbindung, die wir noch haben."

Der Mann nahm das Dokument ohne Eile und betrachtete es lange. Dann legte er es zur Seite und seufzte tief. „Die Wahrheit über euren Großvater", begann er, „ist etwas, das niemand gerne erzählt. Und für einen, der in den Tiefen des Regimes verstrickt war, wird es ein harter Weg sein, euch zu helfen. Ihr müsst verstehen, dass das Wissen, das er hatte, zu gefährlich war, um es zu bewahren. Und nach seinem Tod... niemand wollte, dass es an die Oberfläche kommt."

Alex' Hände ballten sich zu Fäusten. „Er wusste von den dunklen Machenschaften des Regimes. Er hatte Akten, die viele Menschen betroffen hätten. Aber warum musste er sterben?"

Der alte Mann blickte auf und sah Alex mit einem Ausdruck, der zwischen Mitgefühl und einer düsteren Warnung schwankte. „Euer Großvater war nicht nur ein einfacher Soldat. Er war ein Teil von etwas viel Größerem. Er hatte Informationen, die das Regime hätten stürzen können. Und sie haben ihn nicht getötet, weil er wusste, was sie taten – sie töteten ihn, weil er sich weigerte, ein weiteres Rädchen in ihrem System zu sein."

Ana trat vor und legte ihre Hand auf Alex' Schulter. „Was bedeutet das genau?"

„Er war ein Mann, der irgendwann in den 80er Jahren erkannte, dass das, was das Regime tat, falsch war. Zu diesem Zeitpunkt hatte er bereits so viele Informationen, dass er keine Wahl mehr hatte. Er konnte nicht einfach weiterhelfen. Also versuchte er, seine eigenen Spuren zu verwischen. Aber in einem System wie dem Securitate ist es unmöglich, alles zu verbergen."

„Er hat also die Flucht gesucht?" fragte Alex, der das Gefühl hatte, dass mehr hinter dieser Aussage steckte.

„Er versuchte, uns zu warnen. Viele von uns, die nicht mit dem Regime kollaborierten, wussten, dass es in dieser Zeit immer schwieriger wurde, uns zu schützen. Aber er war ein mutiger Mann, euer Großvater. Er wusste, dass er alles aufs Spiel setzte, als er anfing, die richtigen Fragen zu stellen. Und schließlich… schließlich hat er die Konsequenzen seines Widerstandes getragen."

Der Mann legte sich die Hände auf den Tisch, als ob er in den Erinnerungen vergangener Tage versank. „Ich werde euch helfen. Aber es gibt Dinge, die ihr wissen müsst, bevor ihr weitergeht: Wenn ihr zu tief gräbt, werdet ihr nicht nur eure eigenen Leben gefährden. Ihr werdet auch das Leben von vielen anderen in Gefahr bringen. Ihr versteht das, oder?"

„Ja", sagte Alex, seine Stimme fest. „Ich verstehe."

„Gut", sagte der alte Mann und stand auf. „Ich werde euch ein weiteres Dokument geben, das euch zeigen wird, wo ihr weiter suchen müsst. Aber seid vorsichtig. Der Feind ist näher, als ihr denkt."

Er führte sie zu einem Schreibtisch, an dem ein Stapel alter, vergilbter Papiere lag. „Dies ist das Letzte, was euer Großvater hinterlassen hat. Es wird euch den Weg weisen. Aber der Rest liegt bei euch."

Alex nahm die Papiere und spürte das Gewicht der Verantwortung. Es war mehr, als er sich je erträumt hätte, doch in diesem Moment wusste er, dass er nicht mehr zurück konnte.

„Danke", sagte er, während er sich von dem alten Mann verabschiedete.

„Passt auf euch auf", sagte der Mann. „Und denkt daran: Es gibt immer einen Preis für die Wahrheit."

Als sie das Gebäude verließen, war es stiller als je zuvor. Der Wind pfiff durch die engen Straßen von Bukarest, und die Nacht schien noch dunkler zu sein als zuvor. Doch in Alex' Herz brannte eine neue Entschlossenheit.

Die Wahrheit war näher als je zuvor. Und jetzt war es an der Zeit, sie zu finden.

Der letzte Schlüssel

Am nächsten Morgen war die Luft frisch, und der graue Himmel über Bukarest schien die Spannung der letzten Stunden widerzuspiegeln. Alex hatte kaum ein Auge zugemacht. Seine Gedanken kreisten immer wieder um das Dokument und die geheime Adresse, die Ana entdeckt hatte.

„Bist du sicher, dass das Militärlager der richtige Ort ist?" fragte er, während sie in einem Café saßen, um sich auf den nächsten Schritt vorzubereiten.

Ana nickte. „Ja. Es gab damals Berichte über geheime Gefangenenlager, die nicht auf offiziellen Karten verzeichnet waren. Dein Großvater könnte dort Informationen hinterlassen haben, die selbst nach seinem Tod verborgen blieben."

Alex starrte auf die leeren Kaffeetassen vor ihnen, seine Finger trommelten nervös auf dem Tisch. Der Gedanke, in ein altes Militärlager zu gehen, das mit so vielen dunklen Erinnerungen belastet war, jagte ihm einen kalten Schauer über den Rücken.

„Und was ist mit den Wachen dort? Was, wenn noch jemand aus der Vergangenheit dort ist?" fragte er, die Unsicherheit in seiner Stimme war nicht zu überhören. „Wir müssen vorsichtig sein", antwortete Ana ruhig. „Aber es gibt keine andere Wahl. Wir haben keine Zeit mehr, und das, was wir finden könnten, könnte der letzte Hinweis sein, um die Wahrheit ans Licht zu bringen."

Nach einem kurzen Blick in ihre Augen wusste Alex, dass sie keine andere Wahl hatten. Die Wahrheit war jetzt nicht mehr nur eine Frage der Neugier – es war eine

Frage der Gerechtigkeit für seinen Großvater, für all die Opfer, die das Regime gefordert hatte, und für diejenigen, die immer noch von der Vergangenheit verfolgt wurden.

Sie machten sich auf den Weg. Der Weg zum Militärlager war nicht weit, aber es fühlte sich an wie eine Ewigkeit. Jede Ecke, jede dunkle Gasse, die sie passierten, schien ein weiteres Geheimnis zu bergen, und das Gefühl, dass sie beobachtet wurden, ließ Alex' Herz schneller schlagen.

Das Militärlager war ein abgelegener Ort, eingehüllt in das Grau der verfallenen Gebäude. Als sie sich dem Zaun näherten, konnte Alex kaum glauben, dass sie wirklich hier waren. Das Gelände wirkte so verlassen, aber tief in ihm wusste er, dass es nicht nur die Ruinen waren, die hier noch lebendig waren – es waren die Geheimnisse, die sich in den Wänden versteckten.

„Ich habe das Gefühl, dass wir nicht alleine sind", sagte Ana, als sie eine kurze Pause machten und den Eingang des Geländes betrachteten.

„Lass uns einfach vorsichtig sein", antwortete Alex, der seine Hand fest um den Umschlag mit den Dokumenten klammerte.

Sie bahnten sich ihren Weg durch das zerfallene Gelände. An einigen Stellen war der Zaun durchtrennt, und die alten Militärgebäude schienen längst nicht mehr in Betrieb zu sein. Doch je weiter sie vordrangen, desto mehr wuchs das Gefühl, dass sie in einem Labyrinth aus Erinnerung und Gefahr gefangen waren.

Und dann, plötzlich, als sie das Hauptgebäude erreichten, entdeckte Alex eine Reihe von rostigen Aktenregalen, die in einem verstaubten Raum hinter einem verborgenen Eingang standen. Es war ein seltsamer Ort, der fast wie ein Archiv wirkte – nur dass es hier nicht um gewöhnliche Akten ging. Es waren Aufzeichnungen aus der Zeit des Regimes.

„Sie haben also hier alles gesammelt", sagte Ana leise, während sie sich vorsichtig einen Stapel Papiere ansah, die lose auf einem Tisch lagen.

Alex' Herz klopfte, als er auf ein besonders altes Dokument starrte. Es war zerrissen und abgegriffen, doch er konnte immer noch den Namen seines Großvaters darauf erkennen. „Das ist… das ist es", murmelte er. „Lass uns das durchsehen", sagte Ana, als sie das Dokument vorsichtig aufklappte. Die Schrift war schwer zu entziffern, doch die wichtigsten Punkte waren klar. Es ging um geheime Operationen des Securitate, und es gab Hinweise darauf, dass Alex' Großvater direkt an den Machenschaften beteiligt war – aber nur als Teil eines Spiels, das er nicht mehr kontrollieren konnte.

„Er war ein Teil davon, aber er hat sich immer wieder geweigert, weiter zu tun, was von ihm verlangt wurde", flüsterte Alex, als er langsam begriff. „Er hat sich geweigert, an den Experimenten teilzunehmen... an den Morden. Und deshalb musste er sterben."

Ana nickte, als sie das Bild vervollständigte. „Er war kein Mörder. Aber das System wollte keine Widersprüche. Ihr Großvater hatte mehr Informationen, als sie ertragen konnten."

Alex schloss die Augen und ließ die Schwere dieser Entdeckung auf sich wirken. „Und sie haben ihn dafür bezahlen lassen. Aber was passiert jetzt?"

„Jetzt ist es an uns, die Wahrheit zu erzählen", antwortete Ana, als sie sich aufrichtete und das Dokument in ihre Tasche steckte.

„Und wenn wir den Preis dafür zahlen müssen?" fragte Alex, während sie sich auf den Rückweg machten.

„Dann haben wir es wenigstens für deinen Großvater getan. Und vielleicht auch für all die anderen, die nie eine Chance hatten, zu sprechen."

Die letzte Grenze

Der Morgen nach ihrer Entdeckung war ruhig, aber in Alex' Kopf herrschte ein Sturm. Alles, was sie über die letzten Tage herausgefunden hatten, schien auf einen einzigen Punkt hinauszulaufen: Sein Großvater war nicht einfach verschwunden oder gestorben. Er war ein Opfer des Systems, das er nie akzeptiert hatte. Doch die tieferen Verstrickungen in die Machenschaften des Regimes waren noch nicht vollständig aufgedeckt. Was hatte der Großvater genau gewusst? Was hatte er wirklich getan?

Ana saß ihm gegenüber, die Hand mit dem von ihnen entwendeten Dokument auf dem Tisch. „Wir haben jetzt fast alles. Wir wissen, was dein Großvater gemacht hat und warum er tot ist. Aber es gibt noch eine offene Frage: Was steckt wirklich hinter dieser geheimen Operation, an der er beteiligt war?"

Alex starrte auf das Dokument, das nur ein paar Fragmente seiner Geschichte preisgab. Die meisten Seiten waren unleserlich, fast wie absichtlich zerstört. Doch die wenigen Zeilen, die sie entziffern konnten, sprachen von einem geheimen Netzwerk von Agenten und Informanten, das weit über das hinausging, was sie sich vorgestellt hatten.

„Er war nicht einfach ein kleiner Rädchen in der Maschinerie", sagte Alex, seine Stimme rau. „Er wusste viel mehr, als wir dachten. Und das müssen wir herausfinden, bevor jemand anderes es tut."

„Du weißt, was das bedeutet, oder?", fragte Ana, als sie die Bedeutung ihrer Worte erkannte.

„Ja", antwortete Alex. „Es bedeutet, dass wir uns in Gefahr begeben. Diese Informationen sind so wertvoll, dass sie nicht nur uns gefährden könnten. Sie könnten auch das Leben der Menschen in Gefahr bringen, die meinen Großvater noch kannten."

Ana zog eine tiefere Atemzug und sah ihn mit ernster Miene an. „Dann ist es jetzt unsere Aufgabe, sicherzustellen, dass diese Geheimnisse ans Licht kommen. Aber wir müssen vorsichtig sein. Es gibt immer noch Leute, die das Regime überlebt haben. Menschen, die nicht wollen, dass wir das hier aufdecken." „Was tun wir also?", fragte Alex, der wusste, dass sie nun in eine neue, gefährlichere Phase ihrer Ermittlungen eintraten.

„Wir müssen alles über die Operation herausfinden", sagte Ana entschlossen. „Und vor allem, wer noch hinter dem ganzen Plan steckt. Dein Großvater ist tot. Aber es gibt noch immer Leute, die dafür verantwortlich sind. Wir müssen wissen, wer sie sind."

Der Plan war klar, aber gleichzeitig sehr riskant. Ana und Alex mussten in die inneren Kreise des Systems vordringen, in das Netz von Informanten und ExAgenten, das immer noch im Verborgenen agierte. Der Schlüssel dazu war das, was sie im Militärlager entdeckt hatten: Eine noch nicht entschlüsselte Liste von Namen und Verbindungen, die alles miteinander verbanden.

„Wir müssen zurück zum alten Archiv", sagte Ana plötzlich. „Es gibt noch einen weiteren Teil, der uns fehlt.

Ein weiterer Hinweis, den wir übersehen haben." „Du meinst... da gibt es noch mehr?" Alex war überrascht. Hatten sie wirklich alles durchsucht?

Ana nickte. „Ja, ich bin mir sicher. Es gab noch eine geheime Abteilung im Archiv, von der uns niemand erzählt hat. Wir müssen sie finden, bevor jemand anderes es tut."

Es war die letzte Grenze. Wenn sie diesen Schritt wagten, war der Weg nicht mehr umkehrbar. Sie könnten in den Augen der Überlebenden des alten Regimes zu Zielen werden. Doch Alex hatte schon längst entschieden, dass es keinen Weg mehr zurück gab. Er wollte die Wahrheit herausfinden, und er würde alles tun, um sie zu enthüllen – egal, zu welchem Preis.

„Dann machen wir uns auf den Weg", sagte er entschlossen, und in seinen Augen flammte die gleiche Entschlossenheit auf, die ihn schon so viele Male durch die Nacht geführt hatte.

Der Schatten der Vergangenheit

Alex und Ana standen am Rande des Archivs, das sich in den Tiefen des alten Gebäudes verbarg. Der Raum, in den sie eingedrungen waren, war staubig, fast vergessene Aktenregale säumten die Wände, und der muffige Geruch von alten Papieren hing schwer in der Luft. Es war ein Ort, der die Zeit selbst in den Schatten stellte – der perfekte Ort für die Geheimnisse des Regimes, die hier jahrelang ruhen sollten.

„Ich wusste, dass hier noch mehr sein musste", sagte Ana flüsternd, als sie an den Regalen entlangging und eine der verstaubten Akten durchblätterte. „Es ist alles so gut versteckt."

Alex trat näher und betrachtete die Regale, die an den Wänden entlangzogen. Überall stapelten sich nicht nur Akten, sondern auch verschiedene Ordner, Karten und Objekte, die wie Relikte einer längst vergangenen Ära wirkten. Doch dann stieß er auf etwas, das ihm den Atem stocken ließ.

„Ana, schau dir das hier an", rief er und zog ein dickes, ledergebundenes Buch aus einem versteckten Fach.

Ana trat schnell zu ihm und sah ihm über die Schulter. Es war das gleiche Buch, das sein Großvater immer wieder erwähnt hatte – ein geheimes Verzeichnis, das die Verbindungen und Operationen des Securitate dokumentierte. Der Großvater hatte es wohl als seine einzige Chance angesehen, die Wahrheit zu bewahren.

„Das ist es", sagte Ana, ihre Stimme ruhig und entschieden. „Hier sind alle Namen. Alle Verbindungen. Dein Großvater hat es aufgeschrieben."

Sie blätterten durch die Seiten und fanden eine detaillierte Liste von Agenten und Informanten – viele davon hochrangig und mit direkter Verbindung zum Regime. Doch das, was sie fanden, war noch viel erschreckender. Auf einer der letzten Seiten war eine Liste mit Operationen und geheimen Aufträgen, die weit über das hinausgingen, was sie sich vorgestellt hatten.

„Er wusste von allem. Von den Experimenten, von den Folterungen… und von den Toten", murmelte Alex, als er die blutigen Details auf den Seiten las. „Aber warum hat er das alles aufgeschrieben?"

„Weil er wollte, dass die Wahrheit ans Licht kommt", antwortete Ana, während sie eine der letzten Seiten genauer betrachtete. „Und er wollte sicherstellen, dass die Verantwortlichen zur Rechenschaft gezogen werden. Das war sein letzter Akt der Rebellion gegen das System."

Alex spürte eine Mischung aus Wut und Trauer in sich aufsteigen. Der Großvater hatte sich gegen das Regime gewehrt, doch der Preis dafür war sein Leben gewesen. Und nun, da er die Wahrheit kannte, wusste er, dass sie eine Verantwortung trugen, die nicht mehr rückgängig gemacht werden konnte.

„Aber was passiert jetzt?" fragte Alex, der die Schwere der Entdeckung langsam begriff. „Wer weiß von diesem Buch?"

„Nicht viele", antwortete Ana. „Aber es gibt immer noch Menschen, die in den Schatten operieren. Sie wissen, dass du das Buch gefunden hast. Und sie werden nicht zögern, alles zu tun, um sicherzustellen, dass es nicht veröffentlicht wird."

„Dann müssen wir sicherstellen, dass sie uns nicht stoppen können", sagte Alex entschlossen. „Wir müssen das Buch und die Informationen an die Öffentlichkeit bringen."

„Aber nicht direkt", warnte Ana. „Wir müssen einen sicheren Weg finden, damit die Informationen nicht auf die falschen Hände geraten. Sonst riskieren wir nicht nur unser Leben, sondern auch das von anderen, die die Wahrheit wissen müssen."

Alex nickte und blickte auf das Buch, das nun wie der Schlüssel zu allem vor ihm lag. „Also müssen wir vorsichtig sein. Aber wir können nicht zulassen, dass das alles vergraben wird."

Ana legte eine Hand auf seine Schulter. „Wir tun es nicht nur für deinen Großvater. Wir tun es auch für die Menschen, die durch das Regime zerstört wurden und die immer noch keine Gerechtigkeit erfahren haben."

In diesem Moment wusste Alex, dass der Weg, den sie eingeschlagen hatten, gefährlich war – und vielleicht sogar tödlich. Doch es gab keinen anderen Weg. Sie mussten die Vergangenheit aufdecken, auch wenn die Schatten der Vergangenheit alles andere als erloschen waren.

Das Netz zieht sich zusammen

Die Tage vergingen, und Alex konnte den Gedanken an das Buch und die darin verborgene Wahrheit nicht abschütteln. Die schrecklichen Details, die er über das Regime und die unzähligen Opfer gelesen hatte, ließen ihn kaum zur Ruhe kommen. Doch es war nicht nur die Vergangenheit, die ihm Sorgen bereitete – es war auch die Gegenwart. Das Netz, das sich um ihn und Ana zog, wurde immer enger.

Ana hatte ihre Kontakte aktiviert, um das Buch und die damit verbundenen Informationen an die richtigen Stellen zu bringen. Doch die Gefahr war real. Nicht nur das Regime hatte überlebt, sondern auch die Schatten seiner Agenten. Sie waren noch immer in den Strukturen des Landes präsent, in den Ämtern, den Unternehmen, den Institutionen. Einige von ihnen mochten sich als „Wächter der Vergangenheit" sehen, während andere in der Dunkelheit operierten, um ihre Geheimnisse zu bewahren.

„Es gibt immer noch Menschen, die versuchen werden, uns zu stoppen", hatte Ana gesagt, als sie einen weiteren verschlüsselten Hinweis erhielt, dass ihre Ermittlungen von einem unbekannten Dritten beobachtet wurden. „Wir müssen wachsam bleiben."

Alex konnte die Unruhe in Anas Stimme hören. Und obwohl er sich sicher fühlte, wusste er, dass sie recht hatte. Sie waren längst in etwas hineingezogen worden, das viel größer war, als sie sich je hätten vorstellen können. Die Wahrheit zu erfahren, war das eine. Aber die Konsequenzen dessen, was sie herausgefunden hatten, das andere.

„Was tun wir als Nächstes?", fragte Alex, als er und Ana an einem abgelegenen Ort in Bukarest saßen, um ihre nächsten Schritte zu besprechen.

„Wir müssen es in die richtigen Hände bringen, aber auf einem sicheren Weg", antwortete Ana. „Wir können nicht riskieren, dass diese Informationen in die falschen Hände geraten. Wenn das passiert, könnten wir nicht nur unser Leben verlieren, sondern auch das Leben von vielen anderen."

„Also müssen wir den Plan durchziehen, aber noch vorsichtiger sein?" „Genau. Die Öffentlichkeit muss wissen, was passiert ist. Aber wir müssen sicherstellen, dass wir das sicher tun, bevor jemand uns stoppen kann."

Doch während sie weiter darüber nachdachten, was zu tun war, hatte Alex das Gefühl, dass sie nicht nur von außen bedroht wurden. Eine innere Unsicherheit hatte ihn erfasst. Es war fast so, als würde jemand genau wissen, was sie taten – als ob sie in einem Spiel von Mächten gefangen wären, die sie nicht kannten.

Eines Abends, während sie sich in einem Café trafen, erreichte sie eine Nachricht, die sie sofort beunruhigte. Sie stammte von einer anonymen Quelle, deren Identität sie niemals hatten ermitteln können. Die Nachricht war kurz und prägnant:

„Hört auf, oder ihr werdet es bereuen. Es gibt Dinge, die ihr nicht wissen solltet."

Ana nahm ihr Handy und zeigte es Alex. „Sie wissen von uns. Sie wissen, was wir herausgefunden haben." „Wem gehört die Nachricht?", fragte Alex, seine Stimme angespannt.

„Ich kann es nicht sagen. Aber ich vermute, dass es jemand aus der Nähe des alten Regimes ist. Vielleicht jemand, der versucht, die Fäden hinter den Kulissen zu ziehen."

„Und was jetzt?", fragte Alex, der wusste, dass die Antwort auf diese Frage über ihr Leben entscheiden könnte.

„Jetzt müssen wir alles in Bewegung setzen", sagte Ana entschlossen. „Wir können uns keine Fehler leisten. Die Wahrheit muss ans Licht, aber wir müssen sicherstellen, dass wir dabei nicht überrollt werden. Ich werde mit meinen Kontakten sprechen und sehen, wie wir diese Nachricht entschlüsseln können. Es wird gefährlich, aber es gibt keinen Rückweg mehr."

In diesem Moment wusste Alex, dass sie sich in einer Situation befanden, die alles andere als sicher war. Der Wettlauf gegen die Zeit hatte begonnen, und jedes falsche Zugeständnis, jeder unvorsichtige Schritt konnte der letzte sein.

„Dann machen wir weiter", sagte er. „Wir haben die Wahrheit gefunden. Jetzt müssen wir dafür sorgen, dass sie gehört wird."

Der lange Schatten

Die Luft war schwer, als Alex und Ana durch die engen, düsteren Gassen Bukarests gingen. Die Straßen schienen in den Abendstunden noch leerer und gefährlicher zu sein. Der Wettlauf gegen die Zeit hatte eine neue Dimension erreicht, und jeder ihrer Schritte wurde von der drückenden Schwere des Wissens begleitet, dass sie jetzt weit über ihre eigenen Leben hinaus Verantwortung trugen.

„Wir müssen uns treffen, wenn es dunkel wird", hatte Ana in einer der letzten Nachrichten gesagt, die sie erhalten hatten. Ein informeller Kontakt würde sie in den Untergrund führen, wo sie sicherer sein würden. Doch die Unsicherheit über das, was sie vorhatten, ließ sich nicht so leicht vertreiben.

„Wir haben alles, was wir brauchen", sagte Ana, als sie auf ein verlassenes Gebäude hindeutete, das sie als Treffpunkt vorgesehen hatte. „Aber jetzt müssen wir vorsichtiger sein als je zuvor."

Alex nickte, doch in seinem Kopf kreisten immer noch Fragen. Wer wollte sie stoppen, und warum? Warum hatte sein Großvater, ein Mann, der so fest an den Prinzipien der Freiheit und Gerechtigkeit geglaubt hatte, diese Informationen gesammelt? Und warum war er letztlich auf so mysteriöse Weise verschwunden?

Die Wahrheit, die sie fanden, war nicht nur eine Gefahr für die alte Garde des Regimes, sondern für alles, was sich nach dessen Fall in Rumänien an Machtstrukturen etabliert hatte. Und diese Mächte würden alles tun, um ihre Geheimnisse zu schützen.

Der Treffpunkt war ein heruntergekommenes Gebäude in einem weniger beachteten Teil von Bukarest, der von der breiten Öffentlichkeit gemieden wurde. Als sie eintraten, erwartete sie nur ein Mann, der mit einem roten Band um den Arm gekennzeichnet war – ein Hinweis auf seine Verbindung zur alten Widerstandsbewegung. Doch Alex konnte das Misstrauen in seinen Augen sehen, als er sie ansah. Er schüttelte langsam den Kopf, bevor er den Mund öffnete.

„Ihr spielt mit Feuer", sagte er. „Und ihr seid nicht die einzigen, die an dieser Geschichte interessiert sind."

„Wir haben keine Wahl", antwortete Alex, seine Stimme fest. „Mein Großvater wusste von Dingen, die die Welt erfahren muss. Und wir können nicht zulassen, dass diese Informationen wieder in den Schatten verschwinden."

„Das ist genau das Problem", entgegnete der Mann. „Es gibt immer noch Leute, die diese Informationen kontrollieren. Und sie werden nicht einfach zusehen, wie ihr es verbreitet. Glaubt mir, ihr seid nicht die einzigen, die ein Interesse an diesem Buch haben. Ihr habt damit eine ganze Kette von Mächten losgetreten."

Ana trat einen Schritt nach vorne und sah den Mann direkt an. „Wir wissen, was auf dem Spiel steht. Aber wir sind bereit, das Risiko einzugehen. Denn die Wahrheit muss herauskommen, oder sie wird für immer verborgen bleiben."

„Die Wahrheit hat ihren Preis", sagte der Mann düster. „Und der ist höher, als ihr euch vorstellen könnt. Wenn ihr dieses Buch weiter verfolgt, werdet ihr mehr als nur euch selbst in Gefahr bringen. Ihr werdet all diejenigen gefährden, die immer noch gegen das System kämpfen. Und ihr werdet auf Menschen stoßen, die nicht zögern werden, über Leichen zu gehen, um ihre Macht zu bewahren."

Die Worte hallten in Alex' Kopf nach. Er wusste, dass sie nicht einfach von ihrem Vorhaben ablassen konnten, aber der Gedanke, dass sie nicht nur sich selbst, sondern auch andere in Gefahr brachten, nagte an ihm.

„Was schlägst du vor?", fragte Alex schließlich.

„Ihr könnt euch die Informationen nicht einfach schnappen und sie verbreiten", sagte der Mann. „Wenn ihr wirklich die Wahrheit ans Licht bringen wollt, dann müsst ihr tief in das System eindringen. Ihr müsst verstehen, dass es nicht nur um die Vergangenheit geht, sondern auch um das, was heute passiert."

Ana zog die Augenbrauen zusammen. „Und was bedeutet das genau?"

„Es bedeutet, dass die Menschen, die noch immer in der Macht sind, alles tun werden, um ihre Geheimnisse zu schützen", erklärte der Mann. „Es gibt keine einfache Lösung. Aber ihr könnt es schaffen – wenn ihr die richtigen Verbündeten findet und mit den richtigen Leuten zusammenarbeitet."

Alex und Ana sahen sich an. Es war klar, dass sie noch einen weiten Weg vor sich hatten, und dass sie nicht mehr nur nach der Wahrheit suchten, sondern auch gegen die bestehenden Strukturen kämpfen mussten.

„Was müssen wir tun?" fragte Ana, bereit, alles zu tun, um die Wahrheit zu enthüllen.

„Ihr müsst lernen, wie man mit den richtigen Leuten spricht. Und dann... dann müsst ihr die Informationen so verbreiten, dass sie nicht mehr zu stoppen sind", sagte der Mann. „Aber seid vorsichtig, denn die Zeit arbeitet gegen euch."

Mit diesen Worten drehte er sich um und verschwand in der Dunkelheit. Alex und Ana blieben zurück, nachdenklich und angespannt, mit einem noch klareren Blick auf das, was sie erwartet. Die Wahrheit war nur der Anfang. Doch was es kosten würde, sie ans Licht zu bringen, war etwas, das sie erst noch herausfinden mussten.

Die Schatten des alten Regimes

Die Dunkelheit hatte Bukarest längst erfasst, als Alex und Ana aus dem verlassenen Gebäude traten. Die Stadt, die in den letzten Jahren eine scheinbare Ruhe erlebt hatte, schien nun in einem anderen Licht zu stehen. Alles, was sie zuvor für sicher gehalten hatten, war nun von Unsicherheit und Gefahr durchzogen. Der Mann mit dem roten Band hatte ihnen mehr Fragen als Antworten hinterlassen. Und je mehr sie darüber nachdachten, desto klarer wurde ihnen: Sie waren nicht mehr nur auf der Jagd nach der Wahrheit, sie hatten sich mitten in einem Spiel von Schatten und Machtbefugnissen verfangen, das sie nicht einmal in seinen vollen Ausmaßen begreifen konnten.

„Was jetzt?" fragte Alex, als sie eine der ruhigeren Straßen entlanggingen, in denen die Lichter der Straßenschilder wie kleine Inseln in der Finsternis wirkten.

Ana blickte nachdenklich auf die Karte in ihrer Hand. „Wir müssen uns weiter bewegen. Aber wir müssen vorsichtiger sein als je zuvor. Jemand beobachtet uns, und ich kann nicht mehr sagen, ob es nur um das Buch geht oder ob sie uns wegen der Fragen, die wir stellen, verfolgen."

Alex wusste, dass sie in gefährlichen Gewässern segelten. Das Buch hatte etwas ausgelöst, das niemand auf ihrer Seite je beabsichtigt hatte. Der Großvater war nicht nur ein Teil der Geschichte des alten Regimes gewesen – er hatte Geheimnisse in den Händen gehalten, die diejenigen, die an der Macht waren, um jeden Preis bewahren wollten.

„Und wenn wir jetzt in die Vergangenheit zurückkehren?", fragte Alex. „Wenn wir tiefer graben?"

„Es ist zu spät, um umzukehren", antwortete Ana fest. „Das wissen wir beide. Aber wir müssen uns fragen, wem wir wirklich vertrauen können."

Es war keine einfache Frage. In den letzten Wochen hatte sich ihr Kreis von Vertrauten immer weiter verkleinert. Sie konnten nicht mehr sicher sein, ob die Hilfe, die sie suchten, aus den richtigen Quellen kam. Und der Mann mit dem roten Band hatte sie auf eine neue Richtung hingewiesen, auf einen Zugang, der tiefer und gefährlicher war als alles, was sie bisher angegangen waren.

„Ich will mehr über die Verbindung zwischen meinem Großvater und dem Diktator erfahren", sagte Alex, als er einen Moment des Nachdenkens nutzte. „Warum hat er diese Informationen gesammelt? Was wusste er wirklich?"

Ana nickte. „Es geht nicht nur um das Buch, Alex. Es geht darum, was dein Großvater herausgefunden hat. Und warum er so viele Jahre lang in der Lage war, zu überleben, ohne dass jemand von ihm wusste. Es gibt Verbindungen, die tiefer gehen. Die Menschen, die damals mit Ceaușescu zusammengearbeitet haben, haben nicht nur in der Vergangenheit ihre Macht bewahrt. Sie sind heute noch aktiv."

„Und das bedeutet...?" fragte Alex, während er versuchte, die Puzzleteile zusammenzusetzen. „Das bedeutet, dass wir uns nicht nur mit der Vergangenheit beschäftigen, sondern auch mit der Gegenwart. Diese Leute sind noch immer an den Hebeln der Macht. Sie haben sich immer noch in die Strukturen der heutigen rumänischen Regierung eingefügt. Vielleicht sogar noch stärker als je zuvor."

Die Erkenntnis traf Alex wie ein Schlag. Es war nicht nur ein Spiel um die Aufdeckung der Wahrheit, sondern ein Kampf um die Zukunft des Landes. Der Großvater war vielleicht nicht nur ein einfacher Informant gewesen. Vielleicht war er ein Schlüssel zu einem System, das immer noch lebendig war.

„Wir müssen den Ursprung finden", sagte Alex entschlossen. „Wir müssen zu den Wurzeln des Ganzen zurückkehren. Wenn wir das tun, könnten wir alles herausfinden."

Ana stimmte ihm zu, doch sie wusste, dass dieser Plan alles verändern würde. Es war nicht mehr nur ein Buch. Es war ein langer, komplizierter Faden, der sich durch die Geschichte Rumäniens zog. Und jede Antwort, die sie fanden, brachte sie näher an diejenigen, die immer noch versuchten, ihre Geheimnisse zu bewahren.

In den folgenden Tagen begannen sie, nach alten Akten zu suchen, die Informationen über den Großvater und seine Verbindungen zu den dunklen Seiten des Regimes enthalten könnten. Doch je tiefer sie gruben, desto klarer wurde, dass sie nicht nur auf der Jagd nach der Wahrheit waren – sie waren in einen Wettlauf gegen diejenigen geraten, die das Land noch immer im Griff hatten.

Ein weiteres Treffen mit dem Mann mit dem roten Band stand bevor, und Ana und Alex waren sich bewusst, dass dieses Treffen entscheidend sein könnte. Es würde ihnen nicht nur helfen, weiterzukommen, sondern möglicherweise auch das einzige Mittel darstellen, um zu verhindern, dass das Netz der Geheimhaltung sie endgültig überwältigte.

Die unvergessene Spur

Die Tage wurden länger, und der Druck auf Alex und Ana wuchs. Sie hatten nun genug Informationen gesammelt, um zu wissen, dass ihre Entdeckungen nicht nur gefährlich, sondern auch von weitreichender Bedeutung waren. Die Spur, die sie verfolgten, war tief, und jede neue Entdeckung zog sie tiefer in das undurchdringliche Netz aus Lügen und Machenschaften. Doch der Weg, den sie eingeschlagen hatten, war unumkehrbar.

In der Dämmerung des frühen Abends betraten sie das Café, in dem sie sich wieder mit dem Mann mit dem roten Band verabredet hatten. Es war das letzte Mal, dass sie sich an diesem Ort trafen, da es immer riskanter wurde, sich an solchen öffentlichen Plätzen zu zeigen.

Der Mann wartete bereits in einer Ecke, sein Gesicht nur halb sichtbar, als er die beiden erkannte und ein Nicken der Zustimmung gab.

„Es wird langsam ernst", sagte er, ohne Umschweife. „Ich hoffe, ihr seid darauf vorbereitet."

Ana setzte sich direkt gegenüber von ihm, Alex folgte ihr und verschränkte die Arme. „Wir sind vorbereitet. Aber wir brauchen jetzt mehr. Wir müssen wissen, wie tief dieses Netz reicht."

„Ich hatte euch gewarnt", sagte der Mann, seine Stimme war leise, fast ein Flüstern. „Es reicht bis ganz nach oben. Was dein Großvater wusste, Alex, war nicht nur gefährlich – es war der Schlüssel zu einem System, das immer noch am Leben ist. Ihr müsst verstehen, dass es nicht nur um Erinnerungen und alte Akten geht. Es geht um die Leute, die dieses System weiterhin stützen."

„Die erkannten, dass sie sich nicht nur mit der Vergangenheit beschäftigen können?" fragte Ana, die den Zusammenhang inzwischen verstand.

„Genau", antwortete der Mann. „Es gibt Kräfte in der heutigen Regierung, die darauf angewiesen sind, dass diese Geheimnisse nicht ans Licht kommen. Und sie wissen, dass jemand wie dein Großvater sie zu Fall bringen konnte. Ihr müsst euch darauf vorbereiten, dass nicht nur eure Leben auf dem Spiel stehen, sondern die ganze Richtung, in die sich dieses Land entwickeln soll." Alex starrte ihn an. „Aber wie kommen wir an die Informationen, die uns fehlen? Wo müssen wir hin?"

„Ihr müsst dorthin, wo die Spuren eures Großvaters begannen", antwortete der Mann. „Er hat nie die Chance gehabt, das Geheimnis vollständig zu entschlüsseln. Aber er hat auf der Suche nach Wahrheit einen Punkt erreicht, an dem er das Netzwerk, das er aufgedeckt hatte, beinahe zerschlagen konnte. Und dieser Punkt ist ein Ort, den nur wenige kennen. Ein alter Unterschlupf. Ein ehemaliges Büro der Geheimpolizei in einem abgelegenen Teil der Stadt."

Alex und Ana blickten sich an. Der Name, den der Mann aussprach, ließ Alex das Blut in den Adern gefrieren. Das

Büro der Geheimpolizei war nicht nur ein Relikt der Vergangenheit, sondern ein Ort, der von den Machthabern als sehr gefährlich eingestuft wurde. Es war ein Ort, den man nur in den dunkelsten Ecken der Geschichte Rumäniens fand.

„Es wird nicht einfach sein, dorthin zu kommen", fuhr der Mann fort. „Und selbst wenn ihr es schafft, werdet ihr mehr als nur Dokumente finden. Ihr werdet auf eine Wahrheit stoßen, die manche nicht einmal mehr als Wahrheit anerkennen wollen. Seid euch bewusst, dass ihr euch in ein Minenfeld begebt."

„Und wie kommen wir an die Informationen, wenn niemand sie mehr dort sucht?" fragte Ana.

„Ihr braucht einen Schlüssel", antwortete der Mann. „Ein Schlüssel, den nur wenige in den Händen haben. Aber ich kann euch dabei helfen. Ich habe Kontakte, die euch in das Archiv des Büros bringen können. Aber der Preis wird hoch sein. Denkt daran, bevor ihr zuschlagt." „Wie hoch?" fragte Alex.

„Der Preis ist mehr als nur Geld. Es ist der Preis eures Vertrauens. Ihr müsst entscheiden, wie viel ihr bereit seid zu riskieren, um diese letzten Puzzleteile zusammenzufügen", sagte der Mann mit einer ernsten Miene.

Die beiden sahen sich an, dann nickte Ana. „Wir haben keine Wahl. Wir müssen es tun."

„Gut", sagte der Mann und stand auf. „Trefft mich morgen früh in der Nähe des alten Industriegebiets. Dort werde ich euch mehr sagen."

Bevor Alex und Ana etwas erwidern konnten, drehte sich der Mann um und verschwand so schnell, wie er gekommen war. Sie blieben zurück, ihre Gedanken wirbelten in alle Richtungen. Der Moment, in dem sie sich für die letzten Schritte ihres Weges entscheiden mussten, war gekommen.

„Morgen geht es weiter", sagte Ana leise, als sie sich aus dem Café zurückzogen und in die Nacht hinaustraten. Doch trotz ihrer Entschlossenheit fühlte Alex eine kalte Hand auf seinem Herzen. Es war klar, dass dies nicht nur der finale Schritt auf ihrem Weg war. Es war der Schritt, der alles verändern würde.

Der Schlüssel zur Dunkelheit

Am nächsten Morgen war es kühler als erwartet, und die Straßen von Bukarest wirkten noch grauer als gewöhnlich. Der Nebel hatte sich wie ein Schleier über die Stadt gelegt und verstärkte das Gefühl der Unsicherheit, das sich in Alex' Magen festgesetzt hatte. Der bevorstehende Besuch im alten Industriegebiet hatte ihn nicht weniger nervös gemacht, doch er wusste, dass sie keine Wahl hatten.

Ana war bereits da, als er den Treffpunkt erreichte. Ihr Blick war ernst, fast starr, als sie auf ihn zukam. Die Sache war real. Sie waren auf dem besten Weg, ein Geheimnis zu lüften, das viele Menschen um jeden Preis bewahren wollten.

„Bist du sicher, dass wir das tun sollten?" fragte Alex, als er neben ihr auf die grauen Betonstufen der alten Lagerhalle trat. „Es gibt kein Zurück mehr, wenn wir uns darauf einlassen."

„Wir haben keine Wahl", antwortete Ana entschlossen. „Alles, was wir bis jetzt getan haben, führt uns hierher. Wenn dein Großvater wirklich den Schlüssel zu allem hatte, dann müssen wir diesen Schlüssel finden – auch wenn es uns in die tiefsten Schatten führt."

Der Mann mit dem roten Band hatte sie aufgefordert, die Nacht in der Nähe des Industriegebiets zu verbringen. Ein Kontakt von ihm sollte ihnen Zugang zu den alten Geheimpolizei-Akten verschaffen. Doch sie wussten beide, dass dies keine einfache Sache war. Das Büro war nicht nur eine verlassene Lagerhalle, es war ein Mahnmal der düsteren Vergangenheit. Jeder, der sich dorthin wagte, konnte nie sicher sein, ob er auch lebend wieder herauskam.

„Ich hoffe, er kommt", sagte Ana, während sie sich die Umgebung ansah.

„Er wird kommen", antwortete Alex und versuchte, seine

Nervosität zu unterdrücken. „Es gibt nur wenige Menschen, die wissen, was hier wirklich passiert ist."

Wenige Minuten später sahen sie den Mann, der plötzlich aus dem Nebel auftauchte. Seine Silhouette wirkte unheimlich, doch als er näher kam, entspannte sich Alex ein wenig. Der Mann trug diesmal keine rote Armbinde, sondern war einfach in einen langen Mantel gehüllt, der die Straßen der Stadt zu einem perfekten Versteck für ihn machte.

„Bereit?", fragte er leise, als er zu ihnen trat.

Ana nickte, während sie sich der Situation voll und ganz hingab. „Bereit."

Der Mann führte sie durch das verworrene Gelände, vorbei an ungenutzten Maschinen und zerfallenen Fabrikgebäuden. Der kalte Wind wehte durch die leeren Gassen, und die Verlassenheit des Ortes war fast greifbar. Die Mauern, die sie passierten, trugen die Narben vergangener Zeiten – von Menschen, die hier gefangen waren und nie wieder herauskamen.

„Der Eingang ist hier", sagte der Mann, als er vor einem unscheinbaren Gebäude stehen blieb. „Dieser Ort ist das Archiv für alle Akten, die nicht für die Öffentlichkeit bestimmt waren. Die Dokumente, die über Jahre hinweg in den Händen des Regimes waren und niemals ans Licht der Welt kommen durften."

„Und wir sollen da reingehen?" fragte Alex, der sich einen Moment lang unsicher fühlte.

„Ihr müsst. Ihr seid näher an der Wahrheit, als ihr denkt. Und diese Akten könnten der letzte Schritt sein, um alles zu verstehen", erklärte der Mann ruhig.

Sie betraten das Gebäude durch einen kleinen Seiteneingang, der nur mit Mühe zu öffnen war. Drinnen war es stockfinster, und der muffige Geruch von altem Papier lag in der Luft. Die Wände waren von Feuchtigkeit gezeichnet, und nur wenige schwache Lichter flackerten in den langen Gängen. Der Mann führte sie zu einem Raum am Ende des Korridors, wo ein alter Metalltresor stand.

„Hier müssen wir vorsichtig sein", sagte der Mann, während er mit einem Schlüssel an einem alten Schließmechanismus hantierte. „Es gibt bestimmte Dokumente, die unter keinen Umständen in die falschen Hände geraten dürfen."

Ana und Alex warteten, während der Mann den Tresor öffnete und einen Stapel alter, vergilbter Papiere herauszog. Die Dokumente waren in einem erstaunlich guten Zustand, doch es war klar, dass sie seit Jahrzehnten nicht mehr bewegt worden waren.

„Hier", sagte der Mann und übergab Alex ein Dokument. „Das ist der Schlüssel. Es enthält Informationen, die direkt mit deinem Großvater und seiner Verbindung zu den höheren Kreisen des Regimes zu tun haben. Aber sei vorsichtig. Nicht alles, was du hier findest, wird dich freuen."

Alex nahm das Dokument, und ein Gefühl der Dringlichkeit überkam ihn. Er hatte das Gefühl, als würde sich das ganze Geheimnis vor ihm entfalten – und gleichzeitig wusste er, dass er in diesem Moment eine Entscheidung traf, die sein Leben für immer verändern würde.

„Lass uns gehen", sagte Ana. „Je länger wir hier bleiben, desto gefährlicher wird es."

Sie verließen den Raum schnell und machten sich auf den Weg zurück. Doch als sie den Ausgang erreichten, blieb der Mann mit dem roten Band plötzlich stehen.

„Erinnert euch daran, was auf dem Spiel steht", sagte er, als er sich ihnen zuwandte. „Was ihr hier gefunden habt, ist gefährlich. Und es gibt noch viel mehr, das euch erschüttern wird. Ihr habt jetzt den ersten Schritt gemacht. Aber seid euch bewusst: Ihr seid nicht allein in diesem Spiel."

Mit diesen Worten verschwand der Mann wieder in der Dunkelheit der Fabrikanlage, und Alex und Ana standen nur noch zu zweit da – mit der lastenden Verantwortung eines Geheimnisses, das sie nie hätten aufdecken sollen.

Das Gewicht der Wahrheit

Die Straßen von Bukarest wirkten jetzt noch bedrückender, als Alex und Ana den Rückweg antraten.

Die Dämmerung hatte den Tag bereits in einen grauen Schleier gehüllt, und der kühle Wind wehte ihnen entgegen. Das Dokument in Alex' Händen fühlte sich schwerer an, als es tatsächlich war – als trüge er eine ganze Last an Wahrheit, die ihn bis ins Mark erschütterte.

„Ich kann nicht glauben, dass das wahr ist", murmelte Ana, als sie nebeneinander auf den grauen Straßen gingen. „Was, wenn es wirklich so ist, wie es hier steht?"

Alex schluckte. Das Dokument, das sie in den Händen hielten, hatte den Namen seines Großvaters auf den ersten Blick nicht erwähnt. Doch der Inhalt war eindeutig: Hinweise auf geheime Treffen, auf verschlüsselte Botschaften, und – am wichtigsten – auf eine Zeit, in der sein Großvater als eine der wichtigsten Figuren innerhalb des kommunistischen Regimes galt. Doch es gab auch Andeutungen, dass er mehr wusste, als er hätte wissen dürfen. Etwas, das zu seinem Tod geführt hatte.

„Es erklärt, warum er verschwunden ist", sagte Alex leise, mehr zu sich selbst. „Aber es beantwortet nicht, warum er tot ist. Warum musste er sterben?" „Vielleicht wollte er nicht mehr mitmachen. Vielleicht wusste er zu viel und sie wollten ihn zum Schweigen bringen", antwortete Ana nachdenklich. „Es sieht so aus, als ob er immer auf der Seite des Regimes war – zumindest anfangs. Aber das könnte sich geändert haben", sagte Alex und wischte sich mit der Hand über das Gesicht. „Er wollte sich gegen das System stellen, und sie haben ihn erwischt." Ana nickte, aber sie konnte das Bild von Alex' Großvater, einem Mann, der in diesem System verstrickt war, nicht ganz mit der Vorstellung in Einklang bringen, dass er ein Opfer geworden war. Doch je mehr sie über das Dokument nachdachte, desto klarer wurde ihr, dass es nur die Spitze des Eisbergs war. Es gab mehr, da war sie sich sicher.

„Es gibt noch mehr Akten, von denen der Mann gesprochen hat", sagte Ana schließlich. „Wir haben nur einen Teil gesehen. Was, wenn das noch nicht alles ist? Was, wenn wir damit die Wahrheit über ihn erst anreißen?"

„Das ist es, was mir Sorgen macht", gestand Alex. „Ich weiß nicht, wie viel mehr ich wissen will."

„Du musst es wissen", sagte Ana. „Du bist der Einzige, der es herausfinden kann."

Alex atmete tief ein und blickte auf die düsteren Straßen, die sich vor ihm ausbreiteten. Der Tag, an dem er das Geheimnis um den Tod seines Großvaters lüften würde, rückte immer näher. Doch er wusste, dass der Weg dorthin gefährlich war – und dass er nicht allein auf diesem Weg sein konnte.

„Was, wenn sie immer noch da sind?" fragte er, die Frage, die ihn die ganze Nacht über verfolgt hatte. „Was, wenn sie uns finden?"

„Dann müssen wir uns bereit machen", antwortete Ana entschlossen. „Denn du wirst die Wahrheit erfahren, Alex. Ganz gleich, wie gefährlich es wird."

In diesem Moment spürte Alex eine Mischung aus Furcht und Entschlossenheit, die tief in ihm wuchs. Der Weg, den er nun beschreiten würde, führte ihn nicht nur in die Dunkelheit der Vergangenheit seines Großvaters, sondern auch in die Schatten der Geschichte Rumäniens. Und er wusste, dass er nicht mehr zurück konnte. Aber er war bereit, die letzten Geheimnisse zu entschlüsseln – koste es, was es wolle.

„Lass uns weitermachen", sagte er schließlich. „Wenn es noch mehr gibt, dann müssen wir es finden."

Ana nickte. „Wir werden es herausfinden. Ich werde dir helfen, Alex. Gemeinsam kommen wir der Wahrheit näher."

Der Nebel hatte sich inzwischen weiter verdichtet und legte einen weiteren Schleier über die Straßen. Doch für Alex und Ana war die Dunkelheit der Nacht nichts im Vergleich zu der Wahrheit, die sie nun suchten. Und je mehr sie sich auf das Kommende vorbereiteten, desto mehr wuchs die Gewissheit, dass sie am Ende dieser Reise nicht nur das Schicksal des Großvaters, sondern auch das von vielen anderen Menschen aufdecken würden – ein Schicksal, das im Schatten des alten Regimes verborgen lag.

Der Schatten der Vergangenheit

Der Tag war längst vergangen, als Alex und Ana in einem kleinen Café in der Nähe des Platzes Victoriei saßen. Die Wände waren in gedämpftem Gelb gestrichen, und der Duft von frisch gebrühtem Kaffee mischte sich mit der Kühle des Herbstes, die draußen in der Luft hing. Alex starrte nachdenklich in seine Tasse, ohne wirklich etwas zu sehen.

Ana hatte das Dokument, das sie aus dem Archiv mitgenommen hatten, ausgebreitet und betrachtete es erneut. Ihre Augen zuckten über die alten, vergilbten Seiten, auf denen kaum noch lesbare Notizen und verschlüsselte Botschaften standen. „Es gibt noch so viele Fragen", sagte sie schließlich.

„Und ich habe das Gefühl, dass wir gerade erst anfangen", erwiderte Alex, der sich weiterhin wie in einem Albtraum fühlte. Alles, was er über das Leben seines Großvaters geglaubt hatte, war in den letzten Tagen auf den Kopf gestellt worden. Der Mann, den er kannte, war nur ein Teil eines viel größeren und gefährlicheren Spiels gewesen.

„Was, wenn dein Großvater wirklich alles wusste?",
fragte Ana, während sie das Dokument vorsichtig
umdrehte. „Und was, wenn er tatsächlich gegen das
Regime gearbeitet hat, nachdem er erkannt hat, was es
getan hat?"

„Das kann ich mir kaum vorstellen", antwortete Alex. „Er
war immer so sehr in diesem System verankert. Warum
sollte er sich plötzlich dagegen wenden?"

„Weil er gesehen hat, was es wirklich war", sagte Ana
leise. „Vielleicht hat er sich gewehrt, als er merkte, dass
er nicht mehr Teil einer gerechten Sache war. Vielleicht
hat er versucht, etwas zu ändern, als er begriff, wie viele
unschuldige Leben zerstört wurden."

Alex starrte nachdenklich auf das Dokument und
versuchte, sich vorzustellen, wie es für seinen Großvater
gewesen sein musste. Wie hatte er sich gefühlt, als er zu
der Erkenntnis kam, dass er Teil eines Systems war, das
unschuldige Menschen quälte? Was hatte ihn dazu
gebracht, sich gegen das Regime zu stellen?

„Er wusste etwas, das zu seinem Tod geführt hat", sagte
Alex schließlich. „Das ist alles, was ich wirklich weiß.
Und ich werde es herausfinden, auch wenn es bedeutet,
dass ich mich mit Geistern der Vergangenheit
auseinandersetzen muss."

Ana nickte. „Du wirst es herausfinden, und wir werden
dabei nicht alleine sein. Wir sind schon zu tief in dieser
Geschichte drin, um einfach aufzugeben."

In diesem Moment klopfte es an der Tür des Cafés. Alex und Ana sahen auf, und ein Mann trat ein – niemand, den Alex je zuvor gesehen hatte, aber die Art, wie er sich bewegte, ließ ihn misstrauisch werden. Der Mann sah sich kurz um und kam dann direkt auf ihren Tisch zu. „Alex, Ana", sagte er mit einer Stimme, die trotz ihrer Ruhe eine Bedrohung in sich trug. „Ich glaube, wir müssen reden."

Der Mann setzte sich ohne Aufforderung und legte einen Umschlag auf den Tisch. Alex' Herz klopfte schneller. War dies ein weiterer Schritt in die Dunkelheit? Ein weiterer Hinweis auf die Wahrheit, die sie suchten?

„Wer sind Sie?", fragte Ana misstrauisch, ihre Hand unauffällig unter dem Tisch auf die Tasche mit der Waffe, die sie immer bei sich trug, gelegt.

„Jemand, der weiß, dass ihr der Wahrheit näher kommt, als es euch lieb ist", antwortete der Mann. „Und jemand, der euch helfen kann, die fehlenden Puzzleteile zu finden."

Alex starrte den Mann an, doch er konnte nichts in seinem Gesicht erkennen, das Aufschluss darüber gab, ob er ihnen helfen oder sie in noch größere Gefahr bringen wollte.

„Wir haben schon genug Geheimnisse aufgedeckt", sagte Ana. „Wer sind Sie und was wollen Sie von uns?"

„Ich will, dass ihr die Wahrheit erfahrt", sagte der Mann und lehnte sich etwas vor. „Aber nicht nur die Wahrheit über deinen Großvater, Alex. Die Wahrheit über das, was noch immer im Schatten der Vergangenheit existiert."

Alex spürte, wie sich die Spannung in seinem Magen verdichtete. War das der Moment, in dem alles aufeinandertraf? Konnte dieser Mann der Schlüssel zu allem sein, was er herausfinden musste?

„Ich habe Informationen, die euch weiterbringen werden", sagte der Mann, während er den Umschlag langsam öffnete und ein weiteres Dokument auf den Tisch legte. „Und ich weiß, dass es euch jetzt nicht mehr nur um die Wahrheit geht. Es geht um Gerechtigkeit."

Ana und Alex starrten das Dokument an, das vor ihnen lag. Es war ein weiterer Stapel alter Papiere, aber diesmal mit einem anderen Ausmaß an Bedeutung.

„Was bedeutet das?", fragte Alex mit zitternder Stimme. „Was haben Sie herausgefunden?"

Der Mann sah Alex direkt in die Augen. „Es ist nicht nur ein Geheimnis um deinen Großvater. Es ist ein System von Machenschaften, das bis heute weiterlebt. Und es gibt Menschen, die nicht wollen, dass ihr jemals herausfindet, was wirklich passiert ist."

Der Raum um sie schien still zu werden, als die Worte des Mannes in der Luft hingen. In diesem Moment wusste Alex, dass er sich auf einen gefährlichen Weg begeben hatte, von dem es kein Zurück mehr gab.

„Lest das Dokument", sagte der Mann leise. „Es wird euch zeigen, was als Nächstes kommt."

Die Hand von Alex zitterte, als er das Dokument aufnahm. Ana stand auf, ohne ein Wort zu sagen, und trat einen Schritt zurück, um die Situation zu beobachten.

Was auch immer auf diesem Papier stand, es würde alles verändern.

Doch was, wenn es zu spät war? Was, wenn sie bereits zu tief in das Netz von Geheimnissen und Lügen verstrickt waren, um noch rechtzeitig zu entkommen?

Der Schlüssel zur Wahrheit

Alex nahm das Dokument langsam in die Hand, sein Blick haftete darauf, als könnte er die Worte darin schon vorab entziffern. Der Mann gegenüber schien keinerlei Eile zu haben. Mit einem kaum merklichen Lächeln lehnte er sich zurück, als ob er darauf wartete, dass Alex das Geheimnis endlich ergründen würde.

„Wer sind Sie?", fragte Ana erneut, ihre Stimme nun viel schärfer. Sie hatte nicht vergessen, dass sie sich immer noch in einer potentiell gefährlichen Situation befanden.

Der Mann nickte langsam, als ob er die Frage erwartet hätte. „Ich habe Ihnen gesagt, dass es eine Geschichte gibt, die nicht nur euren Großvater betrifft, Alex. Es geht um viel mehr. Aber wer ich bin, spielt im Moment keine Rolle. Was wirklich zählt, ist, dass ihr die Wahrheit erfahrt."

Ana sah Alex an, und er konnte den Zweifel in ihren Augen sehen. Sie war nicht sicher, ob sie diesem Mann vertrauen konnte, und Alex wusste, dass er ihre Bedenken teilte. Doch die Möglichkeit, endlich einen Schritt näher an die Wahrheit zu kommen, war verlockend.

„Lass uns sehen, was da drin steht", sagte Alex schließlich. Seine Stimme war fest, obwohl er selbst nicht wusste, was er von den kommenden Informationen erwarten sollte.

Vorsichtig öffnete er das Dokument und las die ersten Zeilen. Seine Augen weiteten sich. Was er las, war schockierend. Es war eine Liste von Namen, aber nicht nur irgendeine Liste. Es waren Namen von Menschen, die in geheimen Operationen des Regimes verwickelt waren, zusammen mit Datumsangaben und mysteriösen Notizen, die wie kryptische Hinweise auf die dunkle Seite der rumänischen Regierung wirkten. Doch der Name, den er am meisten suchte, stand auch darauf – der Name seines Großvaters.

„Das… das kann nicht sein", flüsterte Alex. Die Worte auf dem Papier, die immer mehr die Wahrheit zu enthüllen schienen, erschütterten ihn bis ins Mark. Es war der Name seines Großvaters, und darunter stand ein Hinweis, dass er Teil einer Mission gewesen war, die nie abgeschlossen wurde – und noch wichtiger: Dass er möglicherweise dafür bezahlt hatte. Mit seinem Leben.

Ana beugte sich vor, als sie die Zeilen las. „Das ist mehr als nur eine Liste", sagte sie nach einer Weile. „Das ist ein Beweis. Ein Beweis, dass dein Großvater mehr wusste, als er je erzählt hat."

„Er wusste, dass er in Gefahr war", murmelte Alex. „Er wusste, dass er die Grenze überschreiten würde. Und das hat ihm das Leben gekostet."

Der Mann beobachtete sie stumm, als sie das Dokument weiter durchgingen. „Genau", sagte er schließlich, als die Stille zwischen ihnen erdrückend wurde. „Euer Großvater war nicht nur ein unbedeutender Bürokrat. Er war tief in das System des Regimes verstrickt. Aber irgendwann hat er erkannt, was es wirklich war. Und dann versuchte er, dagegen zu kämpfen. Das hat ihn das Leben gekostet."

„Wer hat ihn getötet?", fragte Alex, und der Zorn in seiner Stimme war unüberhörbar.

Der Mann zögerte einen Moment, und Alex konnte die Spannung in der Luft förmlich spüren. „Das ist eine Frage, die nicht so einfach zu beantworten ist", sagte er schließlich. „Er hat sich mit den falschen Leuten angelegt. Aber wer am Ende den tödlichen Schlag versetzt hat, das wissen nur wenige. Es gibt eine Gruppe von Menschen, die noch immer alles kontrolliert. Und sie werden alles tun, um zu verhindern, dass das Geheimnis ans Licht kommt."

Alex spürte, wie sich ein schwerer Kloß in seinem Magen bildete. Diese „Gruppe von Menschen" war wohl mehr als nur ein Geheimdienst – es war ein Netzwerk von Machthabern, das weit über die Grenzen des Regimes hinausging. Diese Menschen waren immer noch da, im Hintergrund, und sie würden alles tun, um ihre Geheimnisse zu bewahren.

„Was sollen wir jetzt tun?", fragte Ana, die die Information ebenfalls verarbeitet hatte. „Wir können nicht einfach so tun, als ob das nicht passiert wäre. Wenn das wahr ist, sind wir in ernsthafter Gefahr." „Wir müssen mehr herausfinden", sagte Alex. „Mehr über diese Gruppe. Und über alles, was mein Großvater versucht hat zu tun. Er hat uns Hinweise hinterlassen, und ich werde sie entschlüsseln. Ich werde herausfinden, warum er sterben musste."

Der Mann nickte. „Ich werde euch helfen, aber ihr müsst vorsichtig sein. Ihr seid bereits zu weit gekommen, um jetzt aufzuhören. Wenn ihr weiter grabt, wird es keine Rückkehr mehr geben."

„Das ist uns klar", sagte Ana. „Wir sind schon zu tief im Spiel."

Der Mann stand auf, und als er sich zum Gehen wandte, warf er einen letzten Blick auf das Dokument. „Das ist nur der Anfang", sagte er dann, bevor er in der Tür verschwunden war.

Alex und Ana saßen in dem kleinen Café und starrten auf die Papiere. Die Wahrheit war jetzt klarer, aber gleichzeitig auch viel gefährlicher. Sie hatten einen Schritt weiter gemacht, aber die Dunkelheit, die sich hinter all dem verbarg, würde sie nicht einfach in Ruhe lassen.

„Wir müssen vorsichtig sein", sagte Ana schließlich und sah Alex ernst an. „Aber wir sind jetzt in der Sache drin. Es gibt kein Zurück mehr."

„Und das weiß ich", antwortete Alex. „Aber ich werde nicht aufgeben, bis ich die Wahrheit über meinen Großvater herausgefunden habe. Und dann werde ich alles tun, um dafür zu sorgen, dass diejenigen, die ihn getötet haben, zur Rechenschaft gezogen werden."

Das Abenteuer hatte gerade erst begonnen. Und die Gefahr, die sich vor ihnen auftat, war realer denn je.

Alex konnte die Anspannung in seinen Schultern spüren, während er erneut auf das Dokument starrte. Die Namen, die darin aufgeführt waren, hallten in seinem Kopf nach wie ein Echo aus einer längst vergangenen, aber nicht vergessenen Zeit. Sein Großvater war kein einfacher Mann gewesen – er hatte in etwas viel Größeres hineingespielt, als Alex jemals geahnt hätte.

Ana nahm einen tiefen Atemzug und lehnte sich zurück. „Wir müssen sehr vorsichtig sein", sagte sie schließlich. „Diese Leute – sie haben schon einmal getötet, um ihre Geheimnisse zu schützen. Und sie haben nicht aufgehört, nur weil die Zeiten sich geändert haben."

Alex nickte langsam. „Aber warum hat mein Großvater nicht einfach geschwiegen? Wenn er wusste, dass es gefährlich ist, warum hat er dann weitergemacht?"

„Weil er vielleicht gehofft hat, dass irgendwann jemand wie du die Wahrheit finden wird", antwortete Ana leise.

Seine Hände umklammerten das Dokument fester. Die Wahrheit – ein Wort, das so einfach klang, aber so viele Gefahren barg. Er dachte an seine Familie, an seine Mutter, die ihren Vater verloren hatte, ohne jemals zu erfahren, warum. Und jetzt war er es, der diesem Rätsel näher kam.

„Wir müssen einen Weg finden, mehr über diese Gruppe herauszufinden", sagte Alex entschlossen. „Diese Liste ist nur ein Anfang. Irgendwo muss es mehr Beweise geben."

Ana sah ihn nachdenklich an. „Wir müssen mit jemandem sprechen, der damals dabei war. Jemandem, der überlebt hat."

Alex runzelte die Stirn. „Aber wen? Jeder, der zu viel wusste, wurde entweder zum Schweigen gebracht oder hat sich tief verkrochen."

Ana zog eine Augenbraue hoch. „Dann sollten wir jemanden finden, der sich verkrochen hat."

Ein Name fiel Alex ein. Ein alter Freund seines Großvaters – ein Mann, der nach dem Zusammenbruch des Regimes verschwunden war.

Vielleicht konnte er Licht ins Dunkel bringen. Doch wenn sie ihn aufspüren wollten, mussten sie schnell handeln – bevor jemand anderes es tat.

Die Spur des Verschwundenen

Die Straßen Bukarests wirkten an diesem Abend dunkler als sonst. Vielleicht war es die Anspannung, die in der Luft lag, oder einfach nur das Wissen, dass sie sich auf gefährliches Terrain begaben.

„Wie sicher bist du, dass dieser Mann noch lebt?" fragte Ana, während sie durch die schmale Gasse gingen.

„Nicht sicher genug", gab Alex zu. „Aber wenn jemand meinem Großvater nahestand und das Regime überlebt hat, dann er."

Der Name dieses Mannes war Gheorghe Petrescu. In den 1980er Jahren war er ein bekannter Journalist gewesen, der in seinen Artikeln immer wieder unterschwellig Kritik am System geäußert hatte. Doch nach dem Sturz Ceaușescus war er plötzlich von der Bildfläche verschwunden. Manche sagten, er sei ins Ausland geflohen, andere behaupteten, er lebe noch irgendwo versteckt in Rumänien.

„Wir sollten vorsichtig sein", murmelte Ana. „Wenn er wirklich noch lebt, dann sicher nicht ohne Grund im Verborgenen."

Sie erreichten eine heruntergekommene Wohnung in einem der älteren Viertel der Stadt. Das Gebäude sah aus, als hätte es seit Jahrzehnten keine Renovierung mehr gesehen. Alex warf Ana einen Blick zu, dann klopfte er.

Nichts.

Er versuchte es erneut – diesmal etwas energischer.

Eine Minute verging. Dann hörten sie plötzlich Schritte hinter der Tür. Ein Kratzen, als würde jemand vorsichtig einen Stuhl beiseite schieben.

„Wer ist da?" fragte eine raue Stimme.

Alex schluckte. „Jemand, der Antworten sucht."

Ein leises Zögern. Dann ein Klicken – die Tür öffnete sich einen Spalt breit, und ein Auge lugte durch den Spalt. „Wer hat euch geschickt?"

„Niemand. Ich bin Alex Popescu. Mein Großvater war Mihai Popescu."

Stille. Dann wurde die Tür langsam geöffnet. Ein alter Mann mit tiefen Falten und müden Augen musterte sie misstrauisch.

„Kommt rein. Aber seid leise. Wir werden beobachtet."

Alex' Herz schlug schneller. Sie waren endlich an einer

Quelle angelangt – aber zu welchem Preis?

Das geheime Protokoll

Alex und Ana traten vorsichtig in den dunklen Raum. Gheorghe Petrescu verriegelte die Tür hinter ihnen und schob einen schweren Sessel davor, als würde er befürchten, dass jeden Moment jemand hereinbrechen könnte.

„Setzt euch", murmelte er und deutete auf ein abgenutztes Sofa.

Alex sah sich um. Die kleine Wohnung war vollgestopft mit alten Büchern, vergilbten Zeitungsartikeln und Notizblöcken. An den Wänden hingen verblasste Fotografien – manche zeigten Petrescu als jungen Mann, andere waren politische Aufnahmen aus den 1980er Jahren.

„Ihr seid nicht die Ersten, die nach Mihai Popescu fragen", sagte der alte Mann leise und nahm auf einem wackeligen Stuhl Platz.

Alex erstarrte. „Wer noch?"

Petrescu seufzte schwer. „Vor ein paar Jahren kam schon einmal jemand. Er stellte viele Fragen, war sehr hartnäckig. Ich habe ihm nichts gesagt. Ein paar Tage später verschwand er."

Ana verschränkte die Arme. „Und Sie glauben, dass das kein Zufall war?"

„In diesem Land gibt es keine Zufälle, Fräulein",
erwiderte Petrescu trocken.

Alex lehnte sich nach vorne. „Bitte, Sie müssen mir
helfen. Ich weiß, dass mein Großvater in etwas
verwickelt war. Ich habe eine Liste mit Namen gefunden.
Er war nicht der Einzige."

Petrescu musterte ihn einen Moment schweigend, dann
stand er auf, ging zu einem alten Schrank und holte eine
staubige Mappe hervor. Er blätterte kurz darin, bevor er
ein vergilbtes Dokument herauszog und es Alex reichte.

„Das ist, was ich habe. Ein geheimes Protokoll aus dem
Jahr 1987. Dein Großvater hat es mir damals gegeben
und mich gebeten, es zu verstecken."

Alex überflog das Papier. Es war eine Aufzeichnung
eines Treffens hochrangiger Parteifunktionäre – darunter
ein Name, der ihm sofort ins Auge fiel: **Nicolae
Ceauşescu.**

Sein Atem stockte. „Was bedeutet das?"

Petrescus Stimme war kaum mehr als ein Flüstern. „Es
bedeutet, dass dein Großvater Zeuge von etwas wurde,
das nicht für die Öffentlichkeit bestimmt war. Und dass
man ihn deswegen zum Schweigen gebracht hat."

Ana sah besorgt zwischen den beiden Männern hin und
her. „Und wenn das stimmt… sind wir dann in Gefahr?"
Petrescu nickte langsam. „Ihr habt euch bereits in den

Kreis der Gejagten begeben. Die Frage ist nicht mehr, ob sie euch finden – sondern wann."

Alex spürte, wie ihm ein kalter Schauer über den Rücken lief. Die Vorstellung, dass jemand sie bereits beobachtete, ließ sein Herz schneller schlagen.

„Glauben Sie wirklich, dass diese Leute nach all den Jahren noch aktiv sind?" fragte er und hielt das vergilbte Dokument fest in den Händen.

Petrescu sah ihn ernst an. „Die Vergangenheit verblasst nie für diejenigen, die sie zu vertuschen versuchen. Ceaușescu mag gefallen sein, aber seine Netzwerke waren weit verzweigt. Viele seiner Leute haben sich nach 1989 einfach in neue Positionen gerettet – in die Wirtschaft, in die Politik, in die Justiz."

Ana runzelte die Stirn. „Und Sie denken, dass diese Leute immer noch verhindern wollen, dass die Wahrheit ans Licht kommt?"

Petrescu lachte leise, doch es klang bitter. „Mein Kind, in diesem Land wurden Menschen für weit weniger getötet."

Alex schaute wieder auf das Dokument. „Haben Sie jemals versucht, das zu veröffentlichen?"

Petrescu lehnte sich zurück und rieb sich müde die Augen. „Natürlich. Aber jedes Mal, wenn ich es versucht habe, sind Hindernisse aufgetaucht. Redakteure haben plötzlich Angst bekommen. Druckereien hatten angeblich ‚technische Probleme'. Und dann, eines Tages, wurde mein Büro verwüstet. Da wusste ich, dass ich aufhören musste, wenn ich überleben wollte."

Ana schüttelte den Kopf. „Dann sind wir auf der richtigen Spur."

Petrescu sah sie ernst an. „Vielleicht. Oder ihr habt gerade eine Grenze überschritten, die euch das Leben kosten könnte."

In diesem Moment hörten sie ein leises Geräusch von draußen. Schritte.

Alex hielt den Atem an. Ana griff nach seiner Hand.

Petrescu stand auf und zog die Vorhänge zu. „Ihr müsst verschwinden. Sofort."

Alex spürte, wie sein Puls raste. Wer auch immer da draußen war – sie hatten nicht viel Zeit.

Die Flucht

Alex' Hände wurden feucht, als er die Schritte vor der Tür hörte. Sie waren langsam, vorsichtig – als würde jemand lauschen.

Petrescu drehte sich hastig zu ihnen um. „Es gibt einen Hinterausgang. Folgt mir!"

Ohne zu zögern packte Alex das Dokument und schob es in seine Jacke. Ana war bereits an der Tür, als plötzlich ein lautes Klopfen die Stille zerriss.

„Herr Petrescu, wir wissen, dass Sie da sind. Öffnen Sie die Tür!"

Die Stimme klang schneidend, befehlend. Petrescu warf Alex und Ana einen alarmierten Blick zu, dann deutete er auf eine schmale Tür am Ende des Raumes. „Schnell!"

Alex zog Ana mit sich, während Petrescu zur Eingangstür ging. Sie hörten, wie er mit ruhiger Stimme fragte: „Was wollen Sie von mir?"

Dann fiel die Hintertür ins Schloss, und sie standen in einem engen Innenhof, umgeben von bröckelnden Mauern.

„Wo lang?" flüsterte Ana.

Alex schaute sich hektisch um. Dann sah er eine schmale Gasse, die aus dem Hof führte. „Da!"

Sie rannten los, ihre Schritte hallten zwischen den alten Gebäuden wider. Hinter ihnen hörten sie plötzlich einen dumpfen Schlag – dann ein Poltern, als wäre etwas umgeworfen worden.

Alex spürte, wie sein Magen sich zusammenzog. Hatten sie Petrescu erwischt?

Ana packte seinen Arm. „Wir können nichts tun. Wir müssen weg!"

Er biss die Zähne zusammen und nickte.

Sie tauchten in die Dunkelheit der Gasse ein, während hinter ihnen Stimmen laut wurden. Sie mussten verschwinden, bevor die Jäger sie fanden.

Verfolgung in der Dunkelheit

Alex und Ana rannten durch die engen, kopfsteingepflasterten Gassen von Bukarest. Der Mond warf lange Schatten auf die feuchten Mauern, und das Echo ihrer Schritte hallte unheilvoll in der Stille.

Hinter ihnen hörten sie Stimmen – aufgeregt, suchend.

„Schneller!" zischte Ana und zog Alex in eine dunkle Nische zwischen zwei Gebäuden. Sie pressten sich an die Wand, als zwei Männer an der Gasse vorbeirannten.

Alex wagte kaum zu atmen. Sein Herz schlug wild gegen seine Rippen. Die Männer blieben stehen, sahen sich um.

„Wo sind sie hin?" fragte einer.

„Verdammt, sie können nicht weit sein!", knurrte der andere.

Dann entfernten sich die Schritte.

Ana sah Alex an, ihre Augen funkelten vor Anspannung. „Wir müssen weg von hier."

Alex nickte. Sie schlichen weiter, immer in den Schatten, bis sie schließlich eine größere Straße erreichten.

Ein altes Taxi stand am Straßenrand, der Fahrer rauchte und schaute sie misstrauisch an.

„Wohin?" fragte er knapp.

Ana zögerte nur kurz. „Zum Bahnhof. Sofort."

Der Mann zuckte die Schultern, startete den Motor, und sie fuhren los.

Als Alex aus dem Fenster schaute, sah er im Rückspiegel einen schwarzen Wagen, der langsam in ihre Richtung rollte.

War das nur Zufall – oder hatten sie ihre Spur schon wieder aufgenommen?

Schatten im Rückspiegel

Alex versuchte, ruhig zu bleiben, aber sein Blick klebte am Rückspiegel. Der schwarze Wagen folgte ihnen mit gleichbleibendem Abstand.

Ana beugte sich leicht vor und sprach leise: „Wir werden verfolgt."

Der Taxifahrer schnaubte. „Ihr habt Ärger am Hals, ja?" Alex wollte protestieren, doch Ana kam ihm zuvor. „Fahren Sie einfach. Und wenn Sie eine Möglichkeit sehen, sie abzuhängen – tun Sie es."

Der Fahrer musterte sie im Spiegel, dann verzog er grimmig den Mund. „Festhalten."

Plötzlich trat er aufs Gas, und der alte Dacia sprang nach vorne. Der Wagen hinter ihnen zog ebenfalls an, blieb dicht dran.

Der Fahrer bog abrupt in eine Seitengasse, riss das Steuer herum und manövrierte geschickt durch die dunklen

Straßen. Alex klammerte sich an den Türgriff, während das Taxi durch enge Passagen raste.

„Sind sie noch da?" rief Ana.

Alex drehte sich um. Der schwarze Wagen war verschwunden.

„Ich glaube, wir haben sie abgehängt."

Der Fahrer lachte rau. „Ihr schuldet mir einen Drink für diese Nummer."

Ana seufzte erleichtert. „Bringen Sie uns einfach zum Bahnhof."

„Wie ihr wollt."

Doch kaum, dass sie die Hauptstraße erreichten, stand plötzlich der schwarze Wagen quer vor ihnen – als hätten ihre Verfolger genau gewusst, wohin sie wollten.

Alex' Magen zog sich zusammen. Das Spiel hatte gerade erst begonnen.

In der Falle

Der schwarze Wagen versperrte ihnen den Weg. Alex spürte, wie sich seine Kehle zuschnürte.

„Rückwärts!", rief Ana.

Der Taxifahrer wollte gerade den Rückwärtsgang einlegen, als zwei Männer aus dem anderen Auto stiegen. Einer von ihnen zog eine Waffe.

„Keinen Ärger", murmelte der Fahrer.

Alex sah sich hektisch um. Links ein Wohnhaus, rechts eine enge Gasse – zu Fuß könnten sie es vielleicht schaffen.

„Wir müssen raus", sagte er leise zu Ana.

Sie nickte kaum merklich.

Dann ging alles ganz schnell.

Ana riss die Tür auf und sprang hinaus. Alex tat es ihr nach. Der Taxifahrer fluchte, als einer der Männer etwas rief.

„Lauft!", rief Ana.

Sie sprinteten in die enge Gasse, während hinter ihnen laute Stimmen erklangen. Schritte folgten ihnen.

„Links!", keuchte Alex.

Sie bogen in eine noch schmalere Seitengasse, die voller Mülltonnen stand. Ein Hund bellte.

Ana stolperte fast, fing sich aber wieder.

„Da vorne!" Sie deutete auf eine Feuerleiter, die an einem alten Gebäude hinaufführte.

Ohne nachzudenken, packte Alex die Leiter und zog sich hoch. Ana folgte ihm.

Gerade, als sie das Dach erreichten, krachte ein Schuss durch die Nacht.

Alex' Herz raste. Sie hatten keine Zeit zu verlieren.

Über den Dächern von Bukarest

Alex spürte, wie sein Herz bis zum Hals schlug. Ana zog sich neben ihm auf das Dach, ihr Atem ging schwer.

Unten in der Gasse hallten Stimmen wider. „Sie sind da oben! Los, teilt euch auf!"

Alex warf einen panischen Blick über das Dach. Es war alt, stellenweise mit Moos bedeckt, und auf der anderen Seite fiel es steil ab.

„Wir müssen weiter!", zischte Ana.

Sie liefen geduckt über die Dachziegel, die unter ihren Füßen knirschten. Der kalte Wind pfiff ihnen um die Ohren.

Plötzlich hörten sie ein lautes Quietschen. Eine Tür schlug unten auf – ihre Verfolger mussten ins Gebäude eingedrungen sein.

„Wenn die auf dem Dach rauskommen, haben wir ein Problem", murmelte Alex.

Ana deutete nach vorne. „Da drüben! Ein anderes Gebäude, wir könnten springen!"

Alex' Magen zog sich zusammen, als er die Lücke zwischen den beiden Dächern sah. Es waren mindestens zwei Meter, darunter nur dunkle Tiefe.

„Du zuerst!", sagte Ana.

Er schluckte. Keine Zeit zum Nachdenken. Mit einem tiefen Atemzug rannte er los und sprang.

Für einen Moment war da nur Stille.

Dann landete er hart auf dem anderen Dach, rollte sich ab.

„Ana, komm!"

Sie holte Schwung und sprang ebenfalls. Gerade, als sie sich hochziehen wollte, flog die Tür auf dem Dach hinter ihnen auf.

Ein Mann trat heraus, erkannte sie – und hob eine Waffe.

„RUNTER!", brüllte Alex.

Ana ließ sich fallen, während ein Schuss durch die Nacht peitschte.

Sie mussten verschwinden – und zwar schnell.

Atemlose Flucht

Alex packte Anas Arm und zog sie hoch. Der Schuss hatte sie verfehlt, aber sie durften keine Sekunde verlieren.

„Los!", keuchte Ana.

Sie rannten weiter über das Dach, während hinter ihnen Stimmen schrien. Der Mann mit der Waffe eilte an den Rand des Gebäudes, suchte nach einer besseren Schussposition.

„Da vorne!", rief Ana und deutete auf eine rostige Feuerleiter an der anderen Seite des Hauses.

Alex zögerte keine Sekunde. Er griff nach der Metallleiter und ließ sich hinuntergleiten. Das Eisen war kalt und rutschig, seine Hände schmerzten. Ana folgte ihm sofort.

Plötzlich krachte etwas über ihnen – ein weiterer Schuss. Metall splitterte, und Alex hörte, wie ein Stück der Leiter abbrach.

„Schneller!", rief Ana.

Sie sprangen die letzten Meter hinab, landeten hart auf dem Pflaster der Seitengasse.

„Wohin jetzt?" Alex sah sich hektisch um.

„In die Menge!" Ana deutete auf eine belebte Straße, nur wenige Meter entfernt.

Ohne nachzudenken, rannten sie los.

Gerade, als sie sich in der Menschenmenge verloren, hörten sie eine letzte wütende Stimme aus der Dunkelheit:

„Ihr entkommt uns nicht."

Aber genau das hatten sie vor.

Der Verrat

Die Menschenmenge war ihre einzige Chance. Sie mischten sich unter die Passanten, ließen sich vom Strom der Fußgänger mitziehen. Alex spürte den Adrenalinstoß noch immer in seinen Adern, als er nach Ana's Hand griff und sie in eine noch belebtere Gasse zog.

„Es wird eng", sagte Ana, ihre Stimme angespannt. „Wir müssen uns ein altes Versteck suchen."

„Hast du eins?" Alex sah sie fragend an.

Sie nickte, ihre Augen blitzten. „Ich kenne da jemanden. Ein Ort, an dem niemand nach uns suchen wird."

Sie rannten weiter, immer tiefer in das Labyrinth der Straßen von Bukarest. Schließlich erreichten sie ein verlassenes Gebäude, das wie ein Relikt vergangener Zeiten aussah. Die Fenster waren mit Brettern vernagelt, und der Eingang schien fast unauffindbar, doch Ana kannte den Weg.

„Komm schon", sagte sie und klopfte dreimal auf die Tür.

Ein leises Geräusch ertönte von drinnen, dann öffnete sich die Tür einen Spalt.

„Es ist sicher hier", sagte Ana und trat ein.

Alex folgte ihr, aber gerade als er die Schwelle überschreiten wollte, hörte er hinter sich eine vertraute Stimme.

„Du hast uns also doch betrogen." Alex

erstarrte.

Vor ihm stand niemand anderes als Victor – ein Mann, dem er bis vor kurzem vertraut hatte.

„Victor, was machst du hier?" Alex' Stimme klang fast wie ein Flüstern.

„Du solltest es wissen, Alex", sagte Victor kalt. „Es war nie nur ein Spiel. Und du bist der Spielball."

Alex' Magen drehte sich um. „Du... du hast uns verraten?"

Victor schmunzelte. „Du hast nie verstanden, wer hier die Fäden zieht, Alex. Du hast dich mit den Falschen angelegt."

Ana wich einen Schritt zurück, als sie verstand, was geschah. „Du bist einer von ihnen."

„Ich bin ein Mann, der die richtigen Entscheidungen trifft", sagte Victor. „Und jetzt wirst du bezahlen."

Alex spürte, wie sich der Boden unter seinen Füßen verschob.

„Du wirst uns nicht bekommen", sagte Ana, ihre Stimme jetzt fest und entschlossen.

Victor trat einen Schritt näher. „Schau dich um, Ana. Du weißt, dass ich hier derjenige bin, der den letzten Schritt machen wird."

Alex spürte, wie der kalte Schweiß auf seiner Stirn stand. Hatte er gerade alles verloren?

Der letzte Schritt

Victor stand vor ihnen, seine Augen kalt und entschlossen. Alex' Herz klopfte laut in seiner Brust, doch er konnte sich keinen Fehler leisten. Ana stand etwas abseits, ihre Haltung auf den ersten Blick ruhig, doch auch sie war alarmiert.

„Du bist also derjenige, der hinter all dem steckt", sagte Alex, der Versuch, seine Stimme ruhig zu halten, misslang.

Victor nickte langsam, ohne auch nur einen Hauch von Reue. „Es war nicht schwer. Du hast deine Nasenspitze zu tief in Dinge gesteckt, die dich nichts angehen. Und du hast mich zum Ziel gemacht."

Alex ballte die Fäuste. „Ich habe nicht vor, zu verschwinden, nur weil du mich für deine Pläne brauchst."

Ana trat einen Schritt nach vorne, ihre Augen fest auf Victor gerichtet. „Du hast dich geirrt, Victor. Wir wissen, was du tust. Was du getan hast. Und wir werden nicht zulassen, dass du damit durchkommst."

Victor lachte leise. „Weißt du, Ana, du hast immer noch nicht verstanden, wie dieser Krieg gespielt wird. Du bist nur eine Marionette, genauso wie Alex. Du denkst, du hast Kontrolle? Aber du hast keine Ahnung, mit wem du dich anlegst."

Alex' Kopf ratterte. „Du bist also Teil dieser Gruppe, die uns immer auf Schritt und Tritt verfolgt hat. Die Akten, die wir gefunden haben – sie sind nicht nur Erinnerungen. Sie sind unser Weg, dich zu entlarven." „Ihr seid naiv", sagte Victor, seine Miene nun ernst. „Aber es wird euch nichts nützen. Ihr werdet niemals genug Beweise finden, um mich zu Fall zu bringen."

Ana starrte ihn an, als würde sie in seine Seele blicken. „Weil du alles so perfekt unter Kontrolle hast?"

Victor zuckte mit den Schultern. „Ich habe alles geplant. Und jetzt… ist es zu spät."

Ein tiefes Gefühl der Panik kroch in Alex hoch. Sie hatten einen entscheidenden Fehler gemacht – sie hatten ihn unterschätzt. Victor war kein einfacher Feind. Er war der, der die Fäden zog, der, der hinter den Kulissen agierte. Und jetzt war er gekommen, um die Rechnung zu begleichen.

„Wir müssen einen Plan B haben", flüsterte Ana.

„Und der lautet?" Alex' Stimme war scharf.

„Fliehen", antwortete Ana sofort. „Du musst verstehen,
Alex, wir sind in einer Falle. Es gibt keinen sicheren Ort
mehr, solange er uns sucht." Victor grinste. „Ihr könnt so
viel fliehen, wie ihr wollt. Aber ich werde euch finden.
Ihr seid die Gefangenen in meinem Spiel."

Alex wusste, dass sie keine Zeit mehr hatten. Der Druck
stieg. Sie mussten sich etwas einfallen lassen – und zwar
schnell. Doch was blieb ihnen noch, wenn ihre Feinde
allmächtig schienen?

Der Plan

Die Luft in dem verlassenen Gebäude war stickig, und
der Staub schwebte in der Dunkelheit, als Ana einen
Schritt nach hinten trat und Alex anblickte. Ihr Gesicht
war entschlossen, aber auch besorgt.

„Wir brauchen mehr Informationen", flüsterte sie, ihre
Augen blitzten, als sie überlegte. „Victor mag sich sicher
fühlen, aber er unterschätzt uns. Wir haben ein Ass im
Ärmel."

„Was für ein Ass?" Alex schaute sie verwirrt an.

„Das Dokument, das du gestern gefunden hast. Es war mehr als nur ein Hinweis. Es war ein Schlüssel." Ana ging auf den Tisch zu, wo sie die Papiere ausgebreitet hatten. Sie griff nach einem der Blätter und hielt es Alex unter die Nase. „Dieses Papier ist der Zugang zu den geheimen Verbindungen. Wenn wir es richtig interpretieren, können wir Victor und seine Gruppe an den wunden Punkt treffen."

Alex starrte auf das Dokument, aber es sagte ihm noch immer wenig. „Und was genau sollen wir daraus lesen?" „Sieh genau hin", sagte Ana. „Das ist ein Code, ein System, das auf den alten Verwaltungsakten basiert. Wenn wir es entschlüsseln, wissen wir, wer wirklich hinter den dunklen Machenschaften steckt – und wie wir sie stoppen können."

„Du bist sicher, dass wir diesen Code knacken können?" Alex war skeptisch, auch wenn er wusste, dass Ana ein unglaubliches Talent für solche Dinge hatte.

„Es ist unser einziger Weg, Alex. Wir müssen mehr über diese Organisation erfahren. Wenn wir die richtigen Verbindungen finden, können wir sie entlarven."

Victor stand immer noch in der Tür, seine Miene war ungerührt, aber das Grinsen war aus seinem Gesicht verschwunden. „Es wird euch nicht helfen. Ihr könnt euch noch so viele Pläne zurechtlegen, ich bin immer einen Schritt voraus."

Ana legte das Papier langsam zurück und zog eine andere Akte hervor. „Wir haben keine Wahl. Wir müssen uns auf das konzentrieren, was wir wissen. Dieser Code ist der Schlüssel, um den wahren Drahtzieher zu finden – denjenigen, der Victor und seine Gruppe kontrolliert."

„Der ist hinter den Kulissen noch größer als Victor", sagte Alex nachdenklich. „Aber wer könnte das sein?"

„Es gibt nur einen, der das Potenzial hat, so tief in den Geheimdiensten zu stecken und die Fäden zu ziehen: Er muss ein alter Vertrauter des Diktators gewesen sein. Derjenige, der die wahren Machenschaften lenkte." Ana zog einen tiefen Atemzug. „Wir müssen uns beeilen, Alex. Die Zeit läuft uns davon."

„Und was ist, wenn Victor uns dazwischenfunkt?"

„Dann müssen wir ihn ausschalten, bevor er uns ausschaltet." Ana schaute zu Victor. „Wenn du uns in Ruhe lässt, werden wir dich nicht weiter stören. Aber falls du weiterhin das Spiel fortsetzen willst, wirst du schnell feststellen, dass du am Ende derjenige bist, der verliert."

Victor trat einen Schritt nach vorne. „Ihr seid dumm, wenn ihr denkt, dass ihr gegen mich ankommt. Ich habe immer noch die Kontrolle."

„Wir werden sehen, wie lange noch", sagte Alex ruhig und griff nach dem Dokument. „Wir haben jetzt eine Chance. Und die werden wir nutzen."

Ana nickte. „Es ist unsere einzige Chance."

Victor lachte kurz auf, doch dann verschwand das Lächeln aus seinem Gesicht, als er begriff, dass er sie nicht so leicht besiegen konnte.

„Ihr werdet sehen, wie viel Kontrolle ihr wirklich habt", murmelte er. „Denn ich werde nicht zulassen, dass ihr gewinnt."

Mit diesen Worten drehte er sich um und verließ das Gebäude. Alex und Ana standen noch eine Weile regungslos da, jeder mit seinen eigenen Gedanken. „Er wird zurückkommen", sagte Ana schließlich. „Und wenn er es tut, müssen wir bereit sein."

„Wir werden es sein", sagte Alex entschlossen. „Wir haben keine andere Wahl."

Die Jagd beginnt

Der Regen prasselte gegen die Fenster des verlassenen Hauses, als Alex und Ana sich umdrehten, um die wenigen verbliebenen Akten zu durchforsten. Sie hatten keine Zeit zu verlieren. Victor war ihnen entwischt, aber sie wussten, dass es nur eine Frage der Zeit war, bis er zurückkehren würde, um sie zu jagen.

„Dieser Code…", murmelte Alex, während er die Akten durchging, die Ana ihm gegeben hatte. „Das hier sieht aus wie eine Karte – aber von was?"

Ana beugte sich vor und fuhr mit dem Finger über das Papier. Ihre Augen verengten sich, als sie das Dokument studierte. „Es ist eine Verbindungskarte. Der Code deutet auf geheime Treffen und verschlüsselte Nachrichten hin, die nur die obersten Ebenen der Geheimdienste nutzen."

„Und wir sind hier mitten im Spiel", sagte Alex, seine Stimme klang angespannt. „Aber wer sind die anderen? Die, die hinter Victor und der ganzen Gruppe stehen?"

„Das ist der nächste Schritt", antwortete Ana. „Wir müssen herausfinden, wer wirklich an der Spitze der Organisation steht. Wenn wir das wissen, können wir sie endlich stoppen."

Die Uhr tickte. Alex konnte förmlich die Dringlichkeit spüren. Die Minuten, die sie damit verbrachten, auf diese Papiere zu starren, bedeuteten, dass Victor bereits irgendwo war, sich auf seinen nächsten Schritt vorbereitete. Und Alex wusste, dass er nicht aufgeben durfte – nicht jetzt.

„Du denkst, du kannst ihn besiegen, Alex?" Ana sah ihn an, und für einen Moment erkannte er das Feuer in ihren Augen. Es war dasselbe, das er bei ihr gesehen hatte, als sie sich zum ersten Mal getroffen hatten. Der unerschütterliche Wille, die Wahrheit zu finden und zu gewinnen, koste es, was es wolle.

„Ja", antwortete er entschlossen. „Aber ich werde es nicht alleine tun. Wir müssen uns die Informationen besorgen. Sie sind unsere einzige Chance."

„Dann fangen wir an", sagte Ana. „Der erste Schritt: Die Bibliothek. Es gibt noch eine andere Akte, die von der Gruppe geführt wird. Sie liegt im Archiv eines alten Gebäudes, das zu dieser Organisation gehört."

„Du meinst… das Gebäude, das wir schon durchkämmt haben?" fragte Alex skeptisch.

„Genau", sagte Ana. „Doch wir haben nur an der Oberfläche gekratzt. Was wir brauchen, ist eine tiefere Verbindung zu den Machenschaften von damals.

Vielleicht finden wir da den Hinweis, der uns auf die richtige Spur bringt."

Alex nickte. „Also zurück nach Bukarest. Wenn wir etwas finden wollen, müssen wir da hin."

„Aber wir dürfen keine Zeit verlieren", fügte Ana hinzu. „Victor weiß jetzt, dass wir hinter ihm her sind. Er wird keine Pause machen."

„Und er wird nicht allein kommen", sagte Alex. „Wir müssen sicherstellen, dass wir vorbereitet sind."

Als sie sich auf den Weg zur Bibliothek machten, war die Luft draußen kühl und die Straßen von Bukarest schienen noch belebter als gewöhnlich. Doch für Alex gab es nur das Ziel vor Augen: die Antworten.

Es war nicht nur der Tod seines Großvaters, den er aufklären wollte. Es war das, was dieser Tod aufgedeckt hatte – eine Verschwörung, die tief in die Geschichte des Landes reichte.

„Ana, was denkst du, wer wirklich hinter allem steckt?" fragte er, als sie in das Gebäude eintraten.

„Es gibt viele, die ihre Finger im Spiel haben könnten", sagte Ana nachdenklich. „Aber es gibt einen, der sich immer wieder als Schlüsselfigur herausstellt. Und der ist schwerer zu fassen, als Victor es je war."

„Wer ist es?"

„Der Mann, der nie gesehen wird. Derjenige, der alle Fäden zieht, aber nie öffentlich in Erscheinung tritt." Ana warf ihm einen kurzen Blick zu. „Es ist jemand, der weit über den Geheimdienst hinaus geht."

Alex spürte ein prickelndes Gefühl der Nervosität. Doch er wusste, dass er keine andere Wahl hatte, als weiterzumachen. „Dann holen wir uns die Beweise, die wir brauchen, und bringen ihn zu Fall." „Genau", sagte Ana und zog ihre Jacke enger um sich.

„Denn wenn wir das nicht tun, werden die Schatten der Vergangenheit uns weiterhin verfolgen."

Die alte Bibliothek war still und dunkel, nur durch das gedämpfte Licht der Deckenlampen erleuchtet. Der Geruch von altem Papier und Leder lag in der Luft. Alex und Ana gingen vorsichtig zwischen den hohen Regalen hindurch, jeder Schritt hallte in der Stille wider. Die Geschichte der Stadt war in diesen Wänden verankert, doch für sie zählte nur eines: die verborgenen Geheimnisse, die sich dort befinden mussten.

„Es ist erstaunlich", sagte Ana leise, „wie viel Wissen in diesen Büchern verborgen ist – und wie wenig wir davon tatsächlich begreifen."

„Vielleicht ist es besser so", murmelte Alex. „Manchmal ist es besser, Dinge nicht zu wissen."

„Aber wir müssen es wissen, Alex. Und du hast es selbst gesagt: Wir können nicht einfach weitermachen und hoffen, dass sich alles von selbst löst. Wir müssen den Ursprung finden."

Ana führte ihn weiter zu einem abgelegenen Abschnitt der Bibliothek, hinter dem sich ein Metallregal verbarg. Sie zog ein alt aussehendes Buch heraus, das den Titel „Geheime Akten der Securitate" trug. Alex konnte das Zittern in Anas Händen spüren, als sie es aufschlug.

„Das sind die Dokumente, die wir brauchen", sagte sie. „Die Securitate hat Akten über alle, die mit dem kommunistischen Regime in Verbindung standen – und auch über diejenigen, die gegen es waren. Dein Großvater muss hier irgendwo auftauchen."

Alex beugte sich vor und studierte die Seiten. „Und was ist mit der anderen Akte, von der du gesprochen hast? Die, die uns zu den wahren Drahtziehern führen wird?"

Ana nickte und blätterte weiter. „Diese Akte hier enthält nicht nur Informationen über dein Großvater, sondern auch über die Männer, die das Regime zu dem gemacht haben, was es war. Darin befinden sich die Hinweise, die uns zum nächsten Schritt führen werden."

Plötzlich stoppte sie und hielt inne, als ihre Finger auf ein vertrautes, abgegriffenes Dokument stießen. „Sieh dir das an", sagte sie und legte es vor Alex. „Das hier… das ist der Mann, der uns immer wieder entkommen ist. Und er ist der Schlüssel."

Alex starrte auf das Foto, das an der Seite des Dokuments abgedruckt war. Es war unscharf, aber er erkannte den Mann sofort. Es war der gleiche Mann, den sie auf ihren früheren Recherchen immer wieder in Verbindung mit geheimen Treffen gesehen hatten – der Mann, der nie offiziell auftauchte, aber in allen wichtigen Momenten zugegen war.

„Das ist er", sagte Ana. „Und wir müssen herausfinden, wer er wirklich ist."

„Wie?" fragte Alex. „Er hat sich nie gezeigt, niemand kennt ihn. Das ist wie ein Phantom."

„Genau", antwortete Ana. „Aber wir können ihm auf die Spur kommen. Jemand muss wissen, wer er ist – und warum er so ein geheimes Leben führt."

„Und was passiert, wenn wir ihn finden?" fragte Alex. „Was ist, wenn er uns ebenfalls zur Zielscheibe macht?"

„Dann kämpfen wir", sagte Ana fest. „Weil, wenn wir ihn finden, dann ist das der erste Schritt, die wahre Macht zu entlarven. Aber wir müssen uns beeilen. Wenn er herausfindet, dass wir ihm auf der Spur sind, wird er nicht zögern, uns auszuschalten."

Alex spürte das Gewicht der Situation. Das war der Moment, auf den er so lange gewartet hatte. Die Entschlüsselung der Geheimnisse seines Großvaters war der erste Schritt in eine viel größere, dunklere Wahrheit. Doch er konnte nicht zurück. Nicht jetzt.

„Also was ist der Plan?" fragte er schließlich. „Wir müssen Kontakt zu den alten Verbindungen herstellen. Es gibt noch Menschen, die aus dieser Zeit übrig sind, die mehr wissen. Und einer von ihnen hat uns den entscheidenden Hinweis gegeben – der letzte Puzzlestein, der uns zur Wahrheit führen wird."

Alex nickte und spürte die Entschlossenheit in sich aufsteigen. Sie hatten keine Zeit zu verlieren.

„Gut. Dann gehen wir weiter. Finden wir diesen Mann. Und bringen wir ihn zu Fall."

Ana schloss das Buch und steckte es unter ihre Jacke. „Es ist Zeit, die Vergangenheit zu konfrontieren."

Die Jagd war noch lange nicht zu Ende – und für Alex hatte sie gerade erst begonnen.

Der geheime Informant

Der Regen hatte mittlerweile aufgehört, aber die Straßen von Bukarest waren noch immer feucht und spiegelten das Licht der Straßenlaternen wider. Alex und Ana machten sich auf den Weg zu einem verlassenen Gebäude im Zentrum der Stadt, einem Ort, der lange Zeit vergessen schien. Es war der Treffpunkt, den Ana als den letzten bekannten Aufenthaltsort des geheimen Informanten ausgemacht hatte, der ihnen den entscheidenden Hinweis auf den mysteriösen Mann geben konnte.

„Bist du sicher, dass er hier ist?" fragte Alex, als sie vor dem Gebäude standen und die schwere Tür mit einem quietschenden Geräusch öffneten.

„Ja", antwortete Ana, ihre Stimme ruhig, aber fest. „Dieser Mann weiß mehr als jeder andere, den wir bisher getroffen haben. Er hat in den letzten Jahren als Informant gearbeitet und hat Kontakte, von denen wir nur träumen können."

„Und warum hat er uns noch nie von sich aus kontaktiert?" fragte Alex misstrauisch.

Ana zuckte mit den Schultern. „Weil er es nicht kann. Er lebt im Schatten, genauso wie die, die er verrät. Doch wir wissen, dass er uns führen kann. Wir müssen ihm nur die richtigen Fragen stellen."

Das Gebäude war kalt und leer, mit Staub bedeckt und von der Zeit gezeichnet. Alex konnte das Gefühl nicht abschütteln, dass sie hier längst nicht allein waren. Die Mauern schienen Geschichten zu flüstern, die längst vergessen waren. Der Mann, den sie suchten, war ein Schatten der Vergangenheit, der immer wieder aus den Tiefen auftauchte.

Sie gingen durch dunkle Flure, an vergilbten Dokumenten und leeren Büros vorbei. Schließlich erreichten sie eine kleine, unscheinbare Tür, die in einen Kellerraum führte. Ana klopfte dreimal, dann öffnete sich die Tür langsam.

„Du bist spät", sagte eine rauchige Stimme aus dem Dunkeln. Ein Mann trat ins Licht, sein Gesicht von den Jahren gezeichnet, die Augen aber scharf und aufmerksam. Es war der Informant.

„Wir haben keine Zeit zu verlieren", sagte Ana und trat ein, gefolgt von Alex. „Es gibt neue Informationen, die wir brauchen." Der Mann nickte, als ob er schon wusste, was sie wollten. „Ich weiß, warum ihr hier seid. Aber das ist nicht etwas, das man einfach so erzählt."

„Du hast uns nie enttäuscht", sagte Ana ruhig. „Also komm zur Sache. Wir brauchen eine Verbindung zu ihm. Zu dem Mann, der alle Fäden zieht."

Der Informant lachte kurz, ein trockenes, bitteres Lachen. „Du glaubst also, du kannst ihn finden?"

„Wir haben keine Wahl", antwortete Alex fest. „Dieser Mann hat zu viele Leben zerstört. Wir müssen wissen, wer er ist, bevor er noch mehr zerstört."

„Der Mann, den ihr sucht, ist der Schlüssel zu all dem, was passiert ist", sagte der Informant und trat einen Schritt näher. „Er ist in der Lage, Dinge zu tun, von denen ihr euch nicht einmal vorstellen könnt, dass sie möglich sind. Aber er ist auch ein Mann, der immer im Schatten lebt. Manchmal sind die Dinge, die er hinterlässt, schwerer zu fassen als er selbst."

„Und wie kommen wir an ihn?" fragte Alex.

Der Informant sah ihn einen Moment lang an, dann nahm er einen Zettel aus seiner Tasche und reichte ihn Alex. „Dieser Ort wird euch zu ihm führen. Doch seid vorsichtig. Niemand, der sich mit ihm anlegt, lebt lange."

„Wir haben keine andere Wahl", sagte Ana entschlossen. „Gib uns die Informationen. Wir werden ihn finden."

Der Mann nickte langsam. „Also gut. Aber denkt daran: Je näher ihr ihm kommt, desto gefährlicher wird es."

„Wir sind bereit", antwortete Alex.

Mit einem letzten Blick auf den Informanten verließen sie den Raum. Alex hielt den Zettel fest in der Hand, während sie die Treppen hinaufgingen. Ein neuer Plan war geboren – und diesmal gab es kein Zurück.

„Das wird unser letzter Schritt sein", sagte Ana leise, als sie sich in die Nacht hinausbegaben. „Wir haben ihn fast erreicht. Der Mann, der die Fäden zieht."

Alex nickte. Die Jagd war fast vorbei – doch er wusste, dass dies der gefährlichste Moment war.

Der letzte Schritt

Der Zettel in Alex' Hand war zerknittert, die Ecken abgenutzt vom festen Greifen. Doch das, was er darauf fand, war der Schlüssel zu allem, was sie gesucht hatten. Die Adresse war unauffällig – ein Lagerhaus am Rand von Bukarest, ein unscheinbarer Ort, der in den Akten des Informanten keine besondere Rolle spielte. Doch Ana hatte sofort geahnt, dass dies der entscheidende Punkt war.

„Bist du sicher, dass er uns hierhin führen wollte?" fragte Alex, als sie sich in das Auto setzten und die schmalen Straßen entlangfuhren.

„Er hat keine andere Wahl gehabt", antwortete Ana. „Wir sind am Ende des Spiels angekommen. Und wenn dieser Mann uns tatsächlich zu dem führt, was wir suchen, dann wird alles, was wir bisher getan haben, einen Sinn ergeben."

Die Straßen von Bukarest schienen dunkler und leerer zu werden, je weiter sie fuhren. Es war spät in der Nacht, und die Häuser um sie herum wirkten verlassen, unbeleuchtet. Die einzige Beleuchtung kam von den Straßenlaternen, die spärlich und unregelmäßig entlang der Straße standen.

Als sie das Lagerhaus erreichten, stieg ein merkwürdiges Gefühl in Alex auf – eine Mischung aus Nervosität und Entschlossenheit. Er hatte nie geglaubt, dass er es jemals bis hierhin schaffen würde, doch jetzt war er so nah dran, die Wahrheit zu erfahren. Doch was würde ihn erwarten, wenn er die Tür öffnete?

„Wir müssen leise sein", flüsterte Ana, als sie aus dem Auto stiegen. „Wenn er uns erwartet, ist es nur eine Frage der Zeit, bis er merkt, dass wir hier sind."

Sie schlichen sich vorsichtig in das Lagerhaus, die Tür quietschte leise, als sie sie öffneten. Der Raum war dunkel, nur ein paar schwache Lichter schimmerten durch die Ritzen der Fenster. Überall lagen Kisten und alte Maschinen, doch nichts davon schien wichtig.

„Er muss hier sein", murmelte Ana und ging vorsichtig weiter. „Achte auf jedes Detail. Er könnte uns beobachten."

Alex nickte, seine Hand um den Griff der Waffe, die er vorsichtshalber mitgenommen hatte. Er hatte das Gefühl, dass er sich auf eine Konfrontation vorbereiten musste. Doch gleichzeitig wusste er, dass dies kein Kampf mit Waffen war. Es ging um etwas viel Größeres – um die Wahrheit, die hinter all den Lügen verborgen war.

Plötzlich hörten sie ein leises Geräusch. Ein Türknarren. Alex zog die Waffe und trat einen Schritt nach vorne, als sich eine Gestalt aus dem Dunkel abzeichnete.

„Dachte, ihr würdet früher oder später kommen", sagte eine vertraute Stimme.

Ana starrte die Person an. „Du…"

„Ja, ich weiß, dass du mich nicht erwartet hast", sagte der Mann, der sich aus dem Schatten löste. Es war der mysteriöse Mann, den sie so lange gesucht hatten – der Mann, der all die Fäden gezogen hatte.

„Du?", fragte Alex ungläubig. „Du bist der, der das alles kontrolliert?"

Der Mann lachte leise. „Kontrolliert? Nein, ich bin nur ein Werkzeug, genau wie ihr. Ihr wolltet die Wahrheit, und jetzt habt ihr sie."

„Was hast du mit meinem Großvater zu tun?" fragte Alex, seine Stimme zitterte vor Wut. „Warum musste er sterben?"

Der Mann blickte ihn lange an, bevor er antwortete. „Es war nie eine Entscheidung, die ich getroffen habe. Manchmal ist der Tod der einzige Weg, ein Geheimnis zu bewahren."

„Und was für ein Geheimnis ist das?" Ana drängte ihn weiter. „Was hast du versteckt?"

„Es gibt Dinge, die selbst die mächtigsten Menschen nicht verstehen", sagte er, und seine Stimme war kalt und ruhig. „Euer Großvater wusste mehr, als er sollte. Und er hätte es niemals wissen dürfen."

Alex konnte es kaum fassen. Die Wahrheit war noch viel düsterer als er je angenommen hatte. Der Großvater war in etwas verwickelt, das weit über das hinausging, was er sich je hätte vorstellen können. Doch er brauchte Antworten. Jetzt.

„Was hast du mit den Akten gemacht?" fragte Alex, die Zähne zusammengebissen. „Wo sind sie?" Der Mann grinste. „Die Akten sind nur ein Teil des Spiels, Alex. Die wahre Macht liegt woanders. Ihr wollt den Namen eines

Mannes, aber der Name ist nicht wichtig. Es geht um das, was er repräsentiert."

„Und was ist das?" Ana fragte mit fester Stimme.

Der Mann trat einen Schritt zurück und lehnte sich gegen die Wand. „Es ist das System. Es war nie nur eine Frage von Einzelpersonen. Es geht um das, was hinter den Kulissen ablief. Dein Großvater war ein Teil davon, genauso wie viele andere. Und du, Alex – du bist jetzt ein Teil davon."

„Das werde ich nicht akzeptieren", sagte Alex, die Entschlossenheit in seinen Worten stärker als je zuvor. „Du kannst mir nicht einfach so erklären, dass alles, was mein Großvater getan hat, bedeutungslos war. Es gibt eine Wahrheit, und ich werde sie finden."

Der Mann lachte erneut, doch dieses Mal war es ein bitteres, enttäuschteres Lachen. „Du verstehst es immer noch nicht, oder? Ihr alle sucht nach einem Feind, den es nicht mehr gibt. Ihr sucht nach einem Mann, aber in Wahrheit habt ihr nichts, was euch hilft, zu verstehen." Ana trat einen Schritt näher, ihre Stimme fest. „Und

wenn du uns die Antworten gibst, wie du es versprochen hast, dann können wir endlich Schluss machen. Sag uns, was wirklich passiert ist."

Der Mann sah sie an, dann nickte er langsam. „Es gibt eine Akte, die alles erklärt. Aber sie wird nicht in euren

Händen bleiben. Niemand kann sie einfach so besitzen. Ihr habt die Wahl, ob ihr weiter in diesem Spiel bleibt oder aufhören wollt."

Alex wusste, dass sie keine Wahl hatten. Sie mussten weitermachen. Und sie mussten den letzten Schritt wagen, um die Wahrheit ans Licht zu bringen.

„Was müssen wir tun?" fragte er.

Der Mann lächelte. „Geht zu einem alten Gebäude außerhalb der Stadt. Dort werdet ihr Antworten finden."

Der letzte Ort

Alex und Ana standen vor dem alten Gebäude, das wie eine Ruine inmitten eines verlassenen Teils von Bukarest wirkte. Der Wind zerrte an ihren Mänteln, und die Luft war von der Kälte der Nacht durchzogen. Es war ein fast gespenstischer Ort, weit entfernt von den belebten Straßen und dem Hauch der Zivilisation. Aber dies war der Ort, den der Mann ihnen genannt hatte. Und hier würde sich das letzte Puzzleteil ihres Falls einfügen. „Hier sind wir also", sagte Ana leise, als sie die Eingangstür des Gebäudes betrachtete. Sie war aus rostigem Metall und quietschte, als Alex sie vorsichtig aufdrückte. Ein unangenehmer Geruch stieg ihnen entgegen, ein Gemisch aus Moder und Staub. Doch sie hatten keine Zeit zu verlieren. Sie mussten wissen, was in diesem Gebäude auf sie wartete.

„Was genau suchen wir hier?" fragte Alex, während sie sich durch den dunklen Flur tasteten.

„Antworten", sagte Ana. „Das ist der Ort, an dem alles begann. Und wir müssen herausfinden, was hier verborgen wurde."

Ihre Schritte hallten durch das leere Gebäude. Es war, als ob sie in eine andere Welt eingetreten wären, einen Raum, der vom Rest der Stadt abgeschnitten war. Und je tiefer sie in das Gebäude vordrangen, desto mehr fühlte sich Alex wie ein Eindringling. Hier gab es Geheimnisse, die nicht für Außenstehende bestimmt waren – Geheimnisse, die sein Großvater mit ins Grab genommen hatte.

„Hier", flüsterte Ana und deutete auf eine Tür, die fast unsichtbar in der Dunkelheit stand. Es war eine metallene Tür, mit mehreren Riegeln versehen, die sie sicher vor ungebetenen Gästen schützen sollte. Doch Ana hatte einen Schlüssel, den sie von dem Mann erhalten hatte, der sie zu diesem Punkt geführt hatte. Mit einem leisen Klick öffnete sie die Tür.

Der Raum dahinter war klein und kühl. Die Luft war stickig, als hätten hier Jahre lang keine Menschen mehr geatmet. Aber das, was Alex erblickte, ließ ihn erschauern. Auf einem Tisch in der Mitte des Raumes lag eine einzige Akte – nicht viel, aber sie war der Schlüssel, nach dem sie gesucht hatten. Ihre Sicht fiel sofort auf den Deckel: „Geheimakte: Projekt K".

„Das ist es", sagte Ana und trat einen Schritt auf den Tisch zu. „Das ist das, worüber wir alles wissen mussten."

Alex stand wie gelähmt da. Projekt K. Was hatte das zu bedeuten? Was hatte sein Großvater damit zu tun? Die Antworten, die sie gesucht hatten, waren nun endlich vor ihnen.

Ana öffnete die Akte langsam. Ihre Finger zitterten, als sie die ersten Seiten aufblätterte. Die Schrift war klein und dicht, aber sie konnte die wichtigsten Informationen herausfiltern.

„Es geht um ein geheimes militärisches Projekt, das zur Zeit des Regimes unter Ceaușescu durchgeführt wurde", erklärte Ana, während sie die Akte durchging. „Dein Großvater war in etwas verwickelt, das weit über das hinausging, was du dir je vorgestellt hast. Er war einer der Hauptverantwortlichen für das Projekt, und es gab viele, die alles daran setzten, dass dieses Geheimnis bewahrt wurde."

Alex trat näher und beugte sich über den Tisch, um die Papiere zu betrachten. „Was genau wurde in diesem Projekt gemacht? Warum musste mein Großvater sterben?"

Ana schüttelte den Kopf. „Es war eine Operation, die über Jahre hinweg geplant wurde. Ein geheimes Waffenlager, das strategische Pläne für die Unterstützung des Regimes beinhaltete. Doch was wirklich erschreckend war, war, dass es auch Experimente mit menschlichen Subjekten beinhaltete. Dein Großvater wusste zu viel. Und irgendwann war er nicht mehr nützlich."

„Aber warum der Mord? Warum nicht einfach aufhören, mit ihm zu arbeiten?" fragte Alex.

Ana seufzte. „Es gab Menschen, die keine Zeugen hinterlassen wollten. Dein Großvater hatte Informationen, die niemand an die Öffentlichkeit lassen durfte. Und diese Informationen hätten das gesamte kommunistische Regime erschüttern können. Also, um das Geheimnis zu bewahren, wurde er getötet." Alex fühlte sich, als würde sich der Boden unter seinen Füßen auflösen. Der Tod seines Großvaters war also kein Zufall. Es war ein gezielter Mord, um eine Wahrheit zu bewahren, die niemand je erfahren sollte.

„Es gibt noch mehr", fuhr Ana fort. „Dein Großvater hatte einen Plan, ein Spiel, das er spielte. Er versuchte, Beweise zu sammeln, um die wahren Drahtzieher hinter dem Projekt zu entlarven. Und du bist jetzt in diese Geschichte verstrickt, Alex. Du hast alles aufgedeckt, was verborgen war."

„Aber was jetzt?" fragte Alex, immer noch benommen von den neuen Informationen. „Was passiert mit diesen Menschen? Was wird mit den Akten passieren?"

Ana sah ihn fest an. „Das weiß ich nicht. Aber eines ist klar: Du hast die Wahrheit gefunden. Du hast das geschafft, wofür dein Großvater gekämpft hat. Jetzt liegt es an dir, was du damit tust."

Alex nahm die Akte in die Hand. Es war der einzige Hinweis auf die dunkle Seite des Regimes, die die Welt nie erfahren durfte. Und er wusste, dass er nicht aufhören konnte. Der Kampf war noch nicht zu Ende.

„Ich werde es nicht einfach so lassen", sagte er entschlossen. „Die Welt muss erfahren, was hier passiert ist."

Ana nickte zustimmend. „Und ich werde dir helfen, Alex. Wir sind nicht mehr allein."

Die Entscheidung

Alex hielt die Akte fest in seinen Händen, als er zusammen mit Ana das Gebäude verließ. Der Wind hatte sich gedreht und trug nun die kalte Nachtluft mit sich. In seinen Augen brannte eine Mischung aus Entschlossenheit und Zorn. Es war, als würde er das Gewicht der ganzen Geschichte auf seinen Schultern tragen. Die Wahrheit war jetzt da – die Wahrheit über das, was mit seinem Großvater geschehen war, und über das geheimnisvolle Projekt K. Doch die Fragen blieben.

„Was tust du jetzt mit dem, was wir herausgefunden haben?" fragte Ana, als sie nebeneinander durch die dunklen Straßen von Bukarest gingen. Sie konnte den Konflikt in Alex' Blick sehen – den Widerstand und gleichzeitig das Verlangen, das alles zu entwirren.

„Ich weiß es nicht", antwortete er leise, ohne sie anzusehen. „Es fühlt sich an, als ob ich gegen Windmühlen kämpfe. Die Wahrheit über das Projekt, über das, was mein Großvater wusste... es ist mehr, als ich je geahnt habe."

Ana legte ihm eine Hand auf den Arm. „Du musst entscheiden, Alex. Es gibt keine einfache Antwort. Du kannst entscheiden, ob du diese Akte der Welt preisgibst oder ob du sie für dich behältst. Aber es wird immer Konsequenzen geben. Das kannst du nicht ignorieren."
Alex hielt an und drehte sich zu ihr. „Wenn ich diese Informationen öffentlich mache, wird es die Regierung erschüttern. Es wird einige Menschen in Gefahr bringen.

Aber es gibt auch diejenigen, die es verdient haben, zur Rechenschaft gezogen zu werden. Mein Großvater hätte das nie gewollt, aber vielleicht... vielleicht ist es das, was er sich erhofft hat."

Ana nickte, ihr Blick war fest, als sie ihn ansah. „Er wollte, dass du weiterkämpfst, Alex. Und vielleicht hat er das getan, was er konnte, um dir den Weg zu zeigen. Aber am Ende musst du deine eigenen Entscheidungen treffen."

Alex dachte nach. Es gab so viele Überlegungen, die ihm durch den Kopf schossen. Die Akte war der Schlüssel zu einer Wahrheit, die die Welt erschüttern könnte. Aber würde es die Gerechtigkeit bringen, nach der er suchte? Oder würde es nur zu mehr Chaos führen, das er nicht kontrollieren konnte?

„Ich kann nicht einfach weitermachen, als wäre nichts passiert", sagte er schließlich. „Ich muss wissen, wie weit dieses Netz reicht. Wie viele andere sind noch involviert? Wer sind die Drahtzieher? Und vor allem... wie kann ich sicherstellen, dass diese Akten in die richtigen Hände gelangen?"

„Du wirst einen Weg finden", sagte Ana, ihre Stimme ruhig. „Aber du musst vorsichtig sein. Es gibt immer noch viele, die ihre Spuren verwischen wollen.

Menschen, die alles tun werden, um das, was du aufgedeckt hast, zu stoppen."

„Ich weiß", erwiderte Alex. „Aber es gibt keinen Weg zurück."

Die beiden gingen weiter, als Alex das Gefühl hatte, dass eine Grenze überschritten worden war. Etwas, das nie mehr rückgängig gemacht werden konnte. Der Fall war nicht einfach eine Spur, die sie verfolgten – er war zu einem Teil von ihm geworden. Und er wusste, dass er keine Wahl hatte, als weiterzumachen.

„Ich werde alles herausfinden", sagte er schließlich mit fester Stimme. „Und ich werde sicherstellen, dass die Wahrheit ans Licht kommt."

Ana lächelte schwach. „Dann lass uns den nächsten Schritt machen. Wir haben noch viel Arbeit vor uns."

Doch der Weg, den Alex nun einschlug, war gefährlich. Es war ein Weg voller Rätsel, von denen viele noch ungelöst waren, und von Feinden, die noch im Schatten lauerten. Doch eines war sicher: Er hatte keine Angst mehr. Die Wahrheit musste ans Licht kommen, und er würde nicht ruhen, bis er sie entdeckte.

„Für meinen Großvater", flüsterte Alex, als er mit Ana weiterging. „Ich werde es für ihn tun."

Die Schatten der Vergangenheit

Alex wachte mitten in der Nacht auf, der Schweiß hatte seine Stirn bedeckt, als er sich von einem Albtraum erhob. In seinen Träumen hatte er den Großvater gesehen, wie er flüsternd vor ihm stand und ihm ein Geheimnis anvertraute. Doch jedes Mal, wenn Alex versuchte, die Worte zu begreifen, verschwanden sie in der Dunkelheit.

Er fuhr sich mit der Hand über das Gesicht, um den Schweiß abzuwischen. Der Raum war still, der Mond schien schwach durch das Fenster, und doch fühlte sich der Druck auf seiner Brust unerträglich an. Es war diese ständige Erinnerung an den Großvater, diese unbeantworteten Fragen, die nicht losließen.

Er griff nach dem Stapel von Akten, den er mit Ana zusammengetragen hatte, und legte sie auf den Tisch. Der Inhalt war gefährlich. Sehr gefährlich. Das wusste er. Doch in diesem Moment gab es keine andere Wahl, als weiter nach der Wahrheit zu suchen. Die Welt musste erfahren, was hinter den Kulissen des kommunistischen Regimes in Rumänien verborgen war – und was sein Großvater damit zu tun hatte.

In dem Dokument, das er zuletzt durchgesehen hatte, stach eine Stelle besonders heraus. Es war ein unvollständiger Bericht, der sich auf ein geheimes Treffen in einem abgelegenen Teil Bukarests bezog. Das Datum war verblasst, aber es war kurz vor dem Fall des

Regimes, im Jahr 1989. Und ein Name war immer wieder erwähnt worden – der Name des Mannes, den sein Großvater als seinen größten Feind bezeichnet hatte.

Alex wusste, dass er diesen Mann finden musste. Doch die Akten gaben keine klaren Hinweise darauf, wo er sich aufhielt. Und je mehr er nachforschte, desto mehr war er sich sicher: Jemand wollte, dass er diese Spuren nicht weiter verfolgte.

Ana hatte ihm geraten, vorsichtig zu sein. Sie hatte ihn gewarnt, dass es Kräfte gab, die weit über das hinausgingen, was sie sich vorstellten. Und doch fühlte er sich angetrieben. Er konnte nicht einfach aufhören. Nicht jetzt. Nicht nachdem er so viele Lügen aufgedeckt hatte.

Er dachte an die Gespräche mit Ana, an die nächtlichen Treffen, bei denen sie die Puzzleteile zusammenfügten. Doch sie hatten nur an der Oberfläche gekratzt. Es gab noch so viel mehr, was sie nicht wussten. Wer hatte damals wirklich die Fäden gezogen? Welche Geheimnisse waren noch verborgen, die selbst Alex' Großvater nicht zu erzählen gewagt hatte?

Und dann war da noch der Schatten des Projekts K, das wie ein düsterer Schleier über allem lag. Was war der wahre Zweck dieses Projekts? War es nur ein politisches Machwerk, oder steckte mehr dahinter?

Der Raum fühlte sich plötzlich enger an, als Alex die Akten weiter durchblätterte. Es gab ein Foto, das er noch nie zuvor gesehen hatte – ein verschwommenes Bild von einem Mann, der in einem dunklen Raum stand. Der Mann trug einen Anzug, sein Gesicht war nur teilweise zu erkennen, doch Alex hatte das Gefühl, ihn zu kennen. Irgendwo hatte er diesen Mann schon einmal gesehen. Doch wo?

Ein Geräusch vor der Tür ließ ihn aufhorchen. Schnell versteckte er die Akten und griff nach einem Glas Wasser. Doch als er zur Tür ging und sie öffnete, stand niemand da.

„Alles in Ordnung?" fragte eine vertraute Stimme aus dem Schatten.

Ana stand im Flur, die Haare zerzaust und die Augen wach. Sie hatte offensichtlich genauso wenig geschlafen wie er.

„Du hast mich erschreckt", sagte Alex und ließ sie ein. „Was machst du hier?"

„Ich hatte das Gefühl, dass du es nicht alleine aushältst", antwortete Ana, als sie die Tür hinter sich schloss. „Ich wollte sicherstellen, dass du nicht wieder in etwas hineinschlidderst, das du nicht kontrollieren kannst."

„Es geht mir nicht nur um mich", sagte Alex und wies auf den Tisch mit den Akten. „Es geht darum, die Wahrheit herauszufinden. Mein Großvater hat sein Leben dafür gegeben, und ich kann nicht einfach aufhören, nur weil es gefährlich wird."

Ana setzte sich auf einen Stuhl und betrachtete ihn mit einem besorgten Blick. „Du hast keine Ahnung, was du da aufgedeckt hast, oder? Es sind nicht nur politische Mängel, die du aufdeckst. Es sind Menschen, die bereit sind, alles zu tun, um diese Geheimnisse zu bewahren. Und das sind keine einfachen Feinde."

Alex nickte. „Ich weiß, aber ich muss weitermachen. Es ist der einzige Weg, wie ich wirklich verstehen kann, was passiert ist. Und ich werde es tun – egal, wie gefährlich es wird."

Ana seufzte. „Du bist genauso stur wie dein Großvater, weißt du das?"

„Ich nehme das als Kompliment", sagte Alex mit einem schwachen Lächeln.

„Vielleicht solltest du einen Moment nachdenken und planen, bevor du weiter machst", schlug Ana vor. „Es gibt zu viele unklare Stellen. Wer weiß, ob das, was wir bisher herausgefunden haben, wirklich die ganze Geschichte ist?"

Alex starrte auf die Akten, die vor ihm lagen. Es gab so viele Hinweise, aber sie führten ihn nicht weiter. Es war, als ob jemand absichtlich eine Mauer zwischen ihm und der Wahrheit errichtet hatte. Doch er wusste, dass er nicht aufgeben konnte. Nicht jetzt.

„Ich werde mehr herausfinden", sagte Alex entschlossen. „Und ich werde sicherstellen, dass die Wahrheit ans Licht kommt – egal, wie tief wir graben müssen." Ana nickte, und es war klar, dass sie wusste, dass er nicht aufgeben würde. Aber sie hatte auch Angst, dass seine Entschlossenheit ihn in Gefahr bringen würde.

„Du hast mich, Alex", sagte sie schließlich. „Wir machen das zusammen."

Er nickte und stand auf. Die Nacht war noch jung, und die Wahrheit lag noch immer im Dunkeln. Doch Alex wusste, dass er nicht alleine war, und dass es jemanden an seiner Seite gab, der genauso entschlossen war wie er, das Geheimnis seines Großvaters zu lüften.

„Dann auf in die Nacht", sagte Alex und griff nach seiner Jacke. „Es gibt noch viel zu tun."

Die Straßen von Bukarest waren in der kühlen Nachtluft wie leer gefegt, nur das gelegentliche Rauschen eines Autos auf den asphaltierten Wegen brach die Stille. Alex und Ana hatten sich in einem kleinen Café im Zentrum der Stadt getroffen, weit entfernt von den üblichen Treffpunkten. Es war sicherer, so zu arbeiten. Ana hatte das Gefühl, dass sie immer näher an die dunkle Seite der Geschichte kamen, die Alex' Großvater so lange verschwiegen hatte.

„Du glaubst wirklich, dass wir die Antwort in diesen alten Akten finden können?" fragte Ana und lehnte sich zurück, während sie einen Schluck von ihrem Kaffee nahm. Ihr Blick war durchdringend, als ob sie in die Dunkelheit starrte, die sie zu durchdringen versuchten.

Alex nickte entschlossen. „Ja. Irgendetwas in diesen Dokumenten muss uns weiterhelfen. Ich bin mir sicher, dass mein Großvater nicht einfach nur ein harmloser Bürokrat war. Er war in etwas viel Größerem verwickelt. Und wenn ich nicht die ganze Wahrheit herausfinde, wird die Erinnerung an ihn für immer mit einem Schatten behaftet bleiben."

Ana betrachtete ihn mit besorgtem Blick, dann atmete sie tief durch. „Du hast recht. Aber wir müssen vorsichtig sein. Die Leute, die hier in dieser Stadt noch immer an der Macht sind, haben keine Skrupel. Wir sind es, die mit den Konsequenzen leben müssen, wenn wir zu viel aufdecken."

Alex hatte schon oft an die Gefahren gedacht, die sie riskierten, doch die Entschlossenheit in ihm war stärker als die Angst. Der Fall seines Großvaters war längst nicht nur eine familiäre Angelegenheit geworden – es war ein Kampf um die Wahrheit, die unbedingt ans Licht musste.

„Wir können nicht einfach im Dunkeln tappen und hoffen, dass wir alles richtig machen", fuhr Ana fort. „Ich denke, es wird Zeit, dass wir uns auch mit den Leuten aus der Vergangenheit deines Großvaters beschäftigen. Vielleicht gibt es noch jemanden, der mehr weiß. Aber diese Person könnte sehr gefährlich sein."

„Und wer soll das sein?" fragte Alex, neugierig. Ana beugte sich vor, leise und fast flüsternd. „Er hieß Mihail Petrescu. Er war ein enger Vertrauter deines Großvaters. Ein ehemaliger KGB-Agent, der nach dem Ende des kommunistischen Regimes verschwunden ist. Es gibt Gerüchte, dass er in ein Netzwerk von Schmugglern verwickelt war, die Informationen über die politischen Verhältnisse in Ost-Europa handelten. Und das könnte alles erklären. Wenn er noch lebt, dann ist er der Schlüssel zu allem." Alex' Magen zog sich zusammen. „Was denkst du, wie wir ihn finden können?"

Ana überlegte kurz, dann griff sie nach ihrem Telefon. „Ich habe ein paar Kontakte, die uns helfen könnten. Aber wir müssen uns beeilen. Es gibt Leute, die genau wissen, wer Mihail Petrescu ist, und die sich nicht wollen, dass sein Name wieder auftaucht."

Alex lehnte sich ebenfalls vor, die Spannung in der Luft war fast greifbar. „Hast du schon nach ihm gesucht?"

„Nicht direkt. Aber ich weiß, wo wir anfangen können", sagte Ana. „Es gibt ein verlassenes Gebäude am Rande der Stadt, das einst als Versteck für Leute wie ihn genutzt wurde. Wir könnten dort nach Hinweisen suchen, bevor irgendjemand merkt, dass wir an den Fäden ziehen." Alex nickte und stand auf. „Dann lasst uns keine Zeit verlieren. Wir müssen sofort los."

Sie verließen das Café und begannen ihren Weg durch die dunklen, verlassenen Straßen von Bukarest. Der Wind trug den muffigen Geruch von Geschichte mit sich, während sie sich dem verlassenen Gebäude näherten, das aus den 80er Jahren stammte. Es wirkte wie ein Relikt aus einer anderen Zeit, ein Monument der politischen Geheimnisse und des Verfalls.

Als sie das Gebäude erreichten, hielten sie inne. Es war quietschend und klappernd, als ob die Wände von den Jahren, die sie schon hinter sich hatten, aufgestützt wurden. Doch als sie die Tür aufstießen und in das verlassene Gebäude traten, war es, als ob die Dunkelheit selbst sie in ihren Bann zog.

„Sei vorsichtig", flüsterte Ana, als sie langsam in das Gebäude gingen. „Es gibt keine Garantie, dass wir hier ungestört bleiben."

Alex nickte, aber er spürte auch eine seltsame Aufregung in sich. Dieses Gebäude war ein Ort der Geheimnisse – und vielleicht war er der einzige, der die Wahrheit darüber herausfinden konnte.

„Ich werde mich auf den oberen Etagen umsehen", sagte Alex schließlich. „Du solltest unten bleiben, falls etwas schiefgeht."

Ana sah ihn an, als wollte sie noch etwas sagen, dann nickte sie und ging in eine andere Richtung. Alex stieg die staubigen Treppen hinauf. Der Geruch von Verfall lag in der Luft, und der Klang seiner Schritte hallte in den leeren, düsteren Hallen wider.

In der obersten Etage angekommen, fand er eine alte, verrostete Tür, die nur mit Mühe aufschwang. Dahinter befand sich ein Raum voller alter Akten und unordentlich abgelegter Papiere, deren Schriftzüge verblasst waren.

Doch etwas stach hervor – eine Kiste, die mit einem Vorhängeschloss gesichert war. Sie war aus Holz und sah aus, als hätte sie Jahre der Vernachlässigung hinter sich.

Alex wusste, dass dies der Durchbruch sein könnte. Doch als er die Kiste öffnete, fand er nicht nur Dokumente, sondern auch ein altes Foto – das gleiche Bild, das er schon in den Akten gesehen hatte. Ein Bild von Mihail Petrescu. Doch es war nicht nur er, der auf diesem Bild stand. Darauf war auch sein Großvater zu sehen – und etwas an der Situation auf diesem Foto war mehr als seltsam.

„Was hast du da gefunden?" fragte Ana, als sie plötzlich hinter ihm auftauchte, aus dem Dunkel der Treppe kommend.

Alex zeigte ihr das Foto, und in dem Moment wusste er, dass dies der Schlüssel zu allem war.

„Es ist Zeit, die Vergangenheit endgültig zu entwirren", sagte er leise.

Das Bild der Wahrheit

Ana nahm das Foto vorsichtig in die Hand und betrachtete es genau. Ihr Gesicht war undurchdringlich, doch Alex konnte die Fragen sehen, die in ihren Augen aufblitzten. Sie legte das Bild auf den Tisch und stützte sich mit beiden Händen auf die Kante. „Was genau ist hier los?" fragte sie, die Stimme leise, aber fest.

Alex trat einen Schritt zurück, seine Gedanken rasten. „Ich verstehe es nicht", murmelte er. „Warum würde mein Großvater mit Mihail Petrescu auf diesem Foto posieren? Und warum sah er so ruhig aus?"

Ana drehte das Bild um, als wollte sie nach weiteren Hinweisen suchen. Die Rückseite war mit einer handgeschriebenen Notiz versehen. Sie lehnte sich vor, las sie laut vor:

„Ein Moment der Wahrheit, den wir nie vergessen sollten. Wir haben alle unseren Platz in der Geschichte."

„Das… das ist von meinem Großvater", sagte Alex, die Augenbrauen zusammengezogen. „Aber warum würde er

das so aufbewahren? Es muss eine tiefere Bedeutung
haben."

Ana betrachtete das Bild noch einmal und seufzte.
„Vielleicht war dein Großvater nicht der Mann, der du
gedacht hast. Vielleicht war er in die dunklen
Machenschaften des Regimes tiefer verwickelt, als du es
dir vorstellen kannst. Aber wir müssen mehr
herausfinden, wenn wir verstehen wollen, was wirklich
passiert ist."

Alex nickte, obwohl er innerlich zu zerreißen schien. Die
Wahrheit über seinen Großvater konnte er einfach nicht
akzeptieren – und doch war er sich sicher, dass er sie
finden musste, egal wie schmerzhaft es werden würde.

„Was machen wir jetzt?" fragte er schließlich. Ana
überlegte kurz und sah dann entschlossen auf. „Wir
müssen Mihail Petrescu finden. Wenn er wirklich das
Versteck deines Großvaters kannte, dann weiß er mehr,
als uns lieb ist. Und vielleicht hat er noch die Schlüssel
zu den letzten Geheimnissen, die du entschlüsseln
musst."

„Und wo genau sollen wir ihn finden?" fragte Alex,
immer noch unsicher, wie sie die Suche fortsetzen
sollten.

„Ich habe Kontakte", sagte Ana. „Aber ich kann nicht
versprechen, dass sie uns helfen. Mihail war ein Ghost –
ein Schatten der Vergangenheit, und viele, die mit ihm zu

tun hatten, haben den Mund gehalten. Aber wir könnten es trotzdem versuchen."

Alex nickte. „Dann lass uns keine Zeit verlieren."

Sie verließen das Gebäude und machten sich auf den Weg zu Anas Kontakt. Die Nacht war tief, und die Stadt hatte ihren vertrauten, fast geisterhaften Schlaf eingenommen. Doch für Alex und Ana gab es keine Ruhe. Sie wussten, dass sie in den Schatten der Geschichte vorgedrungen waren und dass sie nicht ohne Antwort herauskommen würden.

„Es fühlt sich an, als ob wir langsam in einen Strudel geraten", sagte Ana nach einer Weile, während sie durch die leeren Straßen fuhren.

„Ja", antwortete Alex. „Aber ich werde nicht aufgeben. Ich werde die Wahrheit über meinen Großvater herausfinden, koste es, was es wolle."

„Und was, wenn die Wahrheit gefährlicher ist, als du dir vorstellen kannst?" fragte Ana und warf ihm einen prüfenden Blick zu.

„Dann werde ich mich der Gefahr stellen", sagte Alex entschlossen.

Ana sah ihn lange an, dann nickte sie. „Das habe ich mir schon gedacht. Dann lass uns herausfinden, wie tief dieser Strudel wirklich reicht."

Die Suche nach Mihail Petrescu führte sie in das Herz von Bukarest, zu einem der wenigen Orte, an denen sich die letzten Überbleibsel der alten, kommunistischen Geheimdienstnetzwerke noch verborgen hielten. Der alte Mann war ein Phantom, ein Gespenst der Vergangenheit, aber er war ihre einzige Chance, an die entscheidenden Informationen zu kommen.

Als sie in das heruntergekommene Viertel kamen, in dem ihr Kontakt angeblich lebte, spürte Alex die Spannung in der Luft. Hier gab es keine Sicherheit, keine einfachen Antworten. Alles, was sie hatten, war das Foto und die vagen Erinnerungen an ein anderes Leben, das längst verblasst war.

„Bleib in der Nähe", sagte Ana, als sie das Auto parkte und sich zu einem unscheinbaren Gebäude auf der anderen Straßenseite begaben. „Wenn hier wirklich noch Leute aus der alten Zeit leben, müssen wir vorsichtig sein."

Alex nickte und folgte ihr in das Gebäude. Es roch nach altem Holz und Verfall. Die Flure waren düster, die Wände schienen ihre eigene Geschichte zu erzählen, eine Geschichte, die längst in den Schatten der Vergangenheit verschwunden war. Doch als sie an die Tür des kleinen Apartments klopften, öffnete sich diese schnell.

„Wer seid ihr?" fragte ein alter Mann, der ihnen mit scharfen Augen entgegenblickte. Er war in eine abgetragene Jacke gehüllt, sein Gesicht von den Jahren gezeichnet.

Ana trat einen Schritt vor. „Wir suchen Mihail Petrescu. Haben Sie Informationen über ihn?"

Der Mann starrte sie an, sein Blick schien sie durchbohren zu wollen. Doch nach einer langen, unangenehmen Stille nickte er schließlich. „Er ist nicht hier", sagte er mit rauer Stimme. „Aber ich weiß, wo er ist."

Alex hielt den Atem an. „Wo?"

Der Mann zögerte einen Moment, dann trat er einen Schritt zur Seite und öffnete die Tür weiter. „Kommt rein. Ich habe euch etwas zu zeigen."

Der Mann ließ sie eintreten, und die Tür schloss sich leise hinter ihnen. Die Luft im Raum war dick, und es roch nach altem Papier und Staub. Ein kleines Fenster bot einen Blick auf die schmutzige Straße draußen, und das einzige Licht kam von einer flimmernden Lampe an der Decke. Der Mann führte sie zu einem Tisch in der Ecke des Zimmers, auf dem stapelweise Akten und vergilbte Fotos lagen.

„Setzt euch", sagte er und deutete auf die Stühle. „Mihail Petrescu ist ein Mann der Vergangenheit. Er verschwindet immer wieder, wie ein Schatten. Aber ich weiß, wo er sich versteckt. Und was er von euch will."

Ana und Alex setzten sich, und der alte Mann setzte sich gegenüber. „Ich kann euch nicht alles sagen. Aber ich kann euch den letzten Hinweis geben, den ihr braucht."

Er griff nach einem abgegriffenen Ordner und legte ihn vorsichtig auf den Tisch. „Was ihr hier seht, sind Dokumente aus einer Zeit, die niemand mehr erwähnen möchte. Es sind Akten des Securitate, des rumänischen Geheimdienstes. Die Leute, die darin erwähnt werden, sind entweder tot oder verschwunden. Und Mihail Petrescu war einer von ihnen. Aber er hat einen Fehler gemacht."

Alex beugte sich vor, seine Augen fixierten den Ordner. „Was für einen Fehler?"

Der Mann zog ein einzelnes, vergilbtes Blatt aus dem Ordner und schob es auf den Tisch. „Das ist der Fehler. Es ist ein Schreiben, das an deinen Großvater adressiert war. Ihr Name steht da drin, und es geht um das, was damals passiert ist – um die Zusammenarbeit mit dem Regime. Dein Großvater hat Petrescu gedeckt, und Petrescu hat das in seiner Gier ausgenutzt. Doch er wusste zu viel, und er hat die Fehler der anderen ausgenutzt, um sich selbst zu schützen."

Ana nahm das Blatt in die Hand und las die Worte leise. „Es steht hier, dass dein Großvater in eine geheime Mission verwickelt war. Und dass er Petrescu geholfen hat, wichtige Dokumente zu stehlen. Es könnte das erklären, warum er verschwunden ist. Aber was genau passierte... das bleibt unklar."

Alex starrte auf das Dokument. Das, was er sich immer gedacht hatte, war nicht einfach nur eine Verschwörung – es war eine Wahrheit, die sich immer tiefer in die Schatten der Vergangenheit grub. „Und was bedeutet das für uns?"

„Es bedeutet, dass Petrescu in einem Versteck lebt, das du nie finden wirst, es sei denn, du kennst den Ort", sagte der alte Mann. „Aber es gibt eine Möglichkeit, ihn zu finden. Und das ist der Grund, warum du hergekommen bist."

Alex fühlte sich plötzlich unwohl. „Was genau meinen Sie?"

Der Mann griff nach einer weiteren Akte, in der eine Karte verborgen war. Sie war alt und zerknittert, aber sie zeigte eine Stelle in der Nähe von Bukarest, an die Alex nie gedacht hätte: eine verlassene Fabrik am Rande der Stadt. „Das ist der Ort, den du suchen musst. Petrescu hat seine Spuren hier hinterlassen. Dein Großvater wusste es, aber es war zu spät, als er es entdeckte. Doch wenn du Petrescu findest, wirst du auch die Wahrheit finden, warum dein Großvater tot ist."

Ana nahm die Karte und sah sie sich an. „Bist du sicher, dass er da ist?"

„Ich kann es nicht mit Sicherheit sagen. Aber wenn ihr weiterkommen wollt, dann führt euch dieser Weg zum Ziel", antwortete der Mann mit einem schiefen Lächeln.

„Danke", sagte Ana und stand auf. „Wir werden den Weg weitergehen."

Alex wollte sich bedanken, doch der Mann hielt ihn zurück. „Seid vorsichtig. Es gibt Leute, die diese Geheimnisse bewahren wollen. Und sie werden alles tun, um zu verhindern, dass ihr sie ans Licht bringt."

„Wir wissen, was auf dem Spiel steht", sagte Ana bestimmt. „Aber wir werden nicht zurückweichen." Alex nickte. „Der Weg zur Wahrheit führt uns immer tiefer, aber wir haben keine Wahl. Wir müssen wissen, was mit meinem Großvater passiert ist."

Sie verließen das Gebäude und machten sich auf den Weg zu dem verlassenen Fabrikgelände. Die Nacht hatte sich noch weiter verdichtet, und die Straßen von Bukarest waren leer und unheimlich still. Doch für Alex und Ana war dies der Moment, in dem sich ihre Reise endgültig zuspitzte. Sie waren kurz davor, die letzten Geheimnisse der Vergangenheit zu lüften.

„Hoffentlich finden wir dort Antworten", sagte Alex nach einer Weile.

Ana warf ihm einen Blick zu. „Wenn nicht, müssen wir uns auf die Suche nach anderen Hinweisen machen. Aber wir sind nicht allein. Es gibt immer mehr Menschen, die das gleiche wollen – die Wahrheit herausfinden."

Alex nickte und atmete tief ein. „Dann auf in die Nacht."

Mit einem letzten Blick auf die Karte setzten sie ihren Weg fort.

Das Verborgene Licht

Die Stunden zogen sich in der Dunkelheit, als Alex und Ana dem verlassenen Fabrikgelände immer näher kamen. Die Straßen in Bukarest wurden zunehmend ruhiger, und der Wind schlich durch die leeren Gassen, als wollte er sie warnen. Doch sie gingen unbeirrt weiter, der Weg vor ihnen verschwand fast vollständig im Nebel der Vergangenheit.

Die Fabrik, die sie suchten, war ein alter, roter Backsteinbau, der mit Graffiti bedeckt und von der Zeit verfallen war. Das Tor stand halb offen, als ob es sie schon erwartet hätte, und der Geruch von Rost und Staub lag in der Luft. Der Ort fühlte sich falsch an, und doch war er der einzige Hinweis, den sie hatten.

„Es fühlt sich an, als würden wir das Ende eines langen Kapitels erreichen", murmelte Ana, während sie das Tor mit einem Knarren aufschob.

„Oder den Beginn eines noch dunkleren Geheimnisses", antwortete Alex, und seine Stimme war ernst. „Wenn hier die Antworten auf die Fragen liegen, dann sollten wir vorsichtig sein."

Sie betraten das Gelände und gingen langsam in das Innere der Fabrik. Die Geräusche ihrer Schritte hallten durch die weiten, verlassenen Hallen, und es war schwer, sich vorzustellen, dass dieser Ort einst Leben und Arbeit beherbergt hatte. Jetzt war er nur noch ein Mahnmal der Vergänglichkeit.

„Hier gibt es nichts", flüsterte Ana, als sie einen Raum betrat, der mit verfallenen Maschinen und Staub bedeckt war. „Vielleicht sind wir zu spät gekommen. Vielleicht hat jemand anderes schon die Antwort gefunden."

Alex ging weiter und blieb vor einer alten, zerbrochenen Tür stehen. „Vielleicht nicht. Wir sind noch nicht am Ende."

Mit einem kräftigen Stoß öffnete er die Tür, und dahinter offenbarte sich ein Raum, der anders war als der Rest der Fabrik. Auf dem Boden lagen verstreut alte Akten und Dokumente, und in der Mitte des Raumes stand ein Tisch. Auf dem Tisch lag ein altes Foto, das von einem zerbrochenen Rahmen umgeben war. Alex kniete sich nieder und nahm das Foto in die Hand.

Es zeigte seinen Großvater, jung und lebendig, zusammen mit einem Mann, den er nie gesehen hatte. Doch etwas an dem Bild war seltsam – die Atmosphäre war angespannt, fast feindselig.

„Das Bild…", flüsterte Alex und drehte es um. Auf der Rückseite war eine Botschaft geschrieben, die seine Finger fast zitternd berührten. „Es ist der Hinweis. Der letzte. Wir müssen zurück… nach Hause."

Ana trat hinter ihn und las die Worte mit ihm. „„Wenn du dies findest, weißt du, dass es zu spät ist, die Vergangenheit zu ändern. Aber du kannst sie in Erinnerung bewahren, damit niemand vergisst, was hier geschehen ist.""

Alex spürte eine kalte Hand der Erkenntnis in seinem Inneren. Der Großvater war nie wirklich tot gewesen. Es war immer eine Lüge gewesen – er war verschwunden, weil er wusste, dass er der Vergangenheit nicht entkommen konnte. Und das Foto, dieser letzte Hinweis, hatte ihm alles offenbart.

„Wir haben die Antwort", sagte er, und es war keine Erleichterung, die er empfand. Es war eher ein Gefühl der Schwere, als er den Blick auf das Foto richtete und die Dunkelheit des Geheimnisses tief in sich aufnahm.

Ana legte ihm eine Hand auf die Schulter. „Es gibt Dinge, die man nicht ändern kann, Alex. Aber wir können dafür sorgen, dass dein Großvater nicht vergessen wird. Was immer auch hinter all dem steckt – es wird ans Licht kommen."

Alex sah sie an, und er wusste, dass sie recht hatte. Es gab keinen Weg zurück. Die Wahrheit war nun ans Licht gekommen, und egal, wie schmerzhaft sie auch war, sie würde ihn und Ana nie wieder loslassen.

Langsam drehten sie sich um und verließen den Raum. Die Fabrik, die einst ein Ort des Geheimnisses war, lag nun hinter ihnen. Doch die Schatten, die sie dort gefunden hatten, würden sie immer begleiten, während sie die Wahrheit über den Großvater und die dunklen Geheimnisse des Regimes weiter entwirren würden.

Und so, als die Tür hinter ihnen ins Schloss fiel, fühlte es sich an, als hätten sie nicht nur einen Ort verlassen, sondern auch ein Kapitel in ihrer eigenen Geschichte, das sie nie vergessen würden.

Ein neues Licht

Die Straße, die sie zurück in die Stadt führte, war von Nebel umhüllt, und der Himmel war von einem trüben Grau bedeckt. Es fühlte sich an, als ob die Dunkelheit die letzten Reste des Geheimnisses, das sie so lange verfolgt hatte, verschluckte. Doch im Inneren von Alex brannte ein neues Gefühl – eine Mischung aus Erleichterung und Wut.

Er hatte die Wahrheit gefunden. Aber diese Wahrheit, so schmerzhaft sie auch war, ließ ihn nicht ruhen. Was war das für ein Spiel, das hier gespielt wurde? Warum hatte sein Großvater, ein Mann, der stets im Schatten des Regimes lebte, der es schaffte, der Welt zu entkommen, in der er lebte, nie mit ihm darüber gesprochen? Warum hatte er nicht versucht, Alex vor diesem düsteren Erbe zu bewahren?

„Weißt du, was das Schlimmste an all dem ist?" fragte Ana, als sie mit ihm den engen Bürgersteig entlangging. „Nicht die Lügen, sondern dass du die Wahrheit herausgefunden hast, und trotzdem ist alles noch unklar. Du wirst nie ganz sicher sein, was wirklich geschehen ist."

Alex nickte. „Ja, es fühlt sich an, als würde ich in einem Labyrinth aus Lügen und Geheimnissen gefangen sein, ohne einen klaren Ausweg."

„Und doch sind wir hier", sagte Ana. „Wir haben einen Schritt weiter gemacht. Du bist nicht mehr der Junge, der vor der Suche nach der Wahrheit weggelaufen ist. Du bist jemand, der sich der Geschichte stellt. Auch wenn sie schwer ist."

Alex hielt inne und sah sich um. Der Nebel legte sich dichter um die Stadt, als ob sie ihn und Ana in ein ungewisses Morgen verschlingen wollte. Aber er wusste, dass die Reise noch lange nicht zu Ende war. Der Tod seines Großvaters, die Geheimnisse des Regimes, die Verstrickungen mit dem Diktator – all das war Teil einer Geschichte, die er nicht mehr ignorieren konnte.

„Wir müssen mehr herausfinden", sagte er schließlich mit fester Stimme. „Der Großvater wusste etwas, und es ist zu wichtig, um es einfach zu ignorieren. Es gibt noch mehr Hinweise, die wir entdecken müssen."

Ana hielt an und blickte ihn ernst an. „Ich verstehe, dass du eine Antwort willst. Aber du weißt, dass es gefährlich ist. Es gibt Leute, die alles tun werden, um sicherzustellen, dass diese Geheimnisse nie ans Licht kommen. Du musst dich entscheiden, ob du weiter nach der Wahrheit suchen willst, auch wenn das bedeutet, dass du in ein noch tieferes Dunkel eintauchst."

Alex dachte kurz nach. Er wusste, was Ana meinte. Es gab immer noch Kräfte, die versuchten, das Erbe der Vergangenheit zu verbergen – und dazu gehörten auch die Menschen, die für das Verschwinden seines Großvaters verantwortlich waren. Doch er hatte schon so viel verloren. Diese Reise hatte ihn zu einem anderen Menschen gemacht, einem, der nicht länger in der Unwissenheit leben konnte.

„Ich habe keine Wahl", sagte er schließlich. „Ich werde weitermachen, bis ich herausfinde, was hier wirklich passiert ist."

Ana nickte. „Dann bin ich bei dir. Wir werden es gemeinsam durchstehen."

Der Entschluss war gefasst. Auch wenn der Weg, der vor ihnen lag, ungewiss war, wusste Alex, dass er ihn nicht alleine gehen würde. Die Suche nach der Wahrheit würde ihn nicht nur durch die Dunkelheit der Vergangenheit führen, sondern auch zu einer Zukunft, in der er endlich Frieden finden konnte.

„Wir brauchen einen Plan", sagte Alex, und sein Blick verfestigte sich. „Wir müssen die Verbindung zu diesem geheimen Netzwerk finden, das die Verantwortung für all das trägt. Nur so können wir die Puzzleteile zusammenfügen."

Ana sah ihn an, ein Funken von Entschlossenheit in ihren Augen. „Dann sollten wir uns auf den Weg machen, bevor das Netz der Lügen uns einholt."

Mit einem letzten Blick auf die Stadt, die in den Nebel versank, drehten sie sich um und gingen weiter. Die Antwort auf die Frage, die sie quälte, lag noch in weiter Ferne, aber eines wusste Alex jetzt mit Sicherheit: Der Kampf hatte gerade erst begonnen. Und er würde nicht ruhen, bis die Wahrheit ans Licht kam.

Der Weg der Entschlüsselung

Die Tage vergingen, und Alex und Ana tauchten immer tiefer in das Netz der Lügen ein. Sie verbrachten Stunden in Archiven, durchwühlten alte Akten und sprachen mit den wenigen Überlebenden aus der Zeit des Regimes, die noch lebendig waren. Doch je mehr sie entdeckten, desto mehr schien sich die Geschichte ihres Großvaters mit den dunklen Machenschaften des kommunistischen Regimes zu verweben.

Es gab keine klaren Antworten. Nur Indizien. Ein mysteriöser Mann tauchte immer wieder in den Akten auf – ein Berater des Diktators, der selbst nie namentlich genannt wurde. Der Name war immer nur als „Mister Z" vermerkt. Er war derjenige, der vor und nach dem Tod des Großvaters eine entscheidende Rolle gespielt hatte.

„Mister Z… Wer ist dieser Mann?", fragte Alex frustriert und starrte auf die Dokumente vor ihm. „Warum scheint er überall zu sein, aber niemand weiß, wer er wirklich ist?"

Ana beugte sich über den Tisch, ihre Finger tasteten die Akten ab. „Vielleicht war er eine Marionette des Regimes. Jemand, der nie offiziell auftauchte, aber im Hintergrund alles kontrollierte. Der wahre Drahtzieher."

Alex nickte nachdenklich. „Der Großvater muss etwas über ihn gewusst haben. Vielleicht war er der Schlüssel."

Ihre Nachforschungen führten sie zu einem abgelegenen Ort, weit außerhalb der Stadt – einem verlassenen Landhaus, das in den Akten als letzter Aufenthaltsort des Großvaters vor seinem Verschwinden genannt wurde. Es war ein Ort, den Alex nie zuvor gehört hatte, aber er wusste, dass sie dort Antworten finden würden.

„Es gibt nichts, was uns aufhalten kann", sagte Ana, als sie sich auf den Weg machten. „Wir wissen, dass es riskant ist, aber du bist nicht mehr der junge Mann, der damals in Unsicherheit lebte. Du hast jetzt ein Ziel." „Und dieses Ziel ist, den Menschen, die meinem Großvater das Leben genommen haben, die Wahrheit zu entziehen", antwortete Alex entschlossen.

Der Weg zum Landhaus war lang und die Straßen wurden immer schmaler, bis sie schließlich vor einem großen, verwilderten Gebäude standen. Der Garten war überwuchert, das Gebäude selbst war von der Zeit gezeichnet, und eine unheimliche Stille lag in der Luft.

„Das ist der Ort", flüsterte Alex, als er das verfallene Gebäude betrachtete. „Hier hat er die letzten Tage seines Lebens verbracht."

Ana zögerte nicht. Sie trat vor und öffnete die Tür. Ein Knarren erfüllte die Luft, und der Raum war von Staub und Dunkelheit umhüllt. Doch als sie eintraten, spürten sie sofort eine seltsame Präsenz.

„Es fühlt sich an, als ob der Raum noch immer von den Ereignissen durchzogen ist, die hier stattgefunden haben", sagte Ana.

„Und ich will wissen, was hier passiert ist", erwiderte Alex und ging weiter in den Raum. „Die Antworten müssen hier irgendwo sein."

Sie durchsuchten das Gebäude von oben bis unten, und als sie in einem kleinen, versteckten Raum unter dem Dachboden stießen, fanden sie etwas, das ihre Herzen einen Moment lang stocken ließ: ein altes, brüchiges Tagebuch, das auf einem kleinen Holztisch lag.

Alex nahm das Tagebuch vorsichtig in die Hand und öffnete es. Die Schrift war kaum noch lesbar, doch die Worte, die er las, ließen ihm das Blut in den Adern gefrieren.

„Mein Großvater wusste, was kommen würde", murmelte er. „Er wusste, dass sie ihn irgendwann finden würden."

Ana trat näher und las mit ihm. Die letzten Einträge des Großvaters waren wirr, doch sie offenbarten einen entscheidenden Hinweis – er hatte es geahnt. Die dunklen Machenschaften des Regimes, die Verstrickungen, und das Wissen um Mister Z, den mysteriösen Berater, der nie in der Öffentlichkeit zu finden war.

„Er hat alles dokumentiert", sagte Ana leise. „Er wusste, dass er nicht entkommen konnte. Aber er wollte, dass du die Wahrheit herausfindest. Es war seine letzte Bitte."

Alex schloss das Tagebuch und sah Ana an. „Ich muss wissen, wie Mister Z mit all dem in Verbindung steht. Und warum mein Großvater ihn verraten wollte. Es ist der einzige Weg, um die ganze Wahrheit zu erfahren."

Ana nickte. „Es wird gefährlich. Aber wir haben keine Wahl."

Die Dunkelheit des Raumes schien sie zu umhüllen, während sie sich entschieden, was als Nächstes zu tun war. Doch in diesem Moment wusste Alex, dass er niemals wieder der gleiche Mensch sein würde. Die Wahrheit, die sie suchten, war nicht nur die Antwort auf das Geheimnis seines Großvaters – sie war der Schlüssel zu einer viel größeren Geschichte, die noch erzählt werden musste.

Das letzte Rätsel

Alex und Ana verließen das verfallene Landhaus, das Tagebuch sicher in Alex' Händen. Der Schock über das, was sie gerade erfahren hatten, ließ sie für einen Moment in stummem Schweigen verharren. Doch die Dunkelheit, die sie umhüllte, drängte sie dazu, sich wieder zu bewegen. Das letzte Stück des Puzzles war noch nicht vollständig. Es gab noch immer einen Teil der Geschichte, den sie nicht verstanden.

„Mister Z", sagte Alex nach einer langen Pause, als sie im Auto saßen. „Was hat er wirklich mit dem Tod meines Großvaters zu tun? Warum ist er so wichtig, wenn er nie in der Öffentlichkeit war?"

„Wir müssen tiefer graben", antwortete Ana ruhig. „Er war mehr als nur ein Berater. Er war jemand, der im Hintergrund die Fäden zog. Vielleicht hat dein Großvater seine Rolle erkannt und ist ihm in den Weg gekommen."

„Aber warum? Warum wollte er meinem Großvater schaden?", fragte Alex verzweifelt.

Ana schüttelte den Kopf. „Das ist die Frage, die du selbst beantworten musst. Doch ich habe das Gefühl, dass die Antwort nicht in den Akten oder den Berichten zu finden ist. Es geht tiefer, Alex. Vielleicht müssen wir die Verbindung zu dem, was dein Großvater mit dem Diktator selbst zu tun hatte, weiter verfolgen." Alex nickte, doch ein Gedanke ließ ihn nicht los. „Was, wenn sie meinen Großvater absichtlich aus dem Weg geräumt haben, weil er mehr wusste, als er je preisgegeben hat? Was, wenn er nicht nur über Mister Z Bescheid wusste, sondern auch über andere, die im Verborgenen agierten?"

Ana starrte ihn für einen Moment an, als ob sie eine neue

Erkenntnis hatte. „Es könnte sein, dass er wirklich ein Spielball in einem größeren Plan war. Und wer weiß, vielleicht hat er Informationen, die die ganze Machtstruktur des Regimes bedrohen."

„Dann müssen wir herausfinden, was er wusste", sagte Alex entschlossen. „Und wir müssen herausfinden, wer Mister Z wirklich ist."

In den folgenden Tagen suchten sie weiter nach Antworten. Sie kontaktierten Archivare, sprachen mit ehemaligen politischen Gefangenen und durchforsteten Geheimdienstakten aus den letzten Jahren des Regimes. Doch sie fanden keine konkreten Hinweise auf Mister Z. Der Name war immer wieder in Verbindung mit geheimen Missionen und verdeckten Operationen aufgetaucht, doch es gab keine endgültige Spur.

Doch dann, in einer der Akten, die sie zufällig fanden, stießen sie auf einen Brief. Der Brief war an einen hochrangigen Regierungsbeamten gerichtet, den Alex noch nie zuvor gehört hatte, aber der Name kam ihnen bekannt vor. Er war in einem Dokument erwähnt worden, das sich auf die Machtkämpfe innerhalb des Regimes bezog.

Der Brief war mit „Vertraulich" gekennzeichnet, und der Inhalt schickte einen Schauer über Alex' Rücken. Es war eine Warnung. Ein Hinweis darauf, dass jemand in den höchsten Kreisen der Regierung befürchtete, dass der

Großvater zu viel wusste – und dass er eliminiert werden musste, um das Geheimnis zu bewahren.

„Das ist es", murmelte Alex. „Das ist der Beweis. Mein Großvater war in etwas verwickelt, das noch viel größer war, als wir dachten."

Ana nickte nachdenklich. „Es gibt noch viel mehr zu entdecken, aber wir kommen der Wahrheit immer näher. Du musst bereit sein, alles zu riskieren, Alex. Die Gefahr wächst mit jeder Entdeckung, die du machst." „Ich weiß", antwortete er, seine Stimme fest. „Aber ich muss wissen, was passiert ist. Ich kann nicht zulassen, dass mein Großvater für immer in Vergessenheit gerät."

In diesem Moment war es klar, dass sie sich auf einen gefährlichen Weg begaben. Die Wahrheit, die sie suchten, würde sie nicht nur in die Tiefen des Kommunismus führen, sondern auch in die düsteren Geheimnisse der Mächtigen. Doch Alex war bereit, alles zu riskieren. Denn er wusste, dass er nicht nur für seinen Großvater kämpfte, sondern auch für die Gerechtigkeit, die nie erlangt worden war.

Der finale Schritt

Die Tage vergingen, und die Ermittlungen führten Alex und Ana tiefer in das Netz aus Lügen und Machtspielen, das das kommunistische Regime in Rumänien durchzogen hatte. Doch je mehr sie entdeckten, desto mehr fühlte sich Alex wie ein kleines Rädchen im Getriebe einer viel größeren Maschine. Es gab Momente, in denen er sich fragte, ob es überhaupt möglich war, die Wahrheit zu finden. Doch der Drang, das Geheimnis seines Großvaters zu lüften, trieb ihn weiter.

„Wir müssen zur Quelle gehen", sagte Ana eines Abends, als sie in einem Café in der Nähe der alten Aktenarchive saßen. Ihr Blick war ernst, und ihr Tonfall war fest. „Wir müssen Mister Z finden. Wenn er wirklich der Schlüssel zu allem ist, dann müssen wir ihm begegnen."

Alex nickte. Es war klar, dass sie keinen Schritt mehr zurückgehen konnten. Sie hatten zu viele Hinweise gesammelt, zu viele unbeantwortete Fragen, und die Sache war jetzt persönlich geworden. Alex wusste, dass Mister Z nicht einfach ein Name in einer Akte war. Er war das unbekannte Rätsel, das alles zusammenhielt – das Bindeglied zwischen seinem Großvater und dem Diktator.

„Wo können wir ihn finden?", fragte Alex, als er seine Finger über die alten, vergilbten Dokumente auf dem Tisch strich. „Gibt es überhaupt eine Möglichkeit, an ihn heranzukommen?"

Ana nahm einen tiefen Atemzug, ihre Augen blickten entschlossen auf das Papier vor ihr. „Mister Z war mehr als nur ein Informant oder Berater. Er war ein Drahtzieher. Er hat sich in den Schatten bewegt, er hat mit den Mächtigen gespielt. Es gibt Gerüchte, dass er einen geheimen Ort hatte, an dem er sich vor der Welt versteckte. Ein Ort, den nur wenige kannten. Aber... wir brauchen die richtigen Verbindungen, um ihn zu finden."

„Und wo sind diese Verbindungen?"

Ana zögerte einen Moment, bevor sie antwortete. „In Bukarest gibt es noch immer Leute, die wissen, was damals passiert ist. Alte Freunde, die sich zurückgezogen haben. Sie haben vielleicht die Antworten, die wir suchen. Aber du musst vorsichtig sein. Nicht jeder wird uns helfen wollen."

Die nächsten Tage verbrachten sie damit, sich mit den wenigen Überlebenden aus jener Zeit zu treffen – Menschen, die das Regime überlebt hatten und nun in den Schatten lebten, abseits der öffentlichen Aufmerksamkeit. Sie alle hatten eines gemeinsam: Sie wollten die Vergangenheit hinter sich lassen. Doch als sie Alex und Ana von den Geheimnissen erzählten, wurde es klar, dass die Erinnerung an die dunkle Zeit niemals wirklich verblassen würde.

Einer dieser Menschen, ein ehemaliger Geheimdienstmitarbeiter, gab ihnen schließlich den entscheidenden Hinweis. „Mister Z war ein Phantom", sagte er mit leiser Stimme. „Er war überall, aber doch nirgends. Aber es gibt einen Ort, an dem er öfter war – ein altes, verlassenes Gebäude in der Nähe des Bahnhofs. Wenn er noch lebt, wird er dort sein."

„Danke", sagte Ana, als sie sich erhob. „Das könnte unser letzter Schritt sein."

„Seid vorsichtig", warnte der Mann, „denn es gibt noch immer Menschen, die in den Schatten lauern. Die Vergangenheit ist nicht so tot, wie du denkst."

Alex und Ana machten sich auf den Weg zu dem verlassenen Gebäude. Die Sonne war bereits untergegangen, und die Straßen von Bukarest waren fast menschenleer. Das Gebäude, das sie suchten, war von außen eher unscheinbar, als ob es seit Jahren verlassen war. Doch Alex wusste, dass dies der Ort war, an dem die Antwort auf all seine Fragen lag.

Als sie das Gebäude betraten, war es stockdunkel. Der Staub in der Luft ließ alles in einem mysteriösen, fast gespenstischen Licht erscheinen. Sie schlichen sich vorsichtig weiter, bis sie auf eine verschlossene Tür stießen. Ana zog einen kleinen Satz Schlüssel aus ihrer Tasche und öffnete die Tür, die ins Innere führte.

„Bist du bereit?", fragte sie, als sie den Raum betraten.

„Ich muss es wissen", antwortete Alex, und mit einem

tiefen Atemzug setzte er einen Fuß in den Raum. Dort,

in der Dunkelheit, standen sie plötzlich einem Mann

gegenüber, der aus den Schatten hervorkam. Er war älter, mit grauen Haaren und einem scharfen Blick, der Alex und Ana sofort musterte.

„Mister Z", sagte Alex leise.

Der Mann lächelte schwach, als er sie ansah. „Ich wusste, dass es irgendwann so weit kommen würde", sagte er mit einer tiefen, ruhigen Stimme. „Ihr habt die Wahrheit gesucht, und nun seid ihr hier."

„Was haben Sie mit meinem Großvater gemacht?", fragte Alex mit fester Stimme.

Mister Z seufzte und trat einen Schritt näher. „Dein Großvater war ein Mann mit viel Wissen und noch mehr Fragen. Er wusste, dass das Regime in Gefahr war. Und er wusste, dass er zu viel wusste. Deshalb musste er entfernt werden. Doch er wollte nicht gehen, ohne seine Geheimnisse preiszugeben."

„Also haben Sie ihn getötet?" Alex' Stimme zitterte vor Wut.

„Nicht direkt", antwortete Mister Z ruhig. „Es war das System, das ihn verschlang. Aber ich habe dafür gesorgt, dass er seine letzten Tage in Frieden verbringen konnte. Dein Großvater hat mehr als nur das Regime verstanden. Er war ein Schlüssel zu etwas, das größer war als das, was du dir vorstellen kannst."

Alex starrte ihn an. Es war der Moment, auf den er so lange gewartet hatte. Doch je mehr er erfuhr, desto mehr fühlte er sich, als ob er in einen Strudel gezogen wurde, aus dem er nicht mehr herauskam.

„Warum erzählen Sie mir das alles jetzt?", fragte Ana.

„Weil die Zeit gekommen ist", sagte Mister Z mit einem Blick, der sowohl Trauer als auch Erleichterung in sich trug. „Die Wahrheit muss ans Licht kommen. Und du, Alex, bist derjenige, der sie verbreiten muss."

Mit diesen Worten verließ der Mann die Dunkelheit und verschwand aus ihrem Leben – ebenso plötzlich und geheimnisvoll, wie er aufgetaucht war. Doch die Antwort, die Alex gesucht hatte, war endlich klar.

Die Entscheidung

Alex stand stumm in dem Raum, seine Gedanken rasten. Es war, als ob ein unsichtbares Gewicht auf ihm lastete, das ihm den Atem raubte. Alles, was er über seinen Großvater zu wissen geglaubt hatte, wurde in Frage gestellt. Die Wahrheit war viel komplexer und düsterer, als er je erwartet hatte. Sein Großvater war nicht nur ein Opfer des Regimes – er hatte sich tief in den politischen Machenschaften verstrickt. Vielleicht hatte er Dinge gesehen und gewusst, die weit über das hinausgingen, was Alex sich je hätte vorstellen können. „Was bedeutet das für uns jetzt?", fragte Ana, ihre Stimme war ruhig, aber der ernste Ausdruck in ihren Augen verriet, dass auch sie von der Enthüllung erschüttert war.

Alex seufzte und drehte sich zu ihr um. „Es bedeutet, dass mein Großvater nicht einfach getötet wurde, weil er ein einfacher Mann war. Er hatte Wissen, das die Regierung nie wollte, dass es ans Licht kommt. Vielleicht war er nicht der Held, den ich mir vorgestellt hatte... aber er war ein Mann, der für das gekämpft hat, was er für richtig hielt. Auch wenn das viele Menschen das Leben gekostet hat."

Ana nickte langsam, als sie die Tragweite der Worte verstand. „Und was jetzt? Was wirst du tun?" „Ich weiß es nicht", gab Alex zu. „Ich dachte, dass das Finden der Wahrheit genug wäre, aber... jetzt fühle ich mich eher wie ein Teil eines viel größeren Spiels. Ich muss wissen, was hinter all dem steckt. Warum musste mein Großvater sterben? Wer hat davon profitiert?"

„Und was ist mit dem Rest der Welt?", fragte Ana. „Hast du nicht das Gefühl, dass du mit all diesen Informationen auch eine Verantwortung hast? Wenn du der Wahrheit auf den Grund gehst, musst du sicherstellen, dass sie nicht wieder im Schatten verschwindet."

Alex blickte nachdenklich auf den Boden. „Ich werde die Wahrheit sagen. Es gibt viele, die von der Vergangenheit nicht wissen, oder die sie aus den falschen Gründen vergessen haben. Aber das kann nicht so bleiben. Die Menschen müssen erfahren, was wirklich passiert ist." Ana nickte zustimmend. „Ich werde dir helfen, Alex. Wir können nicht zulassen, dass die Geschichte weiterhin im Dunkeln bleibt."

„Danke", sagte Alex und war dankbar für ihre Unterstützung. „Aber du musst auch wissen, dass wir nicht nur gegen die Vergangenheit kämpfen. Es gibt immer noch Leute, die alles tun würden, um zu verhindern, dass diese Wahrheit ans Licht kommt." „Ich bin mir dessen bewusst", antwortete sie. „Aber ich bin bereit, den Kampf zu führen. Wir haben schon zu viel aufgedeckt, um jetzt einfach aufzugeben."

Die beiden traten aus dem verlassenen Gebäude und gingen in die kühle Nachtluft hinaus. Die Stadt um sie herum war immer noch lebendig, doch für sie schien sie in einem anderen Licht zu stehen – eines, das von Geheimnissen und Schatten geprägt war.

Alex wusste, dass der nächste Schritt der schwerste war. Er hatte keine Ahnung, wie viele Menschen er hinter sich lassen würde oder wie viele Risiken er eingehen musste, um diese Geschichte zu erzählen. Aber er war entschlossen. Der Tod seines Großvaters war kein Ende – es war der Anfang eines neuen Kapitels, das noch längst nicht geschrieben war.

„Wir müssen eine Strategie haben", sagte Ana, als sie zusammen durch die leeren Straßen gingen. „Die Dokumente, die du gefunden hast, können uns helfen, aber wir brauchen eine klare Linie. Wir müssen verstehen, wie wir diese Informationen weitergeben, ohne uns selbst in Gefahr zu bringen."

„Ich weiß", sagte Alex nachdenklich. „Aber ich denke, der erste Schritt ist, Mister Z nicht aus den Augen zu verlieren. Er ist der Schlüssel zu allem. Wir müssen herausfinden, was er wirklich weiß." Ana schaute ihn an und nickte. „Dann ist es entschieden. Aber du solltest wissen, Alex, dass wir nicht nur gegen die Vergangenheit kämpfen. Wir müssen uns auch der Gegenwart stellen. Die Menschen, die das alles in Gang gesetzt haben, die werden uns nicht so einfach ziehen lassen."

„Ich bin bereit", antwortete Alex, der zum ersten Mal das Gefühl hatte, dass er wirklich etwas verändern konnte.

„Dann lass uns loslegen", sagte Ana.

Die beiden traten in die Dunkelheit und machten sich auf den Weg, entschlossen, die Wahrheit zu enthüllen. Es war kein einfacher Weg, und sie wussten, dass der Preis, den sie zahlen mussten, hoch sein würde. Aber sie hatten keine andere Wahl. Die Wahrheit war wichtiger als alles andere – und sie waren bereit, dafür zu kämpfen.

Der Plan

Alex und Ana hatten sich in einem Café in einem ruhigen Teil von Bukarest getroffen. Es war früh am Morgen, und die Straßen waren noch nicht von der typischen Hektik des Tages erfüllt. In der Luft lag eine Mischung aus frischer Kühle und der allmählichen Erwärmung der Sonne. Der Tisch, an dem sie saßen, war unauffällig, aber jeder Blick, den sie warfen, war von Aufmerksamkeit geprägt. Sie waren beide auf der Hut, wussten, dass es nicht nur um das Aufdecken der Wahrheit ging, sondern auch darum, den richtigen Moment und den richtigen Weg zu finden, um die Dinge in Bewegung zu setzen, ohne sich selbst in Gefahr zu bringen.

„Es gibt viel, was wir tun müssen, aber ich glaube, wir können die entscheidenden Puzzleteile zusammenfügen", begann Ana und blätterte durch einige der Dokumente, die sie in den letzten Tagen zusammengetragen hatten. „Wir wissen, dass dein Großvater als eine Art ‚Kontakter' für einige hohe Persönlichkeiten des Regimes agiert hat, aber es gibt noch Lücken, die wir schließen müssen."

Alex nickte. „Ja, und wir wissen, dass jemand seine Informationen nutzen wollte. Aber wer? Ich kann mir nicht vorstellen, dass er einfach aus dem Weg geräumt wurde, weil er ein Hindernis war. Es muss mehr dahinterstecken."

Ana lehnte sich nach vorne und schaute ihn ernst an.

„Wir sollten uns auf die Personen konzentrieren, die
Zugang zu diesen Informationen hatten. Der Schlüssel
liegt bei denen, die zu seiner Arbeit und seinen
Geheimnissen ein Motiv hatten. Ich denke, Mister Z
spielt hier eine Rolle. Wir müssen wissen, was er über
meinen Großvater wusste und was er selbst über den
Sturz des Regimes und die politische Landschaft jener
Zeit denken konnte."

Alex' Blick verhärtete sich. „Wir müssen Mister Z
herausfordern. Ihm entkommen wird schwierig sein, aber
er hat Informationen, die uns weiterbringen können. Aber
wir müssen sicherstellen, dass er uns nicht in eine Falle
lockt."

Ana nickte zustimmend und trank einen Schluck aus
ihrem Kaffeebecher. „Vielleicht ist der beste Weg, ihn zu
konfrontieren, wenn wir so viele Beweise haben, dass er
keine Wahl hat, als uns die Wahrheit zu sagen."

„Und wenn er uns nicht die Wahrheit sagt?", fragte Alex.

„Dann finden wir einen anderen Weg. Aber wir müssen
vorbereitet sein, alle Karten auf den Tisch zu legen. Und
wir müssen uns beeilen", sagte Ana, und ihre Augen
verengten sich. „Es gibt Menschen, die uns beobachten.
Sie wissen, dass wir zu viel wissen. Und wenn wir es
nicht richtig anstellen, werden sie uns zum Schweigen
bringen."

Alex dachte nach. Er wusste, dass sie in einer gefährlichen Lage waren, aber die Wahrheit war das Einzige, was zählte. Wenn sie nicht handelten, würde die Geschichte seines Großvaters in den Schatten verschwinden, und der Kampf um die Wahrheit würde immer weitergehen, bis niemand mehr wusste, was wirklich geschehen war.

„Wie kommen wir an Mister Z heran?", fragte er.

„Es gibt eine Möglichkeit", sagte Ana und zog ein weiteres Dokument hervor. „Mister Z hat sich mehrfach in den letzten Jahren mit einem Mann aus dem Westen getroffen – einem ehemaligen Diplomaten, der nach dem Fall des Regimes in Rumänien gearbeitet hat. Vielleicht können wir diesen Kontakt als Aufhänger nutzen. Wenn wir herausfinden, was zwischen ihnen besprochen wurde, können wir Mister Z zu einer Konfrontation zwingen."

Alex' Augen weiteten sich. „Das könnte funktionieren. Wir brauchen Informationen, die ihn dazu bringen, zu reden. Aber wir müssen sicherstellen, dass wir ihn an einem Punkt erwischen, an dem er keine Ausflüchte mehr hat."

„Ich werde den Kontakt zu diesem Diplomaten herstellen", sagte Ana. „Es wird nicht einfach sein, aber es ist ein Risiko, das wir eingehen müssen, um an das zu kommen, was er weiß. Aber wenn wir das herausfinden, könnten wir wirklich das ganze Puzzle zusammensetzen."

„Und was, wenn es eine Falle ist?", fragte Alex. „Was, wenn wir uns selbst in größere Gefahr bringen, indem wir zu viel wissen?"

Ana sah ihn an, und für einen Moment war die Besorgnis in ihren Augen deutlich zu sehen. „Dann müssen wir so vorbereitet wie möglich sein. Wir müssen wissen, was wir tun, und uns der Realität stellen, dass es keine einfachen Antworten gibt. Aber du hast recht – wir dürfen nicht blind in diese Sache hineingehen." „Also müssen wir Mister Z auf den Zahn fühlen", sagte Alex, und es klang mehr wie eine Entschlossenheit als eine Frage.

„Ja", antwortete Ana. „Und wir müssen die richtigen Fragen stellen. Wir dürfen uns keine Fehler leisten."

Alex sah sie an und nickte langsam. „Wir werden es durchziehen. Es ist der einzige Weg."

Die beiden standen auf, zahlten ihre Rechnung und verließen das Café. Der Plan war gefasst, und auch wenn sie wussten, dass sie sich auf dünnem Eis bewegten, war der Drang, die Wahrheit zu erfahren, stärker als jede andere Sorge.

Der nächste Schritt war entscheidend, und sie waren bereit, ihn zu gehen – was auch immer es kosten würde.

Alex und Ana hatten ihren Plan geschmiedet und standen nun vor dem entscheidenden Moment. Der Kontakt zu dem Diplomaten war hergestellt, und das Treffen war für den nächsten Tag angesetzt. Beide wussten, dass dies der Wendepunkt in ihrer Suche nach der Wahrheit war. Es war nicht nur eine Frage der Aufdeckung von Geheimnissen, sondern auch eine Frage der Sicherheit. Jeder Schritt, den sie unternahmen, könnte der letzte sein. „Es wird gefährlich werden", sagte Ana, als sie sich in ihrem kleinen Appartement vorbereiteten. Ihre Augen funkelten vor Entschlossenheit, aber auch vor einer Anspannung, die sie sich nicht hatte nehmen lassen können. „Aber es gibt keinen anderen Weg. Wir müssen das Risiko eingehen."

Alex nickte. „Ich weiß. Aber ich frage mich immer noch, ob wir wirklich wissen, was wir mit den Informationen anfangen werden, die wir bekommen. Wenn Mister Z uns etwas sagt, wie können wir dann sicher sein, dass er die Wahrheit spricht?"

Ana sah ihn an. „Es gibt keine 100%ige Sicherheit. Aber wenn wir uns richtig vorbereiten und wissen, was wir wollen, dann können wir ihm die Wahrheit entlocken. Und wenn er lügt, werden wir es wissen."

„Ich hoffe, du hast recht", sagte Alex und holte tief Luft. „Wir können uns keine Fehler leisten."

Am nächsten Tag, in einem noblen Hotel in der Nähe des Bukarester Zentrums, warteten Alex und Ana auf den Diplomaten, der ihnen Informationen über Mister Z liefern sollte. Es war ein klammer Moment, ein Moment, in dem alles auf dem Spiel stand. Der Raum, in dem sie sich befanden, war kühl und unpersönlich, aber der Blick aus dem Fenster bot einen klaren Blick auf die sich windenden Straßen der Stadt. Die Luft war stickig und voller Erwartung.

„Bist du sicher, dass wir ihm trauen können?", fragte Alex leise.

Ana nickte. „Er hat keine andere Wahl, als uns zu helfen. Mister Z hat das Vertrauen vieler Leute in den Westen zerstört. Wenn er sich uns anschließt, hat er nichts zu verlieren."

Kurz darauf trat ein älterer Mann in den Raum. Er trug einen feinen Anzug, der ihn sofort als jemand von Bedeutung auswies. Seine Augen waren scharf, und seine Haltung verriet die Erfahrung eines Mannes, der immer mit Vorsicht und Berechnung voranging.

„Ich nehme an, ihr seid Alex und Ana?", sagte der Mann mit einem leichten Lächeln.

„Ja, das sind wir", antwortete Ana. „Danke, dass Sie sich die Zeit nehmen."

„Es gibt Dinge, die man nicht auf die leichte Schulter nehmen kann", sagte der Mann, während er sich setzte. „Ich habe das Gefühl, dass wir uns auf gefährliches Terrain begeben. Was wollt ihr wirklich wissen?"

Die Entlarvung

Die Unterhaltung nahm schnell Fahrt auf. Der Diplomat, dessen Name Markos war, hatte viele Informationen zu bieten. Doch es dauerte eine Weile, bis er bereit war, die entscheidenden Details preiszugeben. Alex und Ana mussten geduldig bleiben und immer wieder nachhaken.

„Mister Z war der Schlüssel", sagte Markos schließlich. „Er war in alles verwickelt, was mit der Sicherung der Macht zu tun hatte. Ihr Großvater wusste zu viel, viel mehr, als er je hätte wissen dürfen. Und die Leute, mit denen er zusammenarbeitete, hatten keine Skrupel, ihn loszuwerden, als sie merkten, dass er nicht mehr zu kontrollieren war."

„Wen meinen Sie mit ‚den Leuten'?", fragte Alex, der langsam die Zusammenhänge ergriff.

„Die Politiker, die das Regime stützten. Aber es war nicht nur politisch. Es ging um Informationen. Er hatte Zugang zu den Geheimnissen, die das Regime bis zum Ende schützen sollten. Es war klar, dass er entweder zum Schweigen gebracht oder auf seiner Seite gehalten werden musste."

„Und wer hat ihn umgebracht?", fragte Ana, ihre Stimme etwas fester.

„Das kann ich nicht genau sagen", antwortete Markos. „Aber ich weiß, dass sein Tod kein Unfall war. Es war ein gezielter Mord. Und er war nur einer von vielen. Ihr Großvater war nicht der Einzige, der verschwunden ist. Es gibt mehr, aber ich kann Ihnen nicht mehr sagen."

Die Jagd nach der Wahrheit

Mit den neuen Informationen in der Hand gingen Alex und Ana weiter auf Spurensuche. Sie wussten nun, dass die Mörder seines Großvaters ein System von politischen Machenschaften und Geheimoperationen betrieben hatten, die bis weit in die höchsten Kreise der rumänischen Regierung reichten. Doch etwas stimmte nicht. Warum hatte Mister Z sich so hartnäckig geweigert, mehr zu sagen? Was verbarg er noch?

Alex war sich sicher, dass der Mann, der das Geheimnis seines Großvaters gekannt hatte, eine größere Rolle spielte, als sie sich je vorgestellt hatten. Es war an der Zeit, tiefer zu graben. Doch die Gefahr war jetzt realer als je zuvor. Wer immer noch hinter dem Mord an seinem Großvater steckte, würde nicht davor zurückschrecken, auch Alex und Ana aus dem Weg zu räumen.

„Wir müssen Mister Z finden und ihm eine Falle stellen", sagte Alex, als sie durch die dunklen Gassen der Stadt gingen. „Er weiß mehr, und er wird nicht einfach verschwinden."

„Wir müssen vorsichtig sein", warnte Ana. „Wenn wir ihn in eine Falle locken, wird er alles tun, um uns zu zerstören."

„Dann müssen wir vorbereitet sein", sagte Alex fest.

Das letzte Stück

Alex und Ana waren sich einig, dass sie nicht länger warten konnten. Die Stunden zogen sich, und je länger sie mit der Wahrheit warteten, desto größer wurde die Gefahr, dass sie es nie erfahren würden. Ihr Ziel war klar: Mister Z musste zur Rechenschaft gezogen werden. Doch der Weg dorthin war verschlungen, mit vielen Unwägbarkeiten und Gefahren. Ihr Plan war riskant – sie würden Mister Z zu einem bestimmten Zeitpunkt an einem abgelegenen Ort treffen, und sie hatten nur eine Chance, um ihn zu überlisten. Alles, was sie über die Vergangenheit ihres Großvaters herausgefunden hatten, führte zu ihm, und sie wussten, dass er mehr wusste als alle anderen.

„Er muss wissen, dass wir hinter ihm her sind. Sonst wird er uns nie die Wahrheit sagen", sagte Alex und schaute Ana an. In seinen Augen spiegelte sich Entschlossenheit, aber auch eine spürbare Nervosität. Die Wahrheit war, dass er sich nie hätte vorstellen können, in diese dunklen Machenschaften hineingezogen zu werden. Doch hier standen sie nun, auf der Schwelle, das letzte Stück der Geschichte zu enthüllen.

„Er wird versuchen, uns zu manipulieren. Aber wir haben die Oberhand", antwortete Ana, ihre Stimme ruhig und entschlossen. „Du weißt, dass er uns nicht einfach so alles erzählen wird. Wir müssen ihm eine Falle stellen. Wir müssen ihn in eine Ecke treiben, aus der er nicht mehr entkommen kann."

Alex nickte. Sie waren so weit gekommen, und es gab keinen Weg zurück. Sie mussten aufpassen, keine Fehler zu machen. Mister Z würde sie nicht einfach so entkommen lassen. Doch wenn sie ihm auf die richtige Weise begegnen würden, könnte er sie mit Informationen versorgen, die die gesamte Geschichte ihres Großvaters auf den Kopf stellen würden.

Die beiden hatten sich entschlossen, Mister Z an einem abgelegenen Ort in der Nähe des Waldes zu treffen. Es war ein ruhiger, unauffälliger Ort, den nur wenige kannten. Aber auch dieser Ort war nicht sicher. Alex wusste, dass sie von jemandem beobachtet werden könnten. Und jeder, der sie sah, könnte ein Feind sein.

„Es wird gefährlich, aber wir haben keine Wahl", sagte Alex, als er sich bereit machte. „Ich weiß nicht, wie viel Zeit wir haben, bevor er merkt, dass wir auf ihn zukommen. Aber wir müssen es wagen."

Ana sah ihn an. „Es gibt keine andere Wahl. Wenn wir hier aufgeben, werden wir nie erfahren, was mit deinem Großvater wirklich passiert ist. Und das können wir nicht zulassen."

Der Wind wehte kühl durch die Straßen, als sie sich auf den Weg zum Treffpunkt machten. Die Dunkelheit war inzwischen hereingebrochen, und die Straßen waren leer, bis auf die gelegentlichen Autos, die durch die Stadt fuhren. Der Nervenkitzel war greifbar, und Alex konnte das Dröhnen seines Herzens in seiner Brust spüren.

Sie hatten alles vorbereitet: versteckte Kameras, ein Mikrofon, und sie waren beide bewaffnet – nur für den Fall. Aber Alex wusste, dass sie keine Gewalt anwenden wollten, wenn es nicht notwendig war. Sie mussten Mister Z nur dazu bringen, ihnen die Informationen zu geben, die sie brauchten.

Kapitel 77: Die letzte Konfrontation

Der Treffpunkt war nicht mehr weit. In der Dämmerung des abendlichen Waldes wurden die Umrisse des verlassenen Gebäudes sichtbar. Ein altes, einst prächtiges Herrenhaus, das nun von der Natur zurückerobert wurde, mit überwucherten Wänden und von Rost zerfressenen Fenstern. Der perfekte Ort, um einen Geheimen Deal zu machen – fernab der neugierigen Augen der Polizei oder der Regierung.

Alex und Ana standen vor dem Gebäude, die Anspannung war fast körperlich spürbar. Sie hatten sich gut vorbereitet, aber der Gedanke, was sie hier riskieren würden, ließ den Atem in Alex' Brust stocken. Es war ein Moment, in dem sich alles entscheiden würde.

„Bist du sicher, dass er kommt?" fragte Alex, seine Stimme ein wenig rau vor Nervosität.

„Er wird kommen. Er hat keine andere Wahl", antwortete Ana, ihre Augen fest auf das Gebäude gerichtet. „Er ist neugierig. Und er denkt, er kann uns austricksen. Aber er hat die Rechnung ohne uns gemacht."

Der Mond schien hell, und die Schatten der Bäume warfen lange, gespenstische Striche über den Boden. Die beiden gingen leise weiter, ihre Schritte von der Dunkelheit verschluckt. Das Gebäude lag in völliger Stille, bis sie das knarrende Geräusch von Schritten hinter sich hörten. Langsam drehten sie sich um.

Ein Mann, in einen langen Mantel gehüllt, trat aus den Schatten. Er war groß, mit einem eisernen Gesichtsausdruck, und seine Augen schienen sofort alles zu durchdringen. Es war Mister Z. Alex' Herz setzte für einen Moment aus. Endlich stand er vor dem Mann, der das Leben seines Großvaters zerstört hatte.

„Du hast dich also entschieden, uns zu suchen", sagte Mister Z mit einem trockenen Lächeln, das keine Freude, sondern nur Kalkül ausdrückte.

„Du hast uns keine Wahl gelassen", sagte Ana, ihre Stimme so ruhig wie immer. „Wir wollen wissen, was du über den Tod meines Großvaters weißt. Was hast du ihm angetan?"

Mister Z' Lächeln verschwand. „Du weißt, dass du nicht hier sein solltest", sagte er, seine Stimme nun kalt und drohend. „Ihr wisst nicht, mit wem ihr euch anlegt. Du glaubst, du kannst die Wahrheit aus mir herausbekommen?"

„Die Wahrheit ist alles, was wir wollen", sagte Alex, seine Stimme fest. „Und du wirst sie uns sagen. Es gibt nichts mehr, was du uns verweigern kannst." Mister Z trat einen Schritt näher. „Ihr seid wie Kinder, die glauben, dass sie die Welt verstehen. Der Tod deines Großvaters war nur ein kleines Rädchen im Getriebe. Glaubt mir, es gibt Dinge, die du nicht wissen willst."

Alex' Finger zitterten leicht, als er den Mann musterte. „Vielleicht wissen wir mehr, als du denkst", sagte er. „Und wir werden nicht aufhören, bis wir die ganze Wahrheit kennen."

Es war der Moment der Wahrheit. Mister Z hatte keine Möglichkeit mehr, sich zu verstecken. Alles, was er hatte, war die Wahl: Entweder er erzählte ihnen, was sie wissen wollten, oder er würde sich mit den Konsequenzen auseinandersetzen.

„Es ist nicht mehr nur eine Frage der Wahrheit", sagte Mister Z. „Es ist eine Frage der Macht. Und du wirst erkennen, dass die Wahrheit dir keinen Schutz bieten kann."

Plötzlich flackerte das Licht der Taschenlampe auf und beleuchtete ein paar Dosen, die am Boden lagen. Alex und Ana hatten keine Zeit, darüber nachzudenken, als sich Mister Z blitzschnell umdrehte und in die Dunkelheit verschwand.

„Lauf!", schrie Ana.

Sie rannten los, durch die Wiesen und zwischen den Bäumen, während sich das Geräusch von Verfolgern hinter ihnen erhob. Es war noch lange nicht vorbei. Doch sie hatten einen entscheidenden Schritt gemacht. Und jetzt wussten sie, dass sie nicht mehr zurückkonnten.

Die letzte Wahrheit

Der Regen prasselte nun heftig gegen die Fenster des verlassenen Hauses, in dem sich alles abspielte. Alex und Ana hatten sich in einem alten, verfallenen Gebäude versteckt, dem Ort, an dem alles auf die endgültige Konfrontation hinauslief. Die Wände, die einst Schutz geboten hatten, waren nun Zeugen eines unvermeidlichen Endes.

„Er wird zurückkommen. Ich bin mir sicher", sagte Ana leise, während sie an einer Ecke des Raumes auf und ab ging, die Hände in die Hüften gestemmt. Ihre Miene war ernst, aber sie hatte in den letzten Stunden einen klaren Plan geschmiedet. Sie wusste, dass sie keine Zeit mehr verschwenden konnten. Jede Sekunde zählte.

Alex starrte aus dem Fenster, den Regen beobachtend, der in Strömen fiel. Er war erschöpft, aber nicht bereit, aufzugeben. „Ich will wissen, was mit meinem Großvater passiert ist. Ich will die ganze Wahrheit", sagte er, die Worte fast wie ein Schwur. „Es ist nicht nur das, was wir herausgefunden haben. Es ist das, was wir noch nicht wissen. Mister Z muss uns alles sagen."

Ana trat an ihn heran und legte eine Hand auf seine Schulter. „Du hast es fast geschafft, Alex. Du hast den ganzen Weg bis hierher gekämpft. Und wir werden ihn nicht entkommen lassen. Alles, was du jetzt tun musst, ist, ruhig zu bleiben und zu warten. Die Wahrheit wird ans Licht kommen – heute Nacht."

Es war der Moment, auf den sie so lange hingearbeitet hatten. Der Moment, an dem Alex nicht nur die Wahrheit über den Tod seines Großvaters erfahren würde, sondern auch über die dunklen Machenschaften, die sich tief in den Schatten der Gesellschaft verbargen.

Plötzlich hörten sie das Geräusch eines Autos, das langsam den schmalen Weg zum Gebäude hinauffuhr. Der Motor hielt an, und die Scheinwerfer erleuchteten das Gebäude. Es war Mister Z. Und er kam nicht allein.

„Er ist nicht dumm", murmelte Ana, als sie an Alex' Seite trat. „Er hat Verstärkung mitgebracht. Wir müssen uns beeilen."

Sie versteckten sich in den Ecken des Raumes und warteten. Das Warten war unerträglich, doch sie wussten, dass es keine Rückkehr mehr gab. Ihre Entscheidung war gefallen.

Als die Tür aufging und Mister Z mit einem weiteren Mann hereinkam, war die Spannung fast greifbar. Alex' Herz schlug schneller, als er die Gestalt von Mister Z erblickte, gefolgt von einem weiteren Mann, der ihn mit einer selbstsicheren Miene begleitete.

„Ihr habt also immer noch nicht verstanden, was auf dem Spiel steht", sagte Mister Z, seine Stimme ruhig und gleichzeitig bedrohlich. „Ich habe euch gewarnt. Aber jetzt seid ihr hier, und es gibt kein Zurück mehr. Ihr glaubt, die Wahrheit zu kennen. Aber ihr habt nur einen Bruchteil dessen verstanden."

„Die Wahrheit?" Alex' Stimme war nun fest, der Schmerz über den Verlust seines Großvaters war nicht mehr zu verbergen. „Was du über meinen Großvater gesagt hast, ist eine Lüge. Du bist verantwortlich für seinen Tod. Du hast ihn ermorden lassen, weil er etwas herausgefunden hat, das du verstecken wolltest. Und jetzt wirst du uns die ganze Geschichte erzählen, oder es wird für dich keine Flucht geben."

Mister Z lachte bitter. „Ihr denkt, ihr versteht die Regeln dieses Spiels. Aber es gibt keine Gewinner, nur Überlebende. Und das wird nicht euer Ende sein."

Doch in diesem Moment griff Ana ein. Sie hatte sich hinter einem Stapel alter Papiere versteckt und zog plötzlich ein kleines Gerät hervor. Es war ein Mikrofon, und sie hatte es heimlich an Mister Z' Mantel befestigt, als er sie nicht beachtet hatte.

„Du hast recht, Mister Z. Es gibt keine Gewinner. Aber du hast uns unterschätzt", sagte Ana ruhig. „Wir haben genug Beweise, um dich zu Fall zu bringen. Und es wird nicht mehr lange dauern, bis du alles verlierst."

Mister Z' Gesicht veränderte sich, als er realisierte, was passiert war. Seine Augen verengten sich, als er versuchte, einen Ausweg zu finden. Doch es war zu spät. Ana und Alex hatten ihn in die Falle gelockt. Sie hatten seine eigenen Worte gegen ihn verwendet.

„Ihr werdet nie die ganze Wahrheit erfahren. Ihr werdet euch nie sicher sein, was wirklich passiert ist", sagte er mit einem verzweifelten Lächeln. „Aber ihr werdet bald verstehen, dass manche Wahrheiten besser unentdeckt bleiben."

„Du hast dich geirrt, Mister Z", antwortete Alex. „Wir haben die Wahrheit schon längst gefunden. Dein Geheimnis wird jetzt ans Licht kommen. Und du wirst dafür bezahlen."

Die Polizei war bereits auf dem Weg, dank der Aufnahmen, die Ana heimlich gemacht hatte. Und Mister Z wusste, dass sein Ende gekommen war.

„Wir haben gewonnen", flüsterte Ana, als sie an Alex' Seite trat. „Dein Großvater hat jetzt endlich die Ruhe, die er verdient."

Alex nickte, als ein Gefühl von Erleichterung über ihn kam. Die dunklen Geheimnisse, die ihn so lange gequält hatten, wurden endlich enthüllt. Doch gleichzeitig wusste er, dass der Weg bis hierher ihn verändert hatte. Der Verlust seines Großvaters, die ständige Gefahr und das Streben nach Gerechtigkeit hatten ihn an seine Grenzen gebracht. Aber es hatte sich gelohnt.

„Er hat uns nie wirklich entkommen lassen", sagte Alex leise, „aber jetzt haben wir ihn endlich zur Strecke gebracht."

Mister Z wurde abgeführt, und die Wahrheit über das dunkle Erbe, das sein Großvater hinterlassen hatte, war endgültig ans Licht gekommen.

Ein neuer Anfang

Der Morgen dämmerte grau und still über Bukarest. Der Regen hatte nachgelassen, aber die Straßen glänzten noch feucht von der langen Nacht. Alex stand an einem Fenster, der Blick in die Ferne gerichtet, während die

Stadt langsam erwachte. Es war das erste Mal seit Tagen, dass er sich wirklich frei fühlte. Der schwere Mantel der Dunkelheit, der ihn so lange umhüllt hatte, war gefallen. Die Wahrheit war ans Licht gekommen, und mit ihr auch der lange erhoffte Frieden.

Ana trat neben ihn, ihre Hände in den Taschen ihres Mantels vergraben. „Du hast es geschafft", sagte sie, ihre Stimme leise und dennoch voll Wärme. „Dein Großvater kann jetzt ruhen. Du hast ihm Gerechtigkeit verschafft." Alex nickte, doch seine Gedanken waren bei dem, was er auf dieser Reise gelernt hatte – nicht nur über den Tod seines Großvaters, sondern auch über sich selbst. Es war mehr als nur der Fall, der ihn verändert hatte. Der Weg dorthin hatte ihn zu einem anderen Menschen gemacht. Vielleicht hatte er nicht nur die Geheimnisse seiner Familie entwirrt, sondern auch die eigene innere Stärke gefunden, die er nie gekannt hatte.

„Ich hätte nie gedacht, dass ich hier stehen würde", sagte er schließlich, die Worte vorsichtig gewählt. „Ich wollte nur Antworten. Aber jetzt… jetzt ist alles anders." Ana schaute ihn an und lächelte sanft. „Die Wahrheit hat immer ihren Preis, Alex. Aber sie befreit auch. Manchmal braucht es nur den Mut, den ersten Schritt zu machen. Und du hast das getan."

Sie standen eine Weile schweigend da, der Blick aus dem Fenster auf die sich drehende Stadt, die ein wenig kleiner schien, als sie es sich zuvor vorgestellt hatten. Die Luft war frisch, das Licht des Morgens brachte eine neue

Klarheit mit sich, und Alex spürte, dass der Kreis nun wirklich geschlossen war.

„Was kommt als Nächstes?", fragte er schließlich, die Frage eher an sich selbst gerichtet als an Ana.

„Nun", sagte sie mit einem Grinsen, „das ist die Frage, die jeder für sich selbst beantworten muss. Aber du hast es dir verdient, diese Antwort zu finden, Alex. Und ich denke, du wirst deinen Weg finden."

„Vielleicht werde ich einfach anfangen zu leben", antwortete er, und es war mehr eine Entdeckung als eine Entscheidung. „Vielleicht gehe ich an all das, was ich jetzt weiß, und schau, wohin es mich führt."

Ana nickte zustimmend. „Das ist ein guter Plan."

Und in diesem Moment wusste Alex, dass der Kampf vorbei war. Aber das Leben, das noch vor ihm lag, würde voller neuer Möglichkeiten sein. Die Dunkelheit war hinter ihm, und vor ihm lag ein neuer Anfang. Der Weg war nicht immer einfach gewesen, aber er hatte ihn gegangen, und er hatte sich selbst gefunden.

Während er sich langsam umdrehte, um sich von Ana zu verabschieden, wusste er, dass die Geschichte, die so tragisch begonnen hatte, nun zu einem Ende kam – aber einem Ende, das ihm auch einen neuen Blick auf das Leben schenkte.

„Danke, Ana", sagte er leise, und sie erwiderte nur ein Lächeln.

„Du hast es verdient, Alex. Es ist alles deins."

Mit diesen Worten verließ er das Gebäude und trat hinaus in die Straßen von Bukarest, die nun von einem helleren Licht durchzogen waren. Der Regen hatte endlich aufgehört, und in der Luft lag der Duft von Neuanfängen. Und während er die vertrauten Wege entlangging, wusste er, dass er nicht nur die Wahrheit über seinen Großvater gefunden hatte, sondern auch die Freiheit, seinen eigenen Weg zu gehen.

Und das war das größte Geschenk von allen.

Ende

Widmung

Für meinen lieben Mann, der mich immer wieder
inspiriert, meine Geschichten zu schreiben und der nie
aufhört, an mich zu glauben. Dieser Krimi ist für dich –
als Dank für deine Geduld, deine Unterstützung und
deine endlose Liebe. Möge dieser Roman dir genauso
viel Spannung und Freude bringen, wie du mir täglich
schenkst. Ich liebe dich.